北大恋歌

苗茱迪 著

知识产权出版社
全国百佳图书出版单位

图书在版编目（CIP）数据

北大恋歌 / 苗茱迪著．—北京：知识产权出版社，2018.6
ISBN 978－7－5130－5604－5

Ⅰ．①北… Ⅱ．①苗… Ⅲ．①长篇小说—中国—当代 Ⅳ．①I247.5

中国版本图书馆 CIP 数据核字（2018）第 110527 号

责任编辑：齐梓伊　　　　　　　　责任校对：王　岩
封面设计：张　悦　　　　　　　　责任印制：刘译文

北大恋歌

苗茱迪　著

出版发行：**知识产权出版社**有限责任公司	网　　址：http://www.ipph.cn
社　　址：北京市海淀区气象路 50 号院	邮　　编：100081
责编电话：010－82000860 转 8176	责编邮箱：qiziyi2004@qq.com
发行电话：010－82000860 转 8101/8102	发行传真：010－82000893/82005070/82000270
印　　刷：北京建宏印刷有限公司	经　　销：各大网上书店、新华书店及相关专业书店
开　　本：880mm×1230mm　1/32	印　　张：10.5
版　　次：2018 年 6 月第 1 版	印　　次：2018 年 6 月第 1 次印刷
字　　数：220 千字	定　　价：58.00 元
ISBN 978－7－5130－5604－5	

出版权专有　侵权必究
如有印装质量问题，本社负责调换。

致我的母亲和外祖父母

作者简介

苗茱迪，北京诗歌创作研究会会员，北京石景山作家协会会员。曾就读于中国民航大学外语系英语专业，取得文学学士学位。毕业后曾供职于出版业、国家机关。现就读于美国印第安那大学伯明顿分校，攻读教育学硕士学位。

目录
CONTENTS

第一章 …………………………………………… 1
第二章 …………………………………………… 83
第三章 …………………………………………… 118
第四章 …………………………………………… 134
第五章 …………………………………………… 195
第六章 …………………………………………… 227
第七章 …………………………………………… 279
第八章 …………………………………………… 326

第一章

我们生活在名言之中。曾经，无数次，我们是别人。慢慢地，我们变成了自己。

"Ni hao，ni hao ma？"

我看到罗比在雅虎通上给我的留言是多年前初春的一个夜晚。那句简短曼妙音韵优美的汉语拼音问候静静地叩开了一扇隐形的门。我们悄然无声地相遇了。

那时，我常用一个汉语拼音"小茉莉"的名字登录雅虎通，主要是用那个账号订阅了电子版的《纽约时报》；那份报纸每天都会往那个同名邮箱发送当天新闻的大字标题，那些大字标题总能将外面纷繁壮阔的世界植入我的想象空间，扩充它的宽度。

什么爱尔兰的天主教和新教男童子军组织经过几乎一个世纪的分裂后重新合并，尽管受到罗马天主教主教的阻挠。

所谓天下大势合久必分、分久必合嘛。

什么和当时人们所信相反，如果英国公主玛格丽特和彼得·汤森上尉——一个离了婚的曾经击落十一架敌机的"二战"英雄结婚，可能不会丧失她的头衔和王室专款。

我忍不住小声尖叫：太晚了！太晚了！这条新闻未免来得太

北大恋歌

晚——公主早已香消玉殒。那个能将鸟儿从树上吸引下来的美丽公主生前绝没有皇室的其他男人幸运，既未能效仿她的伯父爱德华八世"不爱江山爱美人"，也不能像她的外甥——王储查尔斯离婚后娶了卡米拉。尽管她后来成为英王室离婚第一人，最终也未能嫁给她挚爱的人。这个世界总是将遗憾抛给女人，即使贵为公主也难以幸免。

什么美国计划对巴西游客实施留取指纹和照相的安全措施，作为回应，一位巴西的法官命令对所有赴巴西的美国公民也留取指纹。

真是以其人之道还治其人之身。

什么第一次探测火星"漫游者"行动，"勇气号"从着陆器上收到了"强有力的信号"后在火星上成功着陆了，执行任务的科学家们喜出望外，控制中心内一片欢腾。

我望一望天花板，心想：人类怀揣雄心要移民到火星上去，未来个人信息在"国籍"前恐怕要加上"星籍"一栏了。

什么美国总统大选约翰·克里参议员赢得新罕布什尔州，霍华德·迪恩排第二。

我想讥笑。世界上最有权势的驴子和大象又要到总统大选的马戏团大玩杂耍了。

什么今年没有增加闰秒，这是为补偿地球自转放慢而增加闰秒的二十八年后，连续没有闰秒的第五个年头了。

我学着地球自转那样转转头，然后停下。显然，地球自转的速度放慢了。为什么地球转动的速度放慢了，这个世界却愈加颠撼摇滚，令人愈加头晕目眩了呢？

啊！那些兴奋异常的大字标题仿佛载着整个世界向我迎面扑来。就在几年前，我还在学校的外文原版期刊借阅室里如饥似渴地啃嚼那些如珍似宝的原文书。然而，只短短几年工夫就到了互联网时代，乾坤逆转，那些雍容华贵的知识仿佛一夜之间放下了身段，倒过来追捕我，包围我，海量的英文让我眼花缭乱，无处藏身。"不是我不明白，这世界变化快！"崔健的歌词堪称经典。当然我也只是遇到有兴趣的标题才去阅读全篇文章。这个信息爆炸的时代，人们突然被淹没在一片知识的汪洋之中，谁有时间和精力把所有事情都了解得全面彻底呢？

那晚，临睡前，我用小茉莉的名字登录，正要去读《纽约时报》的大字标题，这时有几条离线英文信息跳了出来。

"你好，你在那吗？"

当然不在，我那个时候在跟那些摸不着首尾的 GRE 类比做捉迷藏游戏呢，只是我在明处，它在暗处。

"你好，北京怎么样？我要去那里。"

来吧来吧，北京欢迎你！再不来，就快热得令你发疯了。北京的天气好比坦率大气的北京女人，如果你认为她春日的婉约会维持一阵子，你便大错特错。这种略带几分矜持的温婉只试探性地停留匆匆数日，她的豪迈热情便全然爆发，令人猝不及防，酷热得近乎专横。在她浓烈的怀抱中，你的血肉在皮肤下面被点燃，沸腾。你昏昏噩噩如一锅行走的肉汤。此情此景，你也许怒火中烧，但你很快明白，一切都已成为定局，与其反抗，不如顺从吧。

"嗡！你的照片很漂亮。"

北大恋歌

我庆幸不在线上，否则要被那"嗡"的一声振动的窗口惊吓一跳了，不过，除此之外，些许满足了我的虚荣心。

诸如此类，最后一条留言不禁吸引了我的眼球：

"Ni hao, ni hao ma?"

那句汉语拼音问候无声胜有声地触动了我。

"全世界都在学中国话，孔夫子的话，越来越国际化。"

我心里唱起了绕口令似的说唱音乐，一边不禁对着显示器微微笑——我不曾收到用汉语拼音写的留言。那人的屏幕名字是Johnloveschina。约翰爱中国。显然在这个国家，他的名字是值得欣赏的，不是吗？我于是回复，为他留下致谢的留言。末了，把他添加到了朋友名单上。

很早以前，我那时上中学，学习英语时态时，英文老师拿着一只雪白纤细的粉笔在黑板上画了一个坐标，她示意，原点的位置表示现在，在它左边是过去，右边则是将来。我惊讶于那个结构淡定的稳固和不动声色的分割。一横一竖相互交贯的两条线条坚定地构成那个简单的坐标，Y轴分割了过去和将来，X轴则分割了人生的浮与沉。那一经一纬的图像时常出没于我的脑海，牵动我的思绪，有时它变成延展的宽阔通达的十字交叉路口的形象，有时变成坟墓上神圣肃穆的十字架的形象。有时候，我的自我孤立于那微小的原点，轰然一声，自我爆裂纷飞化为无数奇形怪状的碎片细屑，散落于坐标的四个象限，渐行渐远。有时候，我的自我伫立于坐标之外，掀开犹如帷幕的纵轴，凝望帷幕的那一边，看到那边的那个"我"，那个"自我"的映射。我就如同一个蹩脚的占星家，透过记忆的水晶球，占卜已知的毫无悬念的过去与未来。我，洁蕊；洁蕊，我；我，她；她，我。我分辨不清我和她，恰似毫无期盼地反复观赏同一场老掉牙的滑稽剧。她是我生命那一幕的演员，进行她伟大淋漓的表演。在一幕幕已知剧情和结局的戏剧里，在一帧帧的画面中，她的形象飘乎不定，时而清晰时而模糊，音容笑貌被分解成多重的影像，在海平面似的 X 轴上下之间，时而浮起，时而沉落。每一次，当电影中那个影像重又回归于原点，和坐在这张纹理密布淡黄色的木椅上的我重合，我便彻骨感到时光如流，倏然而逝。那些肤浅的岁月恰似漂在记忆之水上的一层浮油，想要完全撇清也是徒劳。我的"自我"于是重又继续沿着横轴踽踽前行，以惯常的步幅和步态。

夜晚来临，我的身体宛若一只剩有半瓶水的水瓶，当我缓缓躺下，身体呈水平状态，我身体瓶底的意识之水便载着模糊不清的记忆和半透明的想象随着瓶体的倾斜流进我的脑海。

那时，我的生活轨迹是一种简单的生命重复。我在一家儿童基金会供职，在工作日，我奔波于家和写字楼之间的几条首尾连接的并不比股票曲线波荡复杂的牛角刀形的折线。

一天清晨，公共汽车在苹果园站停下。这时，上来一老一小。我旁边刚好有座位。他们坐定。老的是一位老奶奶，身材矮胖，穿一件灰红暗格子上衣，半银半灰深海鱼颜色般的短发在清晨阳光下闪着鳞光。她对面的男孩大约是她的孙儿。男孩面色幼滑白净，低垂双眼，一坐下便喃喃自语，时而低声吟唱他的儿

北大恋歌

歌，时而望望窗外。我与奶奶交换眼色，会心而笑，我们的心灵连通了，注意力温柔地集中在男孩身上。然而，几分钟过后，男孩突然爆发一声尖叫。我惊得头皮发麻，完全出乎意料。顺着他的视线，我向外看，未发现有何异常。仅几秒钟工夫，男孩又一声尖叫，这一声比刚才来得凄惨，好比受到虐待的小动物。这一来，全车乘客的目光都聚拢而来，落到或找寻尖叫的源头。奶奶露出尴尬之色，小声对孩子说，别叫。孩子这时抬起眼睛，望着奶奶，一脸的不屈。这时，我看清了那张小脸，不由诧异。

男孩的眼睛。

孩子的眼睛实际上很美，但是美得奇异。他的瞳仁不似常人的漆黑两点，而是两朵晶莹剔透的小雪花。那两朵小雪花就镶嵌在他眼的中央，好似一对艺术珍品，令人叹为观止。男孩用那两朵"冰雕玉琢的雪花"冷峭地对着奶奶，像是枪筒。他脖颈梗直，愈发不屈，如同誓死的战士。奶奶故意拉长声音说，又不听话了。男孩坚持片刻，然后低下眼睛，气馁得像一株枯萎伶仃的小草，令人恻隐。我抑制不住好奇，悄悄问奶奶，男孩是怎么了。奶奶也不隐瞒，对我说，男孩这几天老吵着要去动物园看大熊猫。他晚饭后和几个邻家的小孩玩时，那几个小孩都说去过动物园，还看过大熊猫。他便回家说要去看大熊猫。奶奶年纪大，腿脚不便，带他上学已属不易，要是去动物园那么远，恐怕力不从心。我问，他的父母怎么不带他去。奶奶叹一口气说，男孩的父母离异，法院将男孩判给父亲，父亲常年瘫痪在床也带不了男孩去动物园。母亲是外地人，当年就是为了落户北京才嫁给身有残疾的父亲，孩子出生没多久就离开了。母亲不要这个孩子也正合他父亲、奶奶的意。无论如何，这是一个男孩，是这个家庭命脉的延续。我又小心翼翼地问，孩子的眼睛是怎么回事。奶奶说，孩子是出生缺陷，患有脑瘫，但是后来孩子长大了才发现。目前，他正在一所特殊学校上学。

话说此处，奶奶和男孩已坐到站。奶奶蹒跚着脚步，一手拖着男孩走向车尾的门。我隔窗目送这一对老小，心里一阵难言的酸楚。

我又坐了一站下车，步行赶往我工作的写字楼。我踏进工作所在的写字楼，走过长长的亮着几点惨白日光灯的走廊，远远就看到一个直立行走的芒果——我的同事，一个小个子海南人，我的顶头上司。我从来不把他当异性看待。他姓杨，职位是部长，部长，不长，不会再长个子了，他本来就像一个布娃娃，姓杨的小娃娃，杨娃娃，洋娃娃，有一天，他就得到了那个漂亮的雅号。大家从此叫他洋娃娃。他的家乡离赤道实在太近，太阳太大太明亮，他的身体仿佛被强大霸道的阳光抽去了水分，实在太凝练。虽然已经在北方生活了多年，他的皮肤仍然保持着健康的巧克力色。外地留在北京工作的大学生总是很勤勉。他每天来得很早，给我们的大老板打水、打扫办公室卫生。不像我，每天卡着点儿到。

"早，杨部长！"我问候迎面走来的洋娃娃。

"都和你说多少次了，不要叫我部长，不长不长，别老提醒我不会再长个子了。"他佯装不快。

我忍不住笑了，说道："好，洋娃娃！"

我们的大老板来得也不晚，甚至比谁都早，不知是他睡不着

北大恋歌

觉,还是故意来得那么早来监视谁会迟到。他面色红润,当别人虚情假意夸他气色好时,他却说那是由于甲亢所致。除此之外,从他的外貌上找出其他优点也难,他发顶无毛,一双鼠目。上司老奸巨猾,从不和我们正面交锋,他就像《一九八四》里的老大哥,虽在幕后,却一直在看着你呢,将我和同事如几颗棋子般玩弄于股掌之间。每每我们三个发动头脑风暴,挖空心思想点子时,他从不参与想办法,只是耍猴似地让我们几个脑子不停地转,一旦有了好点子,却十有八九被他否掉,我们几个小猕猴似的被他玩个底掉。他成天不肯动脑筋,也不知他的头发到底哪去了?我偷偷望一眼隔壁上司办公室的门,还好,门关着。他有时心情不好时,会一早城门大开,见到谁迟到或卡点儿到,便有了出气筒。当然,那个出气筒几乎都是我。这时,我总要编个让人一眼便可揭穿的低端理由,连我自己都为我的智商惭愧。他的出气方式也很特别,绝不会朝你大发雷霆,而是让你一坐就坐上几个小时,听他上课。大约是他早年的职业病使然,偶尔,看到我这样有小毛病的学生是要勾起他病根的。他是政治老师出身。他的目的就是让你相信他讲的一切都是为你好,你要感谢他,否则十年后你会后悔。天知道十年后他那一套是否有用。只有你装出感激涕零时,他才肯让你下课。每次都是那一套苦口婆心的良言教诲非要让人感到其言也切才肯罢休。我如坐针毡,倒宁愿他冲我大叫大嚷几分钟了事,以免我在他办公室尿了裤子弄脏他那油亮油亮的黑皮沙发,那可是洋娃娃花费一两个小时辛辛苦苦清洁上油的劳动成果。

我的另外一位同事,她身材骨感挺拔,脸庞上笼罩着一种独特的典雅清秀的气质,就像奥黛丽·赫本,尤其是屹立于她脸中央的鼻子,无论从哪个角度看都很完美,使她显得自信而优雅,令我羡慕不已。我总是窥伺她,内心研究她的鼻子为什么会长得那么美。我猜,如果她发现我不停窥伺她,一定要对自己不客气了。后来,我得知奥黛丽原来的身份时,不禁惊愕万分——她是一个英雄人物,一个前五项全能世界冠军!

一天中午闲暇的时光,我和奥黛丽神清气爽地聊天。

"你会是个铁人?"第一次听说奥黛丽的传奇经历,我望着她苗条甚至可以说瘦得皮包骨头的身材不禁大笑。

"笑什么?"奥黛丽也笑。

"他们不都是身材魁梧、肌肉结实的吗,可是你?哈哈,简直就是个芭蕾舞演员。"

"我退役前比现在还要瘦,芭蕾舞演员可不像,倒像个瘦老头,对了,你为什么总喜欢看我?"

原来她知道我喜欢看她。人的眼睛可能真的不只有两只,还有很多其他感觉敏锐的隐藏起来的眼睛,它们协同工作,丝毫不会遗漏暗处的目光。

"我最喜欢看你的鼻子了!"我笑着说,对她的问题并不避讳。

"为什么?"奥黛丽也笑。

"因为你的鼻子漂亮,我的鼻子太大了。"

"我怎么看不出来,你不是北京人吗?"

"啊,我?算不得北京人。"我云淡风清。

"啊!你是从哪里来的?"

北大恋歌

我惊异奥黛丽不愧是世界冠军，她轻而易举便触及人类的哲学问题。我是从哪里来的？我是谁？我要到哪里去？我回忆起我的哲学教授在第一节哲学课上告诉同学们那三个问题是哲学的基本问题。然而，那三个看似简单的问题却是很难找到答案的，以至于在此后的生命里，我总是试图探询它们的答案，希冀在某些地方找到一星半点儿那谜一样问题的答案的碎片；然后把它们在头脑中拼凑起来，就像小孩子把一块一块的拼图拼起形成一幅五彩斑斓的画那样组成自己的生命谜语答案的绚丽画面。

小时候，我邻居家一个叫小志的小男孩问他的母亲，他是从哪里来的？他自己也不知道他的小脑袋里怎么突然生出那个哲学问题来的。在我的记忆里，小志母亲总是一个模样，从未改变过，似乎她不曾年轻过，也不会衰老，皮肤晒成健康的浅黑色，齐耳直短发，体形可能因为生了太多孩子变得异常臃肿，走起路来就像摇摇摆摆的南极企鹅。那个时代，已婚妇女并不在意自己发胖的身材，不曾听她们当中哪个人口中时常叨念"减肥"那个词汇，而那样看似蠢笨的体形并不影响她麻利的劳作。清晨的第一道阳光仿佛是一条灵利的鞭子抽打她的双脚，然后，她就像一只陀螺开始在她家那一方天地，锅台边、院子里、鸡笼旁，和其他一切仅供她个人劳作的场所旋转、穿梭，永不停息。

小志的那个哲学问题在那一天却使她放慢了劳作的节奏。除这个男孩子以外，她还有其他五个孩子，这个男孩最小，偏偏他会有这样深奥的哲学问题来问。那个问题使她不由想起孩子们的父亲，她的目光投向了远方。

孩子们的父亲是个小木匠，做活有一手，从他手里做出的门面和桌面,一点毛刺不见,光滑得如同丝绸被面。一天,她坐在炕上做针线。他在炕下推刨子,刨花像蛋卷纷纷滚落在地上。他们一边干各自的活儿,一边闲聊。"咱们家的大儿子啊,越来越淘,那天和前院的马三疯跑跑到铁丝网里去了,刚缝好的裤子又给刮破了,这个孩子,真是淘得没边儿,一点儿不听话。"他瞥她一眼,坏笑一下,说:"那就重揍,揍出一个听话的来。"他说话的口气就像他要在她身上奏胡琴。"换了别人,这话我倒信,就凭他们的爹呀,这辈子,我是不指望了。""不信你就试试。"他放下手中的刨子,跨上了炕,一把将她推倒。她反抗一声:"针!"他不理,把她手里的针线活扔到一边,像希腊神话里的雕刻家皮格玛利翁,开始在她身上推刨子。她身体丰腴,是他手下刨出的最巧夺天工的艺术品。那一天,小志那个孩子奇迹般地从无到有。

后来,小木匠不幸害了肺病,在小志三岁大的时候离世了。回忆起那一天,小志母亲的心头一阵甜蜜的悲戚,仿佛一股强大的胃酸涌到她的喉咙,可她硬是把它给咽下去了。而后,她转过系着蓝布围裙的肥大身体,一抬手指向远方对小志说,他是从粪堆上拣来的。接着,她就止不住大笑起来。

我的姐姐,年龄和小志相仿,两个孩子有时一起玩闹。那天她恰好听到了这母子的一问一答,很是惊诧,听罢便跑回家去问我母亲,她是从哪里来的?母亲正忙着,她可没耐心给姐姐讲人类的起源,她气恼姐姐和寡妇家的男孩一样淘气,成天惹是生非。然而令她真正气恼的原因是这个丫头片子虽然和男孩子一样淘气可偏又不是男孩子。她时常望着姐姐蹦跳的身影发呆默想,

— 11 —

北大恋歌

既然老天爷赐给她一个和男孩子一样淘气的女孩子,为什么不干脆给她一个男孩子算了?尽管她总能在菜市场与小商贩周旋到底,最终买到便宜货,老天爷可没时间和雅兴与她讨价还价。

她停下手中的家务,想说,快别缠着我了,到别处玩去。她想把这个丫头片子赶快打发走。然而,她转过头,看着那张无知的小脸上眼中的渴望;母亲心软了下来问,干吗问这个?姐姐说,小志的妈妈说,小志是从粪堆上拣来的,所以她也想知道她是从哪儿来的。母亲不禁笑了,笑出了声音,心想小志的妈妈真有想象力,只是她的想象力跟着她的目光走直线,直接走到她家大门口的粪堆上。那却给母亲提供了参考,只是她的目光走了一条弧线,落到了洋灰窗台上,然后她眼前一亮,说:"你是从糖罐里捞出来的。"听了这句话,姐姐的两只小手立刻像小鸟的翅膀扑腾起来,转身便跑,她想跑去告诉小志,她是从香甜的蜜糖里生出来的,可不像他是从肮脏恶臭的粪堆里变出来的,而她内心的优越感使她跑得像飞一样。

我要比姐姐和小志幸运,因为当我想要知道这个问题的时候,已经过了被大人"骗"的年龄。

"苏联大鼻子"。那几个可怕的字眼时常切入我的视像。我清晰地记得在上中学时,有个男孩赠送给我那个绰号。是的,有一天,我就得到了那个绰号。那一天,我回到家中,皱着鼻子冲父母大嚷:"有个男孩叫我苏联大鼻子!"父亲看了我一眼,说:"他怎么知道你是苏联人?你的曾祖母是白俄罗斯人。"我惊诧万分,犹如坐在树下的牛顿,头被飞奔直下的苹果击中。我的生命密码竟被那个捣蛋鬼破译了?

我始料未及，自己的祖先竟来自欧洲一片严酷寒冷之地，据说每年冬天都有人因为醉酒冻死在雪地里。

母亲一旁说，那有什么办法呢？谁叫我没随她，却随了父亲的大鼻子了。"为什么姐姐的鼻子不大呢？"我追问。母亲说，你没看出她的眼珠有点黄吗？在那一点上，她随了父亲。

"我的同学没看出来！"姐姐幸灾乐祸，两个泛黄的大眼珠骨碌碌地乱转了不知多少圈。

父亲满不在乎。他小时候，头发是浅色的，那和一般孩子油黑油黑的头发相比，颜色非常不同，他的皮肤也较其他孩子白一些，所以他收获了一个雅号叫"黄毛丫头"。他羞愧难当，回家告诉他的母亲，他的母亲说，那有什么办法呢？因为他的外祖母是白俄罗斯人，她小时候的头发也是浅色的。不过，在她居住的那个中俄混血的村庄，人们不拿头发、鼻子和肤色互相取笑。她的家住在中国版图最北端的黑龙江，她就出生在中俄边界的一个村庄，她的头发有一半是金色的。据说，那个村庄的人都是中俄混血，男人和女人的身材都是高高大大，皮肤较南方人（当然，所有他们村庄南面的地方，他们都可以称作南方）要白皙，眼窝要深些，头发的颜色要浅些，鼻子要高些。后来，她嫁到了南方，问题就随之而来了。祖母安慰父亲，带着遥远的俄罗斯智慧说，不用担心，等到长大了，别人就把注意力转移到别处去了。从此后，他就盼望着快点长大，快点摆脱他浅色的头发，后来，他的亚洲基因占了上风，他便摆脱了他的雅号。

父亲把当年祖母的话原汁原味灌进我的耳朵，话语里仿佛还带着俄罗斯的冰碴，冰得人心里直冒冷气。我型号失常的鼻子是

北大恋歌

先祖留给我的今生的永远的礼物,作为我身体内十六分之一欧洲血统的纪念。我无比沮丧——它就像是一个耻辱的烙印要永远打在脸的中央了。我拼命想要抓住最后一棵救命稻草问父亲,别人会将注意力转向哪里呢?他说,他现在说不好,会有很多地方,以后我就知道了。

然而,那时候,我把鼻子看成是一种负担,因为那时我只是个十几岁大的孩子,正值青春期,发胖的身体,五官还是混沌的一片,胀鼓鼓的脸颊上挺出那样一个超出标准型号的鼻子,无疑是雪上加霜。

在此之前,我从未觉察我鼻子的尺寸和别人的有什么不同。"我的鼻子有那么大吗?"我时常被那个问题所困扰。一天,我回到家里,走到镜子前面,仔细查看自己的鼻子,可能型号确实比其他同学的大了半码。可能。父亲早就告诉过我和姐姐,曾祖母是有白俄罗斯血统的。那时我们还小,未曾将他的话铭记在心,作为一种自身现象的解释。人的记忆似乎只有受到强烈刺激后才能甄别出以往看似有用的信息,否则,可能永远遗忘。

白昼,灵魂深处的那台摄影机开始向我自己的形象推近。我的形象愈加清晰壮大,脚上穿着一双拖鞋,漫步在街上,鼻子很大,骄傲地屹立在我画满皱纹面容的中央,一团头发犹如灰白的钢丝乱蓬蓬地堆在脑后。我走在柔软的白日梦里。在我得到绰号那一天的下午,我神情恍惚,走到教室走廊上,突然看到一张挂在一侧白墙上的画像。我举头观瞻,那是爱因斯坦。他也有一个大鼻子。一团头发犹如灰白的钢丝乱蓬蓬地堆在他的脑后,他目光投向远方,仿佛看到那颗投向广岛代号是"小男孩"的原子弹,接着,又是一颗,投向长崎,代号是"胖子"。

一天夜里,我躺在被窝里,又想起我的鼻子。我摸了摸它,它的身体冰冷得发硬。我睡不着,从被窝里走了出来,来到镜子前面,观看我的鼻子。啊!我尴尬的鼻子,它是那样丑陋,安卧在脸的中央,脸在它的影响之下,也变得丑陋。我目光低垂,镜边放置一把水果刀,刀刃雪白锋利。我拾起它,举起来接近鼻子,削了下去,如同削下一块烂苹果。脸终于失去了那个令我感到耻辱的鼻子,脸的正中间留下一块血淋淋的鼻形印记。镜中,失去鼻子的脸低沉着声音说:"从此你不会再有负担了。"我凝望那张脸,它依旧丑陋,失去鼻子的它甚至更加丑陋。而削掉的鼻子却不能重新镶嵌回去,我失去它了。我开始寻找它的踪迹。地板上是空洞洞的一片。焦惧,还是焦惧。突然鼻子出现了,它的两只黑眼在黑暗中注视着我,说:"我就是你,你就是我,你杀了我,从此,我们是两个人了。"它旁边,空洞的一片。鲜红的血滴从空中滴下。我猛然将目光投向镜子,脸上属于鼻子的部位在滴血,血滴慢慢地流,向下流,流到嘴角,脖颈,前胸,血流愈加绵长,愈加汹涌。我捂住鼻子的血洞,欲将血液止住。红色的血从我的指缝冒出来,不断流淌。紧张,害怕,后果严重,不可挽救。一条血线扑射出来,直击镜面。瞬时,镜中我的面孔,血肉模糊,面目全非。"啊,我的脸!"我惊呼!我惊醒!

我做梦了。

我一整天都沉浸在那个残杀鼻子的梦境。我把这个梦告诉了姐姐。姐姐用黄色的目光注视着我,以孩子的敏感洞察到事态的严重,不再幸灾乐祸了,她怕我真的找把水果刀把鼻子给削去。

北大恋歌

她安慰我说，你实在是太在意、太不喜欢自己的鼻子了，没关系，等长大了，可以去做整形，电影明星都整容。我不禁喜出望外，点点头，心里盼望快快长大。

长大并不是一件漫长艰难的事，当我十八岁，脸上的五官也长大成人足以定型去做整容。我站在镜前重又细观鼻子，它坦然栖息在脸的中央，它是它，又不是它。它重生了。我的一个自我对着镜中我的映像突然开口："为什么要去切割它呢？"另一个自我肯定地回答："并未看出有什么必要。"听了它们的对话，我朝鼻子莞尔一笑，从镜子前面走开了。鼻子在那里。长大后竟然没人发现它特别。人们对我的关注点可能如父亲所说，确实发生了变化，不再是我的鼻子了，而是转化到其他抽象的事物之中去了。我时常回忆起那个削鼻的梦，它躺在地上悲戚哀伤地注视我的样子至今仍然清晰地刻在我的脑海。有些梦不需要变成现实。有时候，追求美的本身相当于自残。至此，我的耻辱感完全消失了。

我终于没有去做整形，没有去。难道我的鼻子变成了正常的型号，变得小巧玲珑了吗？不是，根本不是。那时的我和现在的我已经是两个人。那个给我起绰号的男孩也不见踪影。多年之后，我有幸重新遇到他。他已经脱胎换骨，伴随着他自己的成长，那个会起激人深省哲学问题绰号的男孩早已被无情的时间埋葬。取而代之的是另外一个饱受成长之痛的人，备受枯燥单调成年生活折磨的人。他的生活充斥着要养一条狗还是要养一个孩子的类似命题，使他陷入和他妻子的战争之中去。他已不幸地失去当年的精敏，自然成了她的手下败将。但是，我如今却对他心存感激。他为我提示了生命密码的首字母，祖先的神秘气息强烈吸引着我，引发我去探究。我好比一个拥有侦探素养的人，绝不亚于阿加莎·克里斯蒂。

上大学选修课的一天下午，明亮的阳光从阶梯教室门上的窗户射进来，迷得我几乎睁不开眼。教室的前面，我的俄语教授在为我们讲授俄罗斯历史与文化。俄语中的那些颤音，我真是学不来。不过我的教授说，没关系，即使列宁也发不好他的颤音。可能要身处那种严酷气候之地才学得来那个颤音，人们的舌头冻得乱颤自然成就了那些颤音。列宁呢？可能他居住的地方还是不够冷。

我的俄语教授的发型梳理得就像苏联电影《办公室的故事》中的那个女主角那种样式，整洁光亮，一丝不苟。偌大的教室里回荡着她天籁般的声音，那个声音把我带到一个遥远神秘、令我魂牵梦萦的地方，那个我朝思暮想要去寻找出生密码的国度。

"……那里天气寒冷，人们表情严肃，不苟言笑……"一定是给冻僵的。"……象征他们国家的动物是熊……"我的同桌有一个听课习惯，她喜欢把她所想到的说出来，就像她脸上紫红色的青春痘总是要点缀到面部皮肤外面来。"天啊，一个笨家伙！""……他们的国花是葵花……""天啊，那么普通的花！"她肥嘟嘟的脸蛋儿就像新鲜出炉的小面包泛着亮亮的油光。她家住在乡间，房前屋后满是向日葵，她当然毫不稀奇。"……他们是精神世界的漂泊者，受到中西文化的冲击，有时他们自己也不愿意说自己是俄罗斯人……"漂泊者？听到这，我的心灵一震，然后，它牵引着我的思绪奔向远方。我竟是漂泊者？那一刻，我似乎寻

北大恋歌

找到了我生命之谜的答案。那节课破译了我的身世的又一个密码，我像发现了一只斑斓的蝴蝶翅膀上的一个彩色斑点那样欣喜若狂：我因此漂泊到了这里，接下去又要漂泊到哪里？我将在漂泊者的生命轨迹上独自旅行，无家可归？漂泊者，一个富有诗意的名字。我不禁向我那个皱起眉头的同桌微笑了。

漂泊者。一个声音，仿佛在我耳畔响起。那是尼采的声音，他的嘴上蓄着浓密厚重的"一"字胡须，如同一枝丢了笔杆的粗大毛笔头，生硬倔强，几乎挡住了他的嘴唇，但那并不影响我聆听他的声音。他微启双唇，为我吟咏他关于自由、漂泊的诗篇：

飞驰的骏马背负着我
毫不焦虑恐惧
奔向遥远的地方。
见到我的人，认识了我，
认识我的人，叫我：
无家可归的人……

没人敢于问我
我的家在哪里：
也许我永远不会
受束缚
于空间和飞逝的时间，
我自由得就像一只鹰……

奥黛丽也是漂泊到我身边的？她并不以世界冠军的称号为意，她说那只是过去的她。如今，她已经退役，原来的强项派不上用场。她得一切重新开始，要像个孩子一样，需要重生，但不是从母亲温暖的子宫里，而是从社会那个莫明的子宫里。她感到兴奋而害怕，退役以来，那种感受一直缠绕着她。"我感到我快被难产了！哈哈哈……"她笑了起来，声音响亮，终于向我彰显一种爆发力和持久力。那个时候我才感到她内在的力量，毫不怀疑她畅朗明快的笑声可以轻而易举撑破那个爱搞别扭的子宫，让她顺产。

我笑着走进办公室。奥黛丽在里面收拾桌面，她把桌面擦得一尘不染，可见她的世界冠军作风，令人望尘莫及。

"早！"

"早，GRE 复习得怎么样了？"

"不怎么样，非得脱层皮了。"

"脱层皮也值了，去美国留学多好，要能留在那里就更好了。以后我的孩子长大了也去美国留学得了，就去找你！再也不想让我儿子活得像我那么苦了！"

没想到我人还没有出去，就有一个小追随者了，还是世界冠军的孩子。人活着，不是为自己。这句话简直就是真理。一时间，我感到自己责任重大，就像变成了那个孩子的守护神，自我就像是一块干银耳放到一盆温水里逐渐膨胀生长盛开成一朵粘糊糊肉头头的大白花。于是，我没心没肺地说："没问题，我一定好好照顾好你的孩子，就像我自己的孩子一样。"

她于是露齿而笑，仿佛她的孩子放到我的手里就像放进了保

北大恋歌

险箱。没错的。

洋娃娃这时走了进来，打断我们说："好了，女士们，先别纪阿姨、念阿姨的做美国梦了！头儿让我们讨论今年六一活动怎么搞，得赶快拿出个方案来。"

奥黛丽和我相互使个眼色，然后我们异口同声地说："好！头脑风暴！"

这时，我的脑海里突然闪现两朵小雪花。我脱口而出对洋娃娃说："现在我就能告诉你我们应该干什么。"

他和奥黛丽神色诧异，没想到还没发动头脑风暴我就这么风暴般地有了点子。

"我们应该和附近的一个特殊学校联系，带那儿的孩子去动物园，看大熊猫！你赶快去向头儿汇报吧。"我对洋娃娃兴奋地说。

奥黛丽说："是个好点子，可以突出我们基金会的公益性，又能和附近社区和学校搞好公共关系。"

洋娃娃似乎也对这个点子充满信心，说："好，我这就向头儿汇报去。"然后，他便去隔壁办公室了。

不多时，他回来了。我和奥黛丽见他神色黯淡，便觉不妙。

我凑上前去问："怎么样？"

"不怎么样，他把你的点子枪毙了。"他一脸衰相，不知是因为领导没同意，还是因为要再费神想点子。

领导就是那样。每每我们三个发动头脑风暴，挖空心思想出的点子，十有八九被领导否掉。他从不参与想办法，每天却让我们几个耍猴似地转不停，被他玩个底掉。他成天不肯动脑筋，也不知他的头发到底去哪了?

怒气顿时窜上我的脑门,我不由责问洋娃娃,就像点子是被他否了。我厉声问道:"为什么给否了?"

洋娃娃一脸委屈地说:"他说不安全,怕出事,带着一帮那样的孩子,太麻烦了。"

"你没说那可以突出我们基金会的公益性,又能和附近社区和学校搞好公共关系吗?"奥黛丽问。

"说了,没用,姑奶奶,我说什么也没用。他说就像往年一样,找个学校,搞个赠书仪式完事,什么都不用考虑,还省钱。"

我的脑际突然闪现出两片小雪花,心里像一壶刚刚烧温的水猛地给加了一瓢冰水,别提多难受了。"我找他说去。"这一天,平时忍气吞声的我不知从哪里来的蛮勇,大概是我的俄罗斯基因被挑动起来了,我非要蚍蜉撼大树不可,说着我便怒气冲冲大步流星走向领导的办公室,一副找他算账的架势。洋娃娃在后面叫我,不让我去,我只当听不见。

走到门前,我先停顿了一下,心理上着实还是有些发怵的,左右思忖,自觉有理,因为我是为了工作。然后,我便鼓起全身勇气敲敲门,里面传来一声"进来"。我便推门而入。领导看到我先是很诧异,然后便问我有什么事。

我本来要义正言辞斥责他,话到口边却变弱了强度,我的表情一定假得像塑胶模特,皮笑肉不笑地说:"领导,我们好不容易想出的点子,您怎么觉得不合适呀?"

"小杨没告诉你吗?带这么一群脑瘫儿童出去有多不合适,要是走丢一个,谁担这个责任?是你还是我?恐怕我们谁也担不

北大恋歌

起这个责任。到时候他们的父母跑到我们基金会来大吵大闹,谁能出面解决?到时候,他们不会找你,而是找我要孩子。到时候我交不出孩子找谁去?找你,你能交得出来?行了,这件事到此打住,你们再想别的计划,要么就像往年一样,搞个赠书仪式,我看就挺好。"他对我倒很坦率,头顶油汪汪地发亮,如同他的内心无需遮掩。

没想到他攒这么一堆话等着我。虽然他的话有理,我却还是不到黄河心不死,想要据理力争,不知不觉,音调就高上去了。"可我们要做一点儿与以往不同的事,不能老是重复做一件事,就像我们不能每天老吃一样东西,吃多了会营养不良,会腻。"

"腻也要吃,安全可靠,你们这些小同志,做事老是不想后果,还要带他们上动物园,到时候是看动物,还是看他们?亏你想得出来。"他语气虽然保持平静,但我感觉得到他内心早已对我不耐烦。

我对他的陈词滥调深恶痛绝,他这一语正中我的爆发点,又一股俄罗斯蛮勇冲到我的喉咙,我对他义正词严地说:"领导,我们带孩子们去动物园怎么了?那样的孩子又怎么了?孩子都是一样的,都有得到快乐的权力,"我义愤填膺,像个战士,情绪左右了我,我加大了火力,"如果您的孩子是那样的孩子,您就不带他去动物园了?"

我这一番话像是一记飞镖正中他的要害。他登时呆若木鸡,旋即脸涨得通红,像个瞬间被催熟的转基因西红柿,他气急败坏地对我说:"你今天还没完了,这么对长辈对上级说话吗?还用质问的口气。我说不行就不行,我还要出去开会,你难道没有别的工作了吗?快回去工作吧。"他怒火中烧,几乎语无伦次。

我一肚子委屈,拂袖而去,回到自己的办公室,扑通坐到办公椅上。洋娃娃和奥黛丽看到我这副模样便猜出大半。

洋娃娃操着他的南方口音对我说:"大小姐,你今天是怎么了?你就不会好好说话,发那么大脾气干什么?适得其反了吧?"我就讨厌洋娃娃这副低三下四的嘴脸,没点男人骨气。可那是他的生存之道。办公室的战争中,他的角色是个中间派,墙头草,顺风倒。他会为自己的中间行为提供进化依据说:史前动物恐龙巨大威猛吧,可是都灭绝了;蟑螂和恐龙是一个时代的动物,它身材小吧,没力量吧,可是苟且有一点吃的就行了,反而幸存了,这便是顺势而为,别太强硬。我和奥黛丽可以无欲则刚地玩潇洒,他不行。我和奥黛丽有时气得说干脆叫他蟑螂得了,像蟑螂那么过日子,不如死了算了。他声称男人要在社会上立足,要忍,要能屈能伸,他成了今天这副样子,连他自己也没想到,见了人说人话,见了鬼说鬼话,处处小心,维护上级,维持办公室正常等级秩序。

"你脾气倒不大,他也没听你的。"我没好气地对洋娃娃说。

奥黛丽对此也爱莫能助。她这个退役冠军的处境比我还惨,她的话在领导那里丝毫没有分量,他从一开始就不把她当盘菜。她的内心常常泛起一种虎落平川、英雄气短的悲壮。她上前对我说:"洁蕊,你捅到领导的心窝子了,我们在隔壁都听见了,你不知道领导结婚后一直没有孩子吗?"

我恍然大悟,难怪领导后来变成火柿子脸。原来一向倨傲凌人的他也有难言之隐。我做梦也没想到自己点到他的死穴了。然而，覆水难收，我追悔莫及。"我怎么知道他没孩子，我又不是故意想气他。再说，他自己没有孩子，就剥夺别人家的孩子享受快乐了？"

洋娃娃望着我摇摇头说："这下你可是把他气着了，我敢说，你的点子彻底流产了。"

我欲哭无泪，一整天悒悒不欢，心里像装着一桶炸药，随时爆炸，却找不到导火索。洋娃娃看我脸色不好，躲我远远的，生怕成为那根导火索。

夜晚，临睡前，我登录雅虎通，注意到那个叫约翰爱中国的新朋友也在线上，他也把我添加到了他的朋友名单上，我便许可了。事情的经过可能并不重要，总之，我和我的新朋友开始在线上交谈了。

"Ni hao，ni hao ma？"

他用汉语拼音向我问好。我朝显示器笑笑，却用英语和他打招呼，"hi，I'm good，how are you？"我习惯于英语打字，因为我打中文汉字的能力实在差劲，还有因为打英语单词无需查一长串的同音汉字列表，反而更为便捷。

"我很好，你好吗？"他似乎懂点中文。

"你叫什么名字？"我问。

"侯约翰。"他说。

我小乐一下，先前猜得没错。他是叫约翰，姓侯，猴似的，还是一只外国猴。

"你叫什么名字？"这回他用英语说话了。

"我叫郝洁蕊，英语名字是 Jeri。"我用英文回答。

"发音和你的中国名字相似。"他说。

像一些西方人一样，他取一个和自己西方姓氏相仿的中文姓氏，却保留西方名字不变，形成这样一种中文姓氏加西方名字的中西组合。我和他正好相反，像一些中国人一样，我保留中文姓氏不变，却起一个英文名字，这样同样形成一种中文姓氏加西方名字的中西组合。中西方人改变的部分恰恰相反。殊途同归，东方和西方在姓名组合上实现了统一。那些汉语和英语的结合体，它们握手的时间甚至比周总理和尼克松握手的时间还要早。

"你从哪来？"我用英语问那个最初学习英语时简单得不能再简单的问题。

"美国。"

"你怎么找到我的？"我感到很意外，因为那时雅虎的个人档案网页已经被屏蔽了，我心生奇怪，他怎么可能找到我呢？

他说，他在 intellectuals 那个群组里找到了我，看完我的个人网页后，他给我发送了留言。我的个人网页在他发完留言后几秒钟就重又屏蔽了。

他说，我是上帝送来的礼物。

我感到很意外，没想到自己在浑然不觉之中成了上帝送给一个陌生人的礼物，上帝日理万机，还能想到给人派送礼物，想必那天他老先生心情不错。

他对对那个群组感兴趣的我感到好奇。

我对那个群组感兴趣是因为我认为 intellectuals 是一群能够深入思考，不随波逐流、人云亦云的人，他们是一群独立的、有

北大恋歌

着清醒的人。

　　还有，我的个人页面上的那首诗刚好是他最喜欢的一首诗。罗伯特·弗罗斯特的那首《未选择的路》。

　　深黄的林子里有两条岔开的路，
　　很遗憾，我，一个过路人，
　　没法同时踏上两条征途，
　　伫立好久，我向一条路远远望去，
　　直到它打弯，视线被灌木丛挡住。
　　于是我选了另一条，不比那条差，
　　也许我还能说出更好的理由，
　　因为它绿草茸茸，等待人去践踏。
　　其实讲到留下了来往的足迹，
　　两条路，说不上差别有多大。

　　那天早晨，有两条路，相差无几，
　　都埋在还没被踩过的落叶底下。
　　啊，我把那第一条路留给另一天！
　　可我知道，一条路又接上另一条，
　　将来能否重回提起当年的旧事：
　　旧地，这就难言。

　　隔了多少岁月，流逝了多少时光，
　　我将叹一口气，朝着两个方向，

而我——我走上一条更少人迹的路,
于是带来完全不同的一番景象。

那首诗在他心里引起了共鸣,他对我有了似曾相识之感。他想要告诉我,那是他最喜欢的一首诗。

我告诉他,中国有一个文学家叫鲁迅,他是他那个时代最伟大的文学家之一,他是一个个性鲜明的 intellectual,有着自己独到犀利的见解。他本是在日本学医,有一次,在上课前放映的幻灯片中,鲁迅看到一个中国人为俄国人做侦探,被日本军队捉住杀头;一群中国人却若无其事地站在旁边看热闹,他受到极大的刺激;意识到精神上的麻木不仁比身体上的虚弱更加可怕,要改变中华民族在世界上的悲剧命运,首要的是改变所有中国人的精神;而能够改变中国人的精神的,则首先是文学和艺术。于是鲁迅弃医从文。虽然,他的文章大多晦涩难懂,却是入选教科书最多的作家,他被看作是中国的尼采。

他说,真的?

我说,是,他们连胡子的形状都大致相仿。

他送出一个咧嘴大乐的笑脸符。

我也如是。接着,我告诉他鲁迅在小说《故乡》里也写过路:其实地上本没有路,走的人多了,也便成了路。

他说,他会去读一读那本小说。

我看出他喜欢写汉语拼音,信手敲击键盘问:"你是个学生吗?"

"是。"他说。

北大恋歌

原来，我们各自学习的目的语恰好是对方的母语。我们就这样，我一句英文、他一句汉语拼音地交谈。

"你在哪个学校学习？"

"印第安那大学。"

"你学中文吗？"

"是，我正在北大学中文。"

"真的？鲁迅还在北大教过书呢。"

他说太酷了。

从那一刻起，我的兴奋点转向了北大，谁不羡慕北大呢？可能每个中国学生的心里，上了北大就像上了天堂。那么因为北大的原因，我对他产生了兴趣也就不足为奇了。

"我还没去过北大呢，它很大吗？"我问道。

"不大，但是很漂亮。"他似乎觉察出我对北大有兴趣，就说："我可以做你的向导，要是你来这的话。"那像是一个邀请的暗示。

一个神秘欢快的音符在我心底奏响了。我说："看看吧，我还不能确定。"

"你真是个外交官。"他说。

我笑了，对自己外交官式的风范颇为得意。初次交谈就谈到拜会对方，对中国人来说未免太那个了，不符合中国人的行为规范。

"你是做什么工作的？"这次轮到他拷问我了。

"我现在在一家儿童基金会工作，我的工作是帮助家庭困难的儿童募集奖学金，提供法律援助，有时候也举办一些活动，比如在六一儿童节时举办节目之类。"

他说:"你的工作很神圣,能帮助社区的儿童,很有意义。"

"是的,但是有的时候真的感到有挫败感。"想起今天发生的事情,我对他袒露心声,"我不是一个爱抱怨的人,但是我有时真的无法改变令我感到无助的事。"

"好像很严重。"他发出一个担忧的面孔。

我不由叹了一口气,于是向他讲述了这一天发生在我身上事情的前前后后,包括我的小雪花眼男孩,我的主意,我的被拒绝,凡此种种。我不是一个怨天尤人的人,可能是机缘恰巧碰到我心灵上的那个疙瘩,我想一吐为快。

他看过我的叙述,发来消息对我说,我的愿望是好的,但是光有好的愿望是不够的,还要想办法实现它。

我告诉他,彻底没有希望了,我把上司惹火了。

他说,当你需要实现你的目标时,你要使他确信你的计划会对他有利,如果对他有利,他一定会同意你的计划;反之,他是不会支持你的计划的,即使你的计划有多么高尚,如果对他无利,他为什么要帮助你实现你的计划呢?这可能也是人性使然,尤其是当老板的这些人。

我望一眼天花板,不由点头,想到中国文化中的无利不起早和他说的话不谋而合,我怎么没想到呢?我眉头一皱,计上心来。我发出一个咧嘴的大笑脸,感谢他给我的提醒。

困意来袭,我打了个哈欠,写了一个"good night"。他则写了一个"wan an"。然后,我便摇摇晃晃爬进我温暖舒适被窝的怀抱,横着倒下,结束一天直立的状态,悠悠然进入宇宙的另一

北大恋歌

个维度。没办法，第二天我还要上班维持生计。

第二天，我早早起床，提前半小时上班，想要取得领导的欢心总要装大瓣蒜。我很早就到，没想到还是没早过领导，他早就到了。他的办公室"城门大开"，里面传来的声音不禁让我大吃一惊。他竟然在跟录音机读英语。我好奇地走到他门前，见他眉头紧锁，很是专注。我刚要悄悄离开，他却抬眼看到了我。他见我来，先是错愕，停下朗读，可能没想到会是我，然后，他干巴巴说了一句："你来了，快进来，听我发音对不对？下个月，我要陪上级领导去英国考察。"

我本以为他还会怒气满胸，没想到经过一夜，听口气，他明显气消了。这是个好兆头，这样一来，接下来的事情就好办了。我于是满面堆笑，边走进他的办公室边对他说："领导，我在楼道里就听到了，您的发音可是纯正的伦敦音啊。"

我这一句把领导逗笑了，他面色慈祥，说道："你可别忽悠我了，我这水平我自己还不知道啊？"

"您的水平非我辈所能及也，高得很呢。"我笨拙地谄媚。

"高什么高啊，工农兵大学生，哪像你们现在的孩子水平高啊。"

"工农兵大学生都是百里挑一，个顶个都是精英，我们都是托了高校扩招后的福，考大学容易多了。"

大概我的话很是受听，领导听了面色泛出欣慰的光，他摸了一下自己的光头，像是想起什么，说道："今天你怎么来得这么早啊？"

我勉强挤出一个笑容对他说:"领导,我是特地来向您道歉的,昨天说的话太伤人了,真是对不起。"

领导脸色变得很正,说:"你们这些小同志啊,说话办事一定要注意分寸,有什么事好商量,我的级别比你高,年龄比你大,你就那么大脾气,一甩袖子就走了,甩脸子给我看?也就是遇到我这样的领导,换成别的领导,后果会很严重。"

我喏喏着说:"是,是,领导,我知道,您是好领导,心胸开阔。您就大人不记小人过,原谅我吧。"

他叹一口气,说:"唉!你也是为了工作。"

我感到机会来了,不可错失,便像一只猴子顺着竹竿向上爬一小节。"是啊,领导,其实我那个点子,也不是一无是处,总理在一个小学的黑板上写下'同在蓝天下共同成长进步'。想想我们以往做的都是些锦上添花的事,为什么不做些雪中送炭的事?那不正是我们公益事业的真正意义所在吗?要是这个'六一'我们做出点不同凡响的事儿来,带这些智障儿童去动物园,说明我们的工作有创新。至于经费,我也知道我们基金会钱不多,但是我们可以去找赞助商,很多企业都愿意做这样的公益活动,我们就用他们企业的名字为这个活动冠名,所以经费可能就省下了。另一方面,我们还能帮助老师和父母让这些特殊的孩子享受到童年的欢乐。说不定我们能上电视新闻,这样您的光辉形象可要大放异彩,您可要成名人了。"

"唉,"领导一摆手,说道:"我可不想成为什么名人啊——"

"我知道,您可不是沽名钓誉之辈,但这是个提升我们基金

北大恋歌

会的形象的好机会啊。"

"你说的这些,我都明白,可是万一哪个孩子出了安全问题怎么办?父母还不着急死了。"他面有难色。

我早有准备,不慌不忙地说:"不会,我们邀请他们的父母一起参加,还有学校的老师也可以帮助我们,我们采取一对一的方式,每个孩子都有一个大人带,安全问题就解决了。"

领导说:"这倒是个办法。"他沉吟片刻,说:"我们基金会是要提升一下形象了,这样吧,等小杨他们来了以后,你召集他们,我们开会讨论一下,我们做什么事一定要民主,不能专断,搞一言堂。"

"好嘞。"我重又看到希望,内心仿佛闪出几颗欢乐的火星。

过了一会儿,洋娃娃和奥黛丽陆续到来,见我早到,仿佛看到太阳从西边出来,很是奇怪。我对他们说:"好了,领导说了,咱们得开个会,讨论一下'六一'活动的事。"

"怎么回事?他自己有主意了?"洋娃娃问道。

"开会时你就知道了。"我故作玄虚,递给他一个神秘的眼神。

"一切听领导的。"奥黛丽带着服从命令是军人的天职的口吻说道。

我到领导的办公室告诉领导大家都到了,可以开会了。于是,所有人到达会议室,领导坐在长条形桌的正中间,我们几个同事如同点缀在他周围的几颗小星星。

大家坐定,领导用四平八稳的语气说:"今天我们召集这个会的目的是想大家议一下今年的'六一'活动,早上洁蕊来给我说了她的想法,想带这个社区一所特殊学校的孩子去参观动物园,我觉得这个点子蛮好。但是我们要民主,我还想听听各位的意见。"

洋娃娃和奥黛丽却很诧异,他们先是看看领导,然后又把目光转向了我,像在说,你用什么办法使这老家伙回心转意的。我对此早有预期,因此很是镇定,回以胜利者的目光,嘴角闪现一丝不易察觉的笑意。

领导见大家噤声不语,他便钦点,头转向洋娃娃说:"小杨,你是部长,你先谈谈你的意见。"

洋娃娃见状,先"嗯"了一声,然后说:"领导,我觉得不大合适。"

这是领导不曾料及的,他先是愣一下,那模样仿佛在说,你小子敢反对,但他却慢条斯理地说:"为什么呀,小杨?"

洋娃娃故作为难地说:"领导,我觉得不安全,您看,即使带智力正常的孩子出去都很麻烦,更别说带这些智力受过损伤的孩子出去了,要是万一走丢一个怎么办?"

我和奥黛丽交换了一个眼神,眼神里包含着一个好笑的信息,洋娃娃今天也真胆大,敢用昨天领导说的话来对付领导。

"唉,小杨,你这个小同志呀,我早就想说说你了,没有创新精神,缺少开拓的锐气,遇到事就退缩,这样做工作可不行,你说的这点绝不是问题,我们可以邀请他们的家长和老师一起来,一个大人带一个孩子,这样你说的问题不就解决了。"

洋娃娃故作恍然大悟状,说道:"领导就是领导,比我想得周到,我还真是没想到。"

北大恋歌

领导摇摇头，对他语重心长地说："小杨，今后工作一定要多动脑筋，想办法，有条件要上，没条件创造条件也要上。"

"是，是，领导，一定谨记您的教导。"洋娃娃唯唯诺诺。

教导完洋娃娃，领导又把目光转向奥黛丽，对她说："小申啊，你有什么看法没有？"

奥黛丽用手拂一下头发，说："领导，您有没有想过经费的问题呀，今年我们的经费可是不多呀，这次活动可要花费不少呀。"

领导微微一笑，说道："你们这些年轻同志啊，现在工作起来，就是缺乏创新精神，我们做事情一定不能就只靠我们自己，要善于借势；你说的这点也不是问题，现在很多企业都愿意做公益活动，我们可以去找几个赞助商，然后用他们企业的名字冠名，我们基金会可以不出或少出钱，这样一来，既宣传了他们的企业，又为孩子们做了好事，也提升了我们基金会的形象，这是一举三得的好事，实现了社会的共赢啊。"

奥黛丽一副崇拜的面容，说道："领导英明啊！真是好主意，我怎么就没想到呢？"

领导心满意足，最后总结陈词，说："同志们，我们做工作一定要与时俱进，开拓创新，遇到困难一定要迎难而上，工作才能更上一个台阶。好了，洁蕊先去做方案，然后大家回去分头去作准备，争取把我们今年的活动做出特色。"

洋娃娃赶紧跟上："领导，您就放心吧，我们一定用心。"

奥黛丽见状满脸拥护地表决心："我们一定不辜负领导苦心，一定要把这次活动办好！"

"好，散会！"

等他一走，我们便无声地笑，庆祝我们的胜利。

"一听他的话，我就知道是你的主意，我故意用昨天他对我说的话来问他自己。"洋娃娃说罢喜笑颜开。

"洁蕊，你还真行，想出这么多好办法。"奥黛丽一脸喜悦。

"我们的人生态度一定要积极，只要下定决心，一定有办法。"我对两位同事心存感激，如果缺少他们，我的工作时间一定会黯然失色。

周末和工作日似乎是生命中永恒的主题，它们不知疲倦地交替上阵。温暖的季节，早起要比在寒冷的季节容易，温暖的天气启动了人的活力，焕发新的精神。周末的清晨，我享受那段难得的自我时间。那种美好的宁静只保持到太阳光刚刚跃进窗户的时间，很快就会被电视声夺走。人们喜欢看那些电视剧，因为电视剧为他们提供了行为的参照，他们因而可以进行类比和比较的练习。不知是电视剧复制了真实，还是真实复制了电视剧，它们彼此间滑稽拙劣地模仿。真实化为幻影，神经得到暂时的麻醉。而我要无可奈何塞上航空器上的淡黄色耳塞来保持自我安静，我感到自己就像斯巴达克斯勇士，在那个不见硝烟却只有铅笔轻擦纸面沙沙作响的战场上集中火力，用头脑里的那把枪支在一行一行的试题里扫荡，比较呀，挑拣呀，判断呀，计算呀。

《比较文学何去何从？》我从一期《读书》中读到了那篇文章。美国比较文学创始人之一魏克雷在一九五八年即已指出：比较文学最站不住脚的一个征象是它没有建立起研究对象和独特的方法。今天美国大学里文学课程已不再是"死掉的白种男人"

北大恋歌

独霸天下的局面，但是经典一旦被推翻，用什么来取代是最重要的问题，用"环球派"的说法，比较文学应该涵盖全球，但是以个人有限的才能、精力和时间，如何能读遍各种文学作品（第一世界和第三世界，精英和流行，本国的主流和少数族群）和跨科系（哲学，人类学，心理学，政治经济学，女性主义，后殖民，"同志"……）理论，更遑论通晓数种以上的语言——全世界有两千多种语言，仅是"主要"语言也有几十种，况且，根据多元文化主义的观点，谁又有资格决定哪些是"主要"语言呢？谈"主要"语言不也是一种"帝国主义"文化霸权的表现吗？

啊！完了，完了。看样子比较文学快走投无路了。我莫名奇妙地感到忧心忡忡。

比较的历史即将奄奄一息了吗？没有了比较，这个世界会变得更加美好还是更加糟糕？

比较：中外关于"比较"的文字似乎都是带着些隐约的血腥之气。Compare：com – 一起，共同；pare – 削，削掉，修掉。看汉字"比"字给人的视觉冲击更加直观，像是两把匕首即将对决的序幕，虽并置，然刀锋犀利向上勾挑，让"自我"处在那两把匕首之间等待它们的对决。那些无聊的比较啊，即将使"自我"遍体鳞伤，或倒地而死似乎都是可以预见的。

比较，那不是人们一直都在喋喋不休永无休止的谈话题材吗？人们毫无例外生活在比较之中，有形的和无形的，每个阶段比较的内容也不尽相同，不管他们愿不愿意。从出生起，大人就用出生时的体重把婴儿加以比较，他七斤半，她六斤六两，他八斤，她五斤七两，在这个阶段，做那种简单的比较，孰优孰劣，无从知晓。然而，姐姐和我却这辈子也不可能知道我们生下来的体重了，我们无法和别人做出生体重的比较——我们两个都是在自己家里出生的。母亲自有她自己的办法，她用自己独到实用的方式把我和姐姐加以比较，她把自己的巴掌当作尺子来测量她刚刚出生的婴儿的长度。我姐姐是两拃半长，我是三拃长，因此我们的出生比较只能在我们两个人的小范围内进行——可能全世界我们的出生比较方式最特别，我们不比较出生体重，而是比较出生身高，而那种比较又是那样持久有效——我们两个人的身高在成长拉伸的过程中似乎总是保持二分之一巴掌那么长的差距，直到我们长大成人。

母亲说，女孩子容易扎堆，她是凭借她的亲身经历说这句话的。我猜，母亲不喜欢女孩，就像她说的曾外祖母一样——就喜欢小子，不喜欢丫头，可不知道为什么命运总是和像她们那些不喜欢丫头的人作对，曾外祖母生了六个女儿。在她们的心里无疑存在着强烈的对性别的比较，那种比较具有一种坚强的生命力，一直从曾外祖母那里延续到母亲，在姐姐怀孕的时候，她希望抱上一个外孙，一个男性的后代。

姐姐出生以后，父亲像是下了很大决心，抬抬他的黑边近视眼镜，对母亲庄严地说，就要这一个孩子了。可母亲却说，不行，还是再要一个，要是生个男孩就好了。那个时候刚刚实行计划生育，可能再晚一点就不再有我了。不知什么原因，母亲在怀我几个月的时候，又突然不想要我这个孩子了，要去流产！姑姑为她找了个大夫，据说是那个医院手术做得最好的。可是，偏偏

北大恋歌

在即将进手术室时,母亲却自己偷偷溜走了。事后,姑姑埋怨道,她那么大的人,怎么不说一声就自己偷着跑了。她害怕了。唉!原来,人在出生之前命运就已经被主宰了,只是母亲一个非常简单的想法,就决定了生命是否留存,你不能选择你的出生,也不能选择你被流产。谁是上帝?母亲。因为她有了想要第二胎的决定,才使得我出生到这个世界成为可能。在我出生以前,她是掌控我命运的人,因为我可能像许多人那样,还未等到出生就死了。

当母亲看到姐姐的女儿甜甜出生时唏嘘不已,又是个丫头。父亲却一点儿不为没有儿子传宗接代发牢骚,他常对母亲说,他没觉得没儿子不好。她说,他是傻蛋。他说,她是满清遗老,女孩和男孩相比,一点儿都不逊色,没看到全世界有那么多尊贵的女王、女总统、女总理,还有女运动员、女科学家、女博士,美国还有女宇航员,要是没有希拉里,克林顿当不上总统。这个时代,性别的区别早已经模糊了,男人、女人都在向着各自性别相反的方向挺进。母亲在那一刻给了他一个白眼,说,可是当上总统的是克林顿,却不是希拉里。然而父亲却言辞强硬,说,别急,希拉里没准哪天一高兴也自己去竞选总统了。母亲说,那倒有看头了。父亲说,世界马上就快成为女人的天下了,未来的时代是女人的,男人是用来做什么的呢?可能就剩下那传宗接代的功用了,而且很有可能是为了女人的意愿去传宗接代,男人可能最终沦为女人身边的装饰品。

"整天不知在房间里做什么。"母亲的声音。

"不是在学习嘛。"父亲的声音。

"都工作了，还没学够，她姐姐不爱学习，成天在外面玩让我操心，可是这个孩子成天憋在屋里头也让我不放心。"

"操什么心哪你，姐姐工作不是挺好，连外孙女都给你生了，爱学习那是在长出息。"

"知道什么呀你，要是出国，工作就丢了，现在找工作哪那么容易呀。要是回来，这样的工作可找不着了。在这舒舒服服，将来生个孩子多好。"

"别唠叨了，孩子学习得安静。"

"我就唠叨，让她听见才好呢，让她快醒醒。"

"得了，我都听烦了。"

"都是你，活了这么大岁数了，还跟小孩似的不懂事。"

"你怎么回事，怎么说什么事，最后都把责任推我身上？"

"就是你，你不想想，就你那点退休金，哪够闺女出国的？到了美国就变成几百块了，你还和她一起做美梦呢，也不说说她。"

"我闺女怎么了，做美梦怎么了，那是志存高远，不像你只会生孩子。"

我听到这一番对话，忍无可忍，冲了出去。

"我不要你们一分钱，我会争取奖学金！"

"就是，人家考上了，得到奖学金看你说什么。"

正在这时，姐姐带着她的女儿甜甜来了。

"吵什么呢？"姐姐问。

"吵什么呢？"甜甜鹦鹉学舌。

"没吵什么，还不是你妹妹留学的事，我不放心啊。"母亲

北大恋歌

见到姐姐说。

　　光阴一瞬。母亲说，回忆起来，就像电影蒙太奇。时光河流漂来一件又一件五花八门的角色戏服，无情地给人套上，当那件写着"外祖母"的戏服漂到母亲身边，她套上它，就变成外祖母；姐姐则套上标着"妈妈"的那一件，就变成了妈妈；而甜甜，望着那个孩子，我像看到童年的我。孩子的一个作用，是把我们对自身童年记忆残缺的一段弧线补画完整。他们的两只小手，一只抓着将来，另一只抓着过去。他们既是你的过去，也是你的未来。

　　姐姐的丈夫是警察，我们很少见到他，只在他们的婚礼和每年的春节见过他。但是只要看到那个孩子，我们就仿佛看到了他。孩子的小脸仿佛是姐姐和姐夫五官的交易所。她刚刚出生的时候，父亲说，看那个孩子一眼就仿佛看到了姐姐，她和姐姐小时候如同一个模子里刻出来的一样。然而，不知什么时候，姐夫的五官悄悄替换了几件姐姐的，姐姐的影子并未就此消失，而是若隐若现，时而浮动于她的鼻梁和嘴角。从此，孩子的形象成为显著的姐夫，隐性的姐姐。她细巧的五官，明明就是他缩小的样本，只消岁月的手把那件样本逐渐按照原型拿捏塑造，最终变为成品。她在房间内疯野地跑，就像压缩变小的姐夫在到处折腾捣蛋。唉，她就是他，她是他的映照，使他基因的延伸得以实现。她也是警察，一个性爱警察，每当姐姐和姐夫夜晚在他们的床上弄出了声音，这个小孩警察就会出其不意地在黑暗中迷迷糊糊地说一句："妈妈，你干吗呢？"

　　姐姐成了一名幼儿园教师，"我喜欢别人对我顺从，那种前簇后拥一呼百应的感觉!"她当年在选择职业前如是说,她在说到一呼百应时,声音做渐强处理,样子就简直就像个女王。

那个三岁的捣蛋鬼趁着父亲不注意,一把抢下了他的老花镜。

"你这孩子,快给我。"姐姐高声叫道,一边去追这个小鬼。

我的电话响了,我走进房间,接起电话。是丽姿,我的一个好朋友,"哈啰",我和原来的同学在电话上闲聊,有时顺便练习一下口语。

甜甜跑进我的房间。"哈啰!小姨在说英语话!"她边跑边喊。

"我,我受不了了,我要换工作了。"丽姿在电话的另一端说。

我问她:"为什么,现在找一个稳定的工作可不容易,而且,那不是你妈妈费了很大力气托人给你找到的嘛。"

"没错,可那真是一个错误,我一点儿不喜欢我的工作,尽管它是什么国营企业,总之,我要退出了,我要证明自己有能够找到工作的能力。"

"你的工作究竟出了什么问题,让你这样义无反顾。"

"那些身上穿着阿迪达斯,脚上套着耐克的人,就像脑子里装了铅,他们要做没用的事证明自己是有用的,我不指望我会在那里有出头之日,"丽姿说,"那里简直就是一个封建小王朝,他们玩'办公室政治',每天上班就像在走钢丝,唉,还以为我已经到达了人生的另一个黄金港,看来我的奥德赛旅程才刚刚开始,"丽姿在电话里言辞激烈,"知道吗?我,歧视是普遍的,

北大恋歌

我以前只知道种族歧视，那离我很遥远，但是到了现在，我才感到人可以制造出各种各样的歧视，如果他们感到你有一点和他们不同，那一点不同就是你受到歧视的理由。"

我心生奇怪她受到了什么歧视。

"歧视是普遍的。我的鞋跟比他们的高，他们就用三K党的眼光看我，"她说。

哦？歧视就这样开始了？所幸他们没用三K党的方式迫害她。

"对，我站得高，看得远。我把打印过一面的复印纸翻过来接着用，或者撕成两半钉起来，当记事本用。他们嘲笑我说，你别想把那些纸用完。我说，难道你们不知道，全世界平均五分钟就有一片森林被伐倒？"

原来获得歧视是这样轻而易举。

"对，就像我们呼吸那么容易。那只是歧视的一小部分，最重要的是，我不能忍受人浮于事，浪费光阴，再不能这样下去了！"她像下了狠心，说："我收到了AA公司的面试通知，我要去那里试试运气了。"原来她已有了下家。

"祝你早点远离歧视。"

丽姿在电话的另一端笑了。

"好，祝你好运！"我放下电话，只见甜甜在一旁看着我，乌黑的眼睛流出清澈的童真。"小姨又说英语话了。"甜甜跑了出去告诉姐姐。

哈哈，英语话，我在成年人的世界只听人说过广东话、普通话、外国话等什么什么话，还从未听说过"英语话"，真是头一回，看来小孩子是最有创意的，成人要是耐心多听听儿童的"童话"，真会开辟造词的道路呢。

"是吗？你也要跟小姨学啊。"姐姐告诉她。

"我不说英语话，我说北京话。"小家伙说。

"英语话也要说，英语话现在是一统天下，等学会英语话，将来你也出国。"姐姐对孩子说。

"出什么国呀。"母亲气不打一处来。

"出国就自由了。"姐姐说。

母亲白了她一眼说："自由，吃苦受累，那就是自由了？那哪是自由啊，那是洋插队！我插过队，还不知道啊，你们这些孩子啊，没受过苦，异想天开惯了。"

"一捅，"在一旁的孩子像想起了什么，问姐姐："妈妈，是用一个手指捅天吗？"孩子伸出一个手指向上捅了捅。

"我看你这小孩子就会说童话。"我笑着说。

母亲也被气乐了。

姐姐却不乐，继续她执着的说教："小朋友都要学英语，你也要好好学。不学怎么行呢？不学怎么行呢？不学不行。"姐姐显然已经步入到另一个集合之中去了，一个喜欢重复设问句的毫无想象力的成人集合之中去了。我把她还原成了母亲，而甜甜则是童年的我，那可能就是所谓的轮回——一层纱帘仿佛在我面前被揭开了。

小家伙对她的成人设问句置若罔闻，疯野地跑，不知从哪里找来一只杏黄色的小布老虎，脑门儿上还用树皮颜色的丝线绣着一个"王"字。"一二三四五，上山打老虎，老虎不吃人，就吃

北大恋歌

杜物门。"她意趣盎然的儿歌逗乐了几个大人。

"杜物门是谁呀？"我问。

"杜物门就是……杜物门。"她在说"物"的时候小脑瓜猛然向下点了一下，像是使出全身力气加上了她稚嫩的重音。

"唉，是杜鲁门，就是支援蒋介石的美帝。"母亲一边笑一边说。她始终是站在毛主席一边的。

原来小家伙还发不好那个舌边音 l，凡遇到需要那个音的字，她就把那个音全部用 w 代替。

"这是谁编的呀？"姐姐笑着问甜甜。

小家伙看看母亲，说："姥姥编的。"

一阵笑声。

"这还是我小时候唱的呢，连我都不知道是谁编的，只知道和大孩子一起唱，"母亲说："那个时候小孩边跳皮筋边唱，可有意思了。"

"小姨，你和我玩吧，玩会儿。"甜甜这时候又跑到我的跟前，拉扯我的衣角。她刚刚学会了儿话音，说起话来特别夸张，她把粉红柔嫩的小舌头翻卷成蛋酥卷的形状。洋娃娃学那个儿话韵不知费了多少口力和舌力，也没学会。语言这东西可能还是小时候学更容易掌握。

"好吧，和你玩会儿。玩什么呢？"我问这个小人儿。

"一二三四五，上山打老虎，老虎不吃人，"她拿着小老虎在我面前比画，"就吃杜物门！"我和她哈哈傻笑，一起说了最后一句，然后，把老虎抛向空中。

姐姐看着我和她的小女儿玩耍，她若有所思，有点像自言自语地说:"您说也真怪,我一直想怎么我能把英语学好,而我却没学好呢?"

"你还记得二姑吗?"我问。

"记得,就是妈妈的那个二姑?"姐姐说。

"是她。"我说。

小时候,母亲给姐姐和我讲述她的童年时,总是要讲到她在老家——北京东边的通州度过的时光,那段时光里的大家庭生活令她终生难忘。那个时候每家孩子都很多,不止一个,父母没时间管孩子。在老家的日子里,因为少了自己父母的管束,母亲最大限度地享受到了作为孩子的自由。她到她的外祖母家的四合院里打枣吃,从枣还是未成熟的青色果实到果实变成红玛瑙,她觉得树上的枣怎么都吃不完。还有喝了一肚子蜜的大柿子,让她吃个够。

有一天,在她祖父家,她见到一个美得不得了的女人,大人让她叫那个女人二姑,她是母亲祖姑母的二女儿。我小时候,经常听母亲讲她在老家的故事,她的二姑就是她故事里面经常出现的人物,我最喜欢听她讲二姑的故事了。在母亲孩童的印象里,二姑身材曼妙,皮肤雪白,只是鼻梁上有几颗不大明显的浅浅的雀斑。皮肤白的人有时候脸上是容易长雀斑的,可能是他们皮肤太白,经不起紫外线的照射。她烫着时髦的卷发,穿着丝绸旗袍,年轻、美貌、有学问,夏天里打着漂亮的小花洋伞,配上她穿着旗袍的婀娜身段,那神韵姿态,真是美极了。真让母亲羡慕得不得了。母亲讲长大以后有一次在画报上见到宋美龄的照片,一看,简直和她小时候见到的二姑一模一样。后来,听外祖父

北大恋歌

讲，那个时候，二姑的年龄实际上已经快五十岁了，她能保持那样年轻、漂亮，是因为她学过营养学，当然知道如何保养自己。二姑小时候在美国教会学校上学，接受的是西式教育，很早就学习英语，后来翻译英文书。她和她姐姐都学医，她姐姐解放前就去美国了，开了一家诊所。她哥哥则去了台湾。只有她一人留在国内，照顾老母。她在离老家很近的一家医院工作，因为家远，中午不能回家，所以，每天她自己带一个小饭盒，早上放在母亲的祖父家，中午，他们帮她把饭热一下，她就能吃上热饭了。母亲有一天好奇地看她的饭盒，只有一个小小的雪白的馒头、几片薄得像纸一样的香肠和几片蔬菜叶。母亲说，她一个小孩子，吃那么一点东西都吃不饱，二姑一个大人竟吃饱了，难怪她能保持那么苗条的身材。母亲就站在她旁边看着她吃饭，二姑就会从那个小馒头切下两片，夹一片香肠在中间，笑眯眯地对母亲说："给你吃吧。"母亲就接过来那个美味的东西却不吃。二姑好生奇怪问："你怎么不吃啊？"母亲说："我想等您吃完了我再吃，要不我看着您吃，我却吃完了，该流口水了。"二姑看着母亲就笑了，她还是很喜欢孩子的，虽然她终身未嫁。"你想想，她那个时候和县太爷可是平起平坐，学问那么高，找到配得上她的人也难啊！"我很疑惑地问母亲为什么她能和县太爷平起平坐呢？母亲说，因为二姑会说外国话，那个时候常给县长当翻译，翻译时自然要坐在县长的旁边，后来在坊间传来传去，就逐渐演变为她和县太爷平起平坐了。

末了，姐姐感慨万千："啊！榜样的力量是无穷的，只是把二姑当榜样的不是我。"

是的，她却早已是我的行为参照。

姐姐和甜甜离开后，我开始翻译杂志。每到月末，我都为一本名为《中外会展》的杂志翻译一篇文章，文章内容是各个国家的基本概况，如人口、地理、历史、经济、政策、风土人情之类，当然最重要的是举办商业会展的情况，有时他们的记者也会去各国大使馆采访商务参赞，以获得各国的商务会展需求。那个兼职工作给予我些许满足感，让我自我感觉是个专业人士，我踌躇满志，应用我支离破碎的专业知识。当然，还有一点实用的功能，就是它能为我赚点零花钱。

那个月末，我从杂志社接到我的翻译作业，从头到脚把它用英文包裹完毕。那是一篇采访美国大使馆商务参赞的有关会展服务的一个演讲的采访稿。我读了一遍，感到我的英文就像是裹尸布，总觉得有些地方不地道。要是有个英语国家的人帮我看看就好了，一个思想的火花突然在我的头脑中闪烁了一下。我想起了一个人。我于是上了雅虎通，看到我希望找的人正好在线上，我冲他的名字小乐一下——约翰爱中国，那正是刚刚在我头脑中闪现的名字。我点击他的名字，向他问好，请约翰爱中国帮我修改译文。我享受互联网的方便，希望利用这个跨国资源，从他身上学到些什么，当然是学习地道的英语。

他很痛快地答应了，只用了十分钟，他就做完了我留给他的作业。看完他编辑的稿子，我很高兴，因为终于知道应该怎样翻译才更妥贴。他说，我是一个能说两种语言的人，我的英语已经足够好了，英语毕竟不是我的母语，而他要在汉语上达到我在英语上的水平还需要不知道多长时间，十年，二十年都不一定，中

北大恋歌

文是那么难学的语言，尤其是语调、汉字。作为回报，我答应把他的名字作为编辑写在杂志上，和我的名字并列。我们都觉得这样很有趣，很有意义，好像我们各自都为中美两国的贸易做出了应有贡献，创造了巨大的社会价值似的。他感到很兴奋，因为他没想到他的名字能登到中国杂志上。我答应他等到杂志出版后，送给他一本作为纪念。

夜深了，我们互道晚安。

"Nighty night."

"Wan an."

睡意袭来，我便趴到我小床平坦柔软的胸脯上睡着了。

周末，我和丽姿在西单星巴克咖啡见面，进行久违的女孩闲聊。咖啡馆里放着轻快悦耳的约翰·施特劳斯的圆舞曲，空气中除了弥漫着咖啡醇浓的香气外还夹杂着人们低低的交谈声，其间有时滚出几个珠圆玉润的英语元音，间或冒出两三句不知是南方哪个地区的方言，猛然快速迸发出一小串意大利音节，偶尔也会伴有德国人喉咙里发出的小舌颤音，咕隆呵哄的声音像是哪条下水道在用力吞咽淙淙的流水声。这座城市，北京普通话绝不是大一统，每天除了单调的自以为字正腔圆的北京普通话外，至少五种情韵各异的南北方言和外国话钻进耳朵也很寻常，那也使得北京话不再孤单落寞。各种语言交织在一起奏出了别样动人的交响乐。

"我去 AA 公司上班了。"丽姿对我说，显然带着一种愉快的口吻。

— 48 —

"这么快！太棒了！你终于如愿以偿了。"我很为我的朋友高兴。

"这年头，干什么都得快，慢一点，机会就跑了。"

"你妈妈高兴吗？"

"哦，她开始还一直在唠叨什么国营企业事业单位呀什么的，你知道，她们那个年代的人都是那样子，以为那是铁饭碗、保险箱，我告诉她，如果她再反对，我就离开她，一声不响地离开。"

"哦，那样可不好。"

"她就缄默不语了，她害怕我离开她，我知道这一点。不过，现在她看到我高兴做我的新工作，就不再唠叨了，她是个开明的母亲，她不愿意看到我不开心。"她的眉头向上挑，两个刀尖似的。

我的朋友有时就是那样残忍无情，真不知道她的心是什么做的，要么是火，要么是冰。

"不过，结果是你们俩都高兴，那样最好。"我由衷地为我这个残忍无情的朋友欣慰。

"对，想想就非常让我开心，工资高了两倍，我妈立马没话说了，还有每年享受免费的国际航班机票，还有签证，等到你去美国留学，我会去那儿看望你，还有，ich datiere。"她的两道眉毛欣喜得直跳舞，拧得像两条蛇似的。

"喂，我没听懂。"我怨声载道，大学学的那点德语几乎忘得精光。她却嘴里蹦豆似地说德语，那几颗咿呀唏呀的德国怪味豆从我的一只耳朵蹦了进去又从另一只耳朵弹了出来，就像乘着一架超音速飞机很快就完成了一次穿越我大脑的脑际旅行。

北大恋歌

"我约会了。"她轻描淡写却又理直气壮用中文说了一遍，这下，我总算听懂了。为什么她好好的中文不说，非要邀请八竿子打不着的一个欧洲国家语言到她的口腔里呢？可能对于丽姿，外语总是有那么一个妙用，就是可以把视为禁忌羞于开口说出的内容堂而皇之音韵铿锵地说出来，像用一片朦胧的纱把它巧妙地遮掩起来。结果却恰好相反，欲盖弥彰。

"嘿！你不觉得和一个过着修女一样生活的人谈这个话题有点残忍吗？难道这和你的新工作有什么关系吗？"我惊诧我的朋友话题的突然转变，却又不以为然，因为那就是她，就这样，我们的话题直接驶上了另一条行车道，毫不突兀，连个棱角都不见。

"哈哈，这个问题好极了，我想算是有吧，如果我没有换工作，就不会遇到理奇。"

"唉，理奇，听着就奇特，谁会拒绝一个有着玛丽莲·梦露身材的女人呢？"

事情的经过是这样的。

一天清晨，丽姿走在前往新工作的途中。那一天她出门很早，去写字楼的人还不多。她走进写字楼的玻璃门，径直朝着电梯走去，这时，迎面走来一个男人，一个西方人，头发是那种像是被太阳烤焦了的颜色。他那绿色的眼睛是多么深邃啊！丽姿的目光不禁在他脸上多停留了五秒钟，只因为他具有不同特征的相貌。他的眼睛绿油油的，宛如两颗祖母绿宝石。在她的生活里，她还没有见过绿眼睛的人，她注意到他很高大英俊。而他也注意到了迎面走来的她，她穿一身海蓝色西服裙装，体态婀娜，面容

— 50 —

艳丽，晶澈的眼睛像含着两颗水珠顾盼生辉。等到她走过他的身边，他不由停住脚步回望她的倩影，他惊奇地发现她的身体有一种热火摇曳的张力，仿佛一座火山即将冲破她优美圆润的轮廓线的限制喷薄而出，裙摆下两条流线型的小腿生机勃勃，匆匆走过，像在身后掀起朵朵清凉的浪花，浪花迸碎出细小的水珠猛直地飞溅到了他的鼻尖和脸颊上，他不由得精神一振，脸上浮现出欣赏的微笑。

丽姿走到电梯前，按下了白色箭头指向上方的黑色按钮，电梯就像一条银灰色的大鲨鱼，中间的那条线瞬间向两边张开，她被吞进那方大口，正打算按下了两个箭头冲着一小段竖线顶牛的按钮，让它闭合时，只听到一个急促的声音："等等！"她吃了一惊，上电梯前不曾看到她身后有人，她急忙按下开门的按钮，还好她具有运动员的素质，反应灵敏。电梯的长方形大口还未闭合就快速再次张开，刚才险些被咬的人走了进来，"哦，对不起！"她等到那人整个身体走进电梯，才从容地按下了关门按钮。她看了那人一眼，颇感意外。原来是刚才的绿眼睛。她选择了十一层。"请问您去几层？"她礼貌地问，作为对刚才的闪失的一种补偿。"十一层。"她狐疑地看了看他。他不动声色望着她，递给她一张名片，她接过去扫了一眼，原来是 TT 公司的一个高管。"我想今晚请你喝一杯，不知你是否刚好有时间。"他对她说，口气与相识多年的人毫无二致。她的眉毛不禁向上一纵，在她感到惊奇的时候，她身体中的自我总是喜欢伸出手指向上抬一下她的眉毛，连同她的眼睑也会向上提高几度，仿佛能帮她扩大视野识破真相。然而，她似乎还未识破真相时，电梯的电子显示

北大恋歌

器就已经指示到了十层,她知道她没有时间忸怩作态了,她得马上做出回应,便开口说:"我还不能确定。"即使到了最后,她还是保持了几分矜持,但她也给他一张她的名片。他接了过去,微笑着望着她,对她说:"我会给你打电话。"电梯很快就到了十一层,倏然打开。她冲他牵动一下嘴角,就被电梯的大口吐了出去。而他,人虽留在那张大口里,两只绿晶晶的大眼睛却一直追随着她,仿佛两只绿色的蜻蜓栖落在她圆滚的肩膀上,想要吸附在她身体上一整天。

"我的理智在对我说 no,而我的多巴胺却在对我说 yes。"丽姿语气庄重地告诉我,两个最简单的单词也加上了重音。

傍晚,丽姿走到街角的国贸公寓咖啡馆。那个绿眼睛男人在明净的玻璃窗后面等她。黑眼睛碰到了绿眼睛,有了某种默契。微笑。

他们进行了短暂的幽会。

"为什么在几秒钟之内就决定和我约会?"丽姿问绿眼睛理奇。

"七秒钟。那是你能得到的全部时间,异常珍贵。只有七秒钟。在电梯关闭的七秒钟时间里。"绿眼睛理奇像个演说家似的对丽姿说,"你不得不使某个可能改变你生活的人信服,你要说些什么值得他花长一点儿时间倾听的东西。"

"为什么就只有七秒钟?"丽姿的眼神里流露出一丝怀疑。

"改变你生活的人,你可能是完全出于偶然遇到的。"他的绿眼睛向她眨一下。

"我应该承认这一点。"丽姿会意地说,她的头支在她的胳膊上。

"可能你正走出人群,或者正在向你的车走去的时候,要么是去开会的途中,也可能是正要下电梯的那一刻。那是为什么许多人把这叫做'电梯演讲'。你要对那些改变你生活的人说些什么呢?"

"我今晚想和你喝一杯?"丽姿飘给他一个顽皮的眼神。

他笑了,"那是对你这样迷人的女人要说的话。换成别的,那完全取决你自己想要在那个偶遇中得到什么。"他开始布道,"如果你想得到一份工作,你就应该告诉他们'这就是你为什么应该雇佣我的原因';如果你想得到赞助,你应该告诉他们'这是我能给你的计划';如果你想做一个项目,你应该告诉他们'我这里有你所需要的'。那些能给你机会的人,他们不知道是从什么地方跑出来的,那些人,无论如何,或者看上去是那样。事实是你一直在为那一刻准备着,每一天。如果你想要遇到可能改变你生活的人,你就要珍惜得到他们注意的那一天。要想使那些人变成能帮助你实现梦想、抱负的人,你就要清楚地知道你是谁,你抱有什么样的观点,那样你才能够不假思索地说出来——从容不迫,丝毫不差。"

"听上去很有点儿道理,如果我原来知道七秒钟这么重要,我可能会抓住很多机会。"丽姿换了一个姿势说。

"对!看来你领会了。"理奇说:"如果你已经准备好了你的那七秒钟的'电梯演讲',却没有在那个你第一次遇到可能改变

北大恋歌

你生活的人时候奏效的话……"

丽姿皱起了眉头,这回是两条眉毛同时向上一纵又一耸。

"那不要紧,你要为下一次做好准备。一定会有下一次。相信我。"他的眼睛眨给她一个绿油油的自信。在他那里反正是奏效了,她就是他的七秒钟战利品。

"嗯,我们怎么就没想到七秒钟在生活中是弥足珍贵的呢,看来许多机会都是在那七秒钟里溜掉的。"听了丽姿的七秒钟决定论后,我感慨一下,不伤大雅地做出回应。

"这世道,一切都得快。否则,七秒钟一过,电梯一关,什么都玩完。"我的朋友茅塞顿开,看透一切的样子。

是,七秒钟,至少可以搞定一次约会。外企人的效率果真高。

七秒钟以后,绿眼珠理奇从几个装着维他命A、B、C、D的罐子里取出一大把维他命,一股脑吞了下去。幽会和维他命给他充了电,然后他就开始起身飞速地收拾行李去赶夜间飞往雅加达的班机。他要确保第二天把高大雄伟的石油钻井钻进广阔幽碧的深海里,那些钻井要刺进那宝石般绿色的心脏,抽出里面金子般黑色的血。

和丽姿分手后,我神情恍惚地回到家中,忽然想起一件事,便赶快登录雅虎通。我想告诉约翰爱中国我收到了刊登我的译文的杂志,我等他来,他在那个时间上线。

午后,金橘色的阳光无拘无束地泻进我的房间,金色的纤尘在一束笔直的光筒中散漫轻舞。我眯着眼睛阅读一条一条的大字标题，那是个不伤大雅的打发时间的良方。美国总统布什敦促通过宪法修正案定义婚姻是在一个男人和一个女人之间，以此作为唯一的途径去阻止那些"地方的和司法的积极分子"为同性恋夫妇发放结婚证。

我感悟：男女婚姻历史的古树长到尽头了？要发出新的男男婚姻、女女婚姻的枝杈来？可布什还要去走独木桥。

几百支美国、法国和加拿大部队部署到海地。

哈佛大学研究机构宣布他们将为未得到联邦政府资助的十七种人体胚胎干细胞的研究提供经费，面对布什政府宣布联邦基金对此项研究的限制，此项举措有望加快干细胞的研究。

人类历史的发展凭谁也阻挡不了。

我正看得入神，一条雅虎通的即时信息跳了出来。

"嗨！你好吗？我是达伦，我在伊拉克。"他的屏幕名字是 **airborne darren**。

伊拉克？天哪！正在打仗的地方！

"嗨！我很好，谢谢，你怎么在伊拉克，你真的在伊拉克吗？"我回复了即时消息。

他说他真的在伊拉克，还邀请我看他的网络视频。我看到一个美国大兵！只能看到他头部到胸部的部分。他头戴钢盔，身穿绿色军服，像是有几天没剃胡子了，脸上胡茬密布，样子一定比实际年龄增加了五岁。他告诉我他是个伞兵，被空投下来有两个月了。我问他在哪，怎么还能上互联网。他说在一个商店里。在视窗里，我能看到他背后有一扇窗户，外面天色阴沉沉地发白。

北大恋歌

我问他怎么想和我说话。他说，他撞大运似地发现了我的网页，他看到我对战争感兴趣，他想知道一个女孩怎么会对战争感兴趣。我说，因为我喜欢看战争电影，我最喜欢一部法国喜剧《虎口脱险》，是一个指挥家和士兵逃险的故事，它妙趣丛生、引人入胜。小时候，姐姐、表妹和我看那部电影时被逗得傻笑不止，那真是一部经典电影，即使长大后看也不会觉得厌倦。我也喜欢海明威，早先还梦想能像他那样成为一名战地记者呢。他笑了，他说我应该和他在一起，这样他就不会觉得像现在那么无聊了。我问他为什么参军到了伊拉克。他说，他想体验一下战争，等他服完兵役，他就能得到布什给他的包裹了。"包裹里面有什么？"我疑惑地问。他咧开嘴开心地笑了，说那里面有政府的资助，他就能去上大学了。

战争到底是个什么样子？

他说，一切都糟透了，可不像那个战争喜剧那么有趣，就像一场梦，你身在梦中，不知何时醒来。有些人已经开小差，逃跑了，可他从未想过逃跑，因为是他选择了要去那里，他要等到任务完成的那一天，他是在为上帝而战。

他的上帝要战争，而我的上帝要和平。我恨不得我的上帝把他的上帝打翻在地。

"战争也是和平的一种手段。哦，对了，你也许不相信，这也是战争。"接着，他给我发了一张照片，说那是前几天他得到的照片，我静候他的照片，感到很好奇，他想让我看到什么呢？等到下载完毕，我打开了那张照片，那是一个小孩和一个士兵的照片。士兵伸出一只手，那个孩子一边用明澈的眼睛看着那个士兵，一边伸出手去拿他手里的糖果。他说，他同情那些儿童，受到伤害的永远是无辜的人；还有一张照片是一个士兵和一只小猫，士兵蹲在地上，猫咪蹲在他的旁边，他用一只手指轻抚它的柔软的细毛耳朵。一切看上去都很安详，充满温情，那是战争吗？

"这也是战争。"达伦说。

后来，他说，他得走了，希望下次能够见到我。

我们话别。之后我便默默看着他网络视频，默默等待他离开，默默等待真实的战争画面从我眼前消失，从那个针眼消失。

那也是战争。

这时，约翰爱中国出现了。我不能控制真实的战争，却能控制针眼里的战争。让达伦继续他的白日梦，而我要从梦中醒来了。

"嘿！"这回我先抓住了他。

"Hoosier？"他用印第安纳式的英语问候我。他问我在干什么，我说我正在做类比练习。我告诉他我刚才在和一个在伊拉克的美国大兵聊天，并给他看了些充满温情的士兵、小猫和儿童的照片。

约翰爱中国感叹，美国就像古罗马帝国。当年，凯撒冲破不得越出所驻行省的法律，带领军队跨越了意大利北部的鲁比肯河，宣告与罗马执政官庞培决战，罗马的大将军们便使国家陷入了内战；屋大维脱颖而出成为了势力最强大的将军，奔向权力的顶峰，为了结束内战，他夺取大权开始独裁，成为罗马帝国的首位皇帝。军事方面，他是最高统帅；政治上，他是祖国之父；宗

北大恋歌

教方面，是奥古斯都（意即至尊至圣）。几十年里，罗马统治了世人所知的除中国以外的一切地方。在这个过程中罗马的民主被独裁所取代。最终，他们被自己制造的敌人打垮了。所有的战争都是政客发动的，无数年轻鲜活的生命充当了炮灰，人民并不想战争。

历史总是不断重复着它自己。

回忆9·11当天，他说，他的学校停课了。那天早上他开车到学校，大家根本没有心思上课，每个人脸上的惊惶神色至今印在他的脑海里，他开着车在校园里转了一圈又一圈，后来加入到默哀的行列。他的妈妈非常害怕，以为世界末日到了，因为《圣经》上说，世界末日那天整个世界都沐浴在一片火海之中。

这些话题太为沉重。为了放松心情，我让他谈谈他的家乡。

然后，他谈及他的家乡，言语中洋溢着自豪感。最有趣的部分应该是印第安纳波利斯的市中心，他在离那不远的地方度过了他的童年时光，对他来说，无论他走到哪里，居住在哪里，他相信印第安那永远是他信念和文化的根源所在，那个州虽然不是经济发达的州，居住生活成本也不高，但是民风淳朴。在这一点上，中外的情形大致相同。

他有时和他的朋友们在节假日聚会，那是最开心的时刻。通常他们要喝啤酒和苏达水，有时在酒吧里，有时去朋友的家里聊天、战争、同性恋、医疗保障和不断增长的大学学费，等等，等等，他们能在一个晚上把世界上的所有问题都统统解决掉。还有印第安纳的龙卷风很厉害，去年，他童年时坐的那张小藤椅给卷走了，那把椅子就放在门廊里，扶手上还留有他三岁时啃的细小的牙印。

我对约翰爱中国印象最深的是他宣称的他的强烈的激情,他告诉我他为他的恋人从一个老高的悬崖上跳入一个深潭以示他深深的爱意。

嗯,激情先生!

他可真有股疯劲儿!生命诚可贵,爱情价更高啊!为了爱情连命都可以不要,那才叫激情。原来美国人是这样谈恋爱的!由此看来,以往外国电影中一些男人做出可笑、荒唐、冒险的内容可能是真实的。我不禁为他的那些所谓的激情举动微笑,觉得很是可笑可爱,也很佩服他敢于豁出性命的勇气。我的脑海中浮出他的形象:一个年轻、高大、英俊、精力充沛、富有冒险精神的美国小伙子,笑起来咧开嘴巴,露出一排整齐漂亮的牙齿,就像电影和小说中男主人公那样,阳光一般灿烂,鹰一样勇敢。

"你一定很爱她。"我说。

"是的。"他说。

"你们在一起一定很开心。"

"没有和她在一起,我们分手了。"

"哦。"我表示意外,"真可惜。"

"你结婚了吗?"他问。

"没有。"我的心底升起一丝惆怅。

"你有男朋友吗?"

"没有。"我的心底升起第二丝惆怅。

"曾经呢?"

"有过,分开了。"我的心底升起第三丝惆怅。

"为什么?"

"他去别的城市工作了。"

"我的女朋友也是这样,她不想和我一起旅行,我们就分手了,"他发了一个叹气的符号,"那就是生活。"

"是。"

"很奇怪你竟然还没有结婚,你这个年龄的中国女人没有结婚不是很奇怪吗?"

"是,我是个个色的人。"

"个色是最高的生命形式。个色的人是有高度智慧、生存明智和具有远见卓识的灵魂。他们内心平静,不畏惧享受和表达他们个性的多个方面,不论别人怎么想……"他竟为个色的人大唱赞歌。那是我始料未及的,个色那个词一下子从几近卑鄙的一极跳到了近乎高尚的另一极。他的语言多么富于魅力啊!我心底那三丝惆怅很快在空中一丝接着一丝绷断了。

那段谈话似乎为以后的故事埋下了伏线。

我两眼空洞,望一眼天花板。突然想起差点儿忘了一件事。我连忙告诉他,我收到了两本登有我译文的杂志,译文的题目下面,约翰·R.科律治的名字与我的名字并列,如同两个好伙伴。

他发了一个大大的微笑表情符。

我问他的地址,好把杂志寄给他。

"我们见面吧!"他理直气壮地提议。

我始料未及。母亲时常为我注射精神疫苗,对我有意无意地说《法治进行时》中和网友见面被诈骗谋杀的血腥案件。我偏了偏头,目光投向窗外,枝条吐绿,风乍起,吹拂树梢,树梢向下使劲点头。

他不像是一个危险的人。《法治进行时》至今未曾报道过北大留学生杀人案。

还有，显然，我们约定见面的时间要比七秒钟长。

没什么了不起。

"好吧。"我得到了理论支撑后痛快地答应。

于是乎，我们决定见面。

他告诉我说，到时候，我应该找一个穿蓝色衬衫的西方人。

我问他是否能给我看一张他的照片。他说他这就给我发一张。

等待他发照片的时候，我想象这个有着强烈激情的男孩会长成什么样呢？金色的头发，蓝色的眼睛，整齐的牙齿，我充满期待……

一张男人的脸终于跳出呈现在我眼前。天哪！我有了意外的发现：他居然留着北欧海盗似的大胡子？我没想到他有大胡子，一副豪华的大胡子，虽然西方男人留胡子很常见。他有一头棕色的头发，棕色的眼睛，紧闭双唇，看不到他的牙齿，似有似无的微笑朦胧地浮在他嘴唇线条的边缘。他不是我想象中的英俊的美国阳光男孩。有点失望。不知道是因为照片小，还是什么原因，我怎么看，怎么觉得他像电影中的墨西哥人。

他说："是吗？我喜欢墨西哥薄饼卷，北大附近有一家墨西哥餐馆，我最近在那里吃了很多薄饼，所以我可能像个墨西哥人。"

我说："真的吗？"

北大恋歌

他说:"我只是开个玩笑。是的,我只有这张照片。你的照片却是妙极了,你穿一条白色长裙,身材就像 hourglass。"他谈起我的那张在网页上的照片。

"什么是 hourglass?"

"就是沙漏,古时候用来计量时间的一种容器,中间很窄,就像你的腰,沙子从上面的一端流到下面的一端,正好用一个小时。"

"啊,"我恍然大悟,"在我的文化里,我们用花瓶来形容女人。"

"啊,"他也恍然大悟,"你的文化很高明,花瓶是女人的身体,里面的花是她的脸。"

我送出一个露齿而笑的笑脸符号,说,他倒很会联想,我从未想过花瓶里面插花,而花是女人的脸。不过,确实有笑靥如花呀。

"你的姿态很优美,是完美的阴和阳。"他说。

他还真会赞美人,虽然是个美国人,没学几天中文,却连阴阳八卦都用上了,真是让我佩服——外国人学语言真是活学活用啊!阴阳那一刻往我心中灌了蜜。尽管他的照片令我失望,我仍然决定和他见面。我们交换了手机号码,约好在某个工作日一起吃午饭。

一天早上,我刚好要开一个冗长的会。一个身穿黑色西装的上了年纪的男人坐在台上,他头上顶了一个游泳圈,可能永远都不会溺水,那个游泳圈总会让他肥胖的身躯浮上水面的——他头发不多,秃顶,头的中间的皮肤光亮可鉴,周围有一圈灰白的头发,游泳圈一样嵌在他的脑顶。他满口最新时兴的陈词滥调,然而那些孔武有力的词汇一经他口腔的咀嚼便软化为摇篮曲式的轻柔音符。听会的人此起彼伏地打着哈欠,有的竟低头合眼轻酣春眠不觉晓了。会议应该实行欧盟会议制度,你可以睡觉,但是不许打呼噜。

会议在一片毫无悬念的热烈欢快的掌声中结束。

我匆忙回到办公室。洋娃娃、奥黛丽和我就开始在办公室激烈地讨论六一活动方案最后几项内容。

过了一会儿,我手机响起,我拿起电话。

"嗨!我是罗比,我可能要晚到一会儿。"

嘿!就听了这么短短的一句话,我就乐了——真是字正腔圆的北京话呀,那句末的儿话韵拿北京话来说还真像那么回事儿,说得要比洋娃娃纯正多了,让人仿佛看到他表演舌根向后拉,舌尖向上卷的高难度口腔杂技。还有,什么?罗比,罗比,他叫自己罗比,直到此时,我才知道他叫罗比,此前只知道他叫约翰。

"嗨!罗比?罗比……哦,你是约翰爱中国?我都差点忘了。"

我想罗比一定是他的昵称,也就是中国人所说的小名。那正是一种亲密的称呼。一种莫名的兴奋侵袭了我。他的声音略带沙哑、成熟、性感、充满了活力。他说他可能要晚到一会儿,因为他要在下课后洗个淋浴。他很有礼貌,很周到。

我说:"好的,我等你,正好我要做完工作。一会儿见!"

快到午餐的时间,手机再次响起。

北大恋歌

"你到了？你在哪？"

"我在一个粉色楼房的大厅里。"罗比说。

"请在那等我，待会儿见。"

我急忙拿起方案出去到另一间办公室递给洋娃娃。

"好了，洋娃娃，大功告成！"

洋娃娃："这么快。我们去吃午餐吧。"

我说："你们去吧，我要出去嘉眸。（海南话：吃饭）"

洋娃娃用一种羡慕的眼神看着我说："又去吃大餐了。"

写字楼里那部平时悠闲自得的电梯不管乘坐的人多么匆忙，总是那样缓慢地上下运动。它偶尔会发脾气。工作量大了，它会在半空中休息不动，你以为它会短暂地休眠；而当你决定自己走楼梯时，它却又苏醒过来开始工作，独自空车上去了。所幸它那天没有发脾气，把我安全地送达到了地面上。

刚一踏出电梯，我就看到大厅里一个身材高大的穿着蓝色衬衫的西方男子正在和两个保安男孩说着什么。这时，他转过身来，他的目光蓦地接住了我的目光。我们的目光接触到一起，那一刻，就像上帝告诉他，是我。我们的目光从此被吸引在一起，再也不能分开。我向他挥挥手，示意就是我，就是他要找的人，然后就朝他走去。他静默地伫立在那里，凝望着我，等待我走到他身边。我告诉两个保安男孩说他是我的朋友，他们友善地笑笑，就走开了。

然后，他和我并肩走出写字楼。我边走边从侧面打量他。他大约六英尺一寸高，肩膀宽阔结实，棕色头发梳理得很光滑，胡子修剪得很整齐。显然，他的照片尺寸过小，不很清晰，使得他在照片上的形象有些失真,其实他本人很英俊,比起金发碧眼的男人,他的轮廓更加分明清晰,一种文化气质从他的形象中散发出来。他长得就像 K,当然不是弗兰茨·卡夫卡《城堡》中的 K,而是扑克牌里的那张红桃老 K。查理曼大帝。一个英姿勃发的国王。我庆幸决定见他,否则,我知道我会后悔。

我们边走边互相礼貌地问候,到了外面,刚好有一辆黑色的轿车泊在楼前,车门敞开。"啊!那是为我准备的。"我像是被施了催眠术,就这么想着便径直走向那辆车。

"你叫了这辆车吗?"他满眼惊诧。

"哦,不,没有。"我如梦方醒。车旁站着一个中等身材的男人,可能是那辆车的司机,他也惊讶地看着我。我像是梦游。幸好被他叫住没有坐进车里出洋相。

走到街心花园,他问我去哪儿,并提议最好去一个安静的地方,这样我们可以好好说话。中国餐馆在繁忙的时间通常都是很喧闹的,人们说话不习惯降低音调,因此需要提高音量对方才能听清楚。可能吃饭时间是中国人一天中的高潮,总要来得热闹一些才好。我告诉他我恰好知道一个安静的地方,那是一个咖啡店,离我的写字楼不远,那里很安静,提供西餐和饮料,中国顾客不习惯那里的食物,因此很少光顾。于是我们穿过街心花园朝着那个咖啡店走去。

"我开始会很害羞。"他向我羞涩地笑,棕色的眼睛散发出温柔的光芒。原来,可以把"害羞"害羞地说出来,而不必把它害羞地囚禁于心。

"我也是。"我微笑,一低头,看到他已赤脚穿上了沙滩凉

北大恋歌

鞋，他的脚丫又大又宽像两只小船。天空有几片云彩蒙在太阳热情的脸上。尽管春天的天气正在转暖，然李清照词曰"乍暖还寒时候，最难将息"，那是没错的。

"你不冷吗？"我想让他放松点儿，故意问他。后来我知道，单从西方人的衣着是分辨不出季节的，因为他们一年四季可能都穿短裤、T恤，即便在寒冬腊月。

"不，我不冷。"他还是没有完全放松，窘迫地红了脸，咧开嘴巴笑了，露出整齐的牙齿，闪出害羞的光。他说，小时候他最喜欢他妈妈做的三明治了，他妈妈在三明治中间夹上花生酱和香蕉片，他吃了很多那样的三明治，那可能是他不怕冷的原因。

我们继续漫步。可能作为正式的官方解释，他重又解释他为什么迟到了，他在上午有一节课，之后他需要淋浴。一丝微风掠过，一阵科隆水的清香吹进我的鼻孔，像是从海洋吹拂而来的清新微风。之后，那无声无息的香气就不停地扑来，扑到我的身上，芬芳侵袭，包围着我，灌进我的身体，混进血液，随着我的血液流淌到我身体的各个角落。他看上去真像个哲学家，一个整齐干净的哲学家。当我还是个孩子的时候，我曾经问过父亲为什么外国人喜欢留胡子。父亲对我说，那些留胡子的外国人都是哲学家，你没看到马克思、恩格斯都留着大胡子吗？他们整天都在思考些深奥的稀奇古怪的哲学问题，脑子里的智慧装不下就顺着大胡子流出来了。

我身旁的这个大胡子，当他微笑时，他棕色的眼睛流露出一种羞涩的光芒，温文尔雅。像很多在北京的西方人那样，他背着一个黑色的背包，那个背包就像是一个移动的提示物，暴露了他的身份，一个学生或者一个旅人或是一个漂泊者，应该是两者兼具。他从弗罗斯特那片深黄林子的一条岔道向我走来，脚下的落叶还沙沙作响。

我们到了咖啡店，走进绿色的玻璃门。里面很安静，弥漫着香浓的咖啡味。我们是那里仅有的顾客。然后，我们找到一个靠近窗户的座位坐定。那个座位可以看到外面熙来攘往的街道和车辆，大大小小银色、红色、黑色的长方形色彩披着白色的亮光急驰而过。这样，我们同时拥有喧闹和安静两种氛围，那两种氛围互不为扰，和谐同存。

"So，here we go."这回他以英文开始谈话，像是官方的。他是代表他的国家的大使。

"好，开始吧。很高兴见到你。"我以中文开始，官方的。我是代表我的国家的大使。

服务员拿来菜单，我们点了比萨饼和苏达水。

之后，是一片静默，微笑。

我不知从何谈起，想起他电话里说他叫罗比，而我在此之前心里都只是约翰这个名字，便问道："你中间的名字是罗比吗？"

他起初迟疑一下，那情景就像我们已经熟识很久，却不知对方姓甚名谁。这却并不为怪，因为，我们在交谈中很少用到对方的名字。

"是。"他笑了一下，显然已经回过神来，"请叫我罗比。"

"你的父母叫你罗比吗？"

"是，我父母叫我罗比。但当他们对我生气时，就叫我罗伯特。哈哈哈……"

北大恋歌

我也笑了起来。然后我便知道罗比中间的名字是罗伯特,最亲昵的称呼就是罗比了。直到此时,我才正式完成了对他的名字的转换——从约翰爱中国到约翰,再到罗比。那个名字似乎拉近了我和他的距离——他要我叫他罗比。此后,在我心里他的符号就永远是罗比了。我看着他的脸,忽然想起了什么。

"你的胡子哪去了?"我望着他真实的胡子,明显比照片上北欧海盗似的大胡子短许多。

罗比愣了一下,然后一本正经地说:"我把它放在漱口杯里了。"

我听罢,哈哈大笑。

罗比也笑了起来,然后笑眯眯地说:"我和我的两个妹妹,我们小的时候,我们的爸爸一直留胡子,但是突然有一天,他剃了胡子,我们都不认识他了。我们问妈妈,那个男人是谁?妈妈说,那是你们的爸爸呀。我们于是问爸爸,你的胡子哪去了?爸爸说,我把它放在漱口杯里了。于是我和我的妹妹就到浴室他的漱口杯里找他的胡子。"

我故意问道:"你们找到了没有?"

他摇摇头说:"没有。我们问爸爸,我们怎么没找到?他说,他漱口的时候不小心把它吐到下水道里了。我和妹妹说,这下糟了,再也别想捞回他的胡子了。就像他的胡子是很宝贵的财产。"

罗比和我再次大笑不止。

我笑眯眯地问:"你们西方人为什么喜欢留胡子?"

罗比说:"我认为留胡子能让我看上去很聪明。"

这个说法倒很有趣。我说:"是吗?你知道小时候,我问爸爸为什么马克思、恩格斯这些外国人都留大胡子，爸爸说，留着大胡子的外国人都是哲学家，因为他们脑子里的知识太多装不下，所以就顺着胡子长出来了。"

罗比说："你的爸爸很聪明。知道吗？我之所以留胡子就是因为我觉得胡子让我看上去很聪明。"

"真的吗？"

"真的。"他一脸认真。

他像忽然想起什么，说："有一次，我去天安门，看到一个画像的，他画得真是不错，我于是请他帮我画像。"

我说："他一定画得很棒。"

他说："是很棒，每一根胡子似乎都画出来的，不过你猜怎么着？"

我迷惑不解，问道："怎么着？"

罗比显然很困惑，说："他把我的鼻子涂成了红色。"

我不禁笑了起来，说："你知道，有时候中国人看西方人的鼻子确实是红色的。"

罗比笑了，说："我的鼻子在那画像上就像一根德国腊肠。"然后他说："你的鼻子却很可爱。"

我心里一沉。他注意到我的鼻子了。

"我的鼻子在我的文化里可是个大鼻子。"

"真的吗？"他仔细看我的鼻子，像在测量和鉴赏，"一点都不大。"

他不像在挖苦我尴尬的大鼻子。我心里放下警惕和不安，笑了。

北大恋歌

我不无委屈地说:"一个男孩叫我'苏联大鼻子'。"

我笑了,终于可以对小时候的雅号释怀,说:"你中文说得很棒。"

罗比说:"不是——"他拉长了尾音说。他摇着头,笑了起来,眼睛眯成了一条缝。他笑起来很可爱,神情中仍然闪烁着害羞的影子。看来,汉语在他的心灵中也植入了中国文化中的谦虚基因。

他的带有美国口音的的中文风味盎然,有一种异国情调。他说中文语速不快,但在音调和发音上比大多数外国人要准确,阴平、阳平、上声、去声和轻声五种声调他都能够搞清楚,只是他在表达上有时还是受母语的迁移,喜欢按母语的习惯去翻译要表达的汉语。

我说:"你学习汉语还顺利吗?"

罗比说:"啊,汉语的声调太难了。前几天,我去一个中国朋友家做客,我说他妈妈做菜做得好,可是那个朋友像马一样大笑起来,原来是我把你妈说成了你马,他的妈妈在余下的时间里再没有和我说一句话。"

然后,我们不禁大笑。

罗比接着说:"那次做客以后,我非常努力学习中文的声调了。还有汉字,真是太难学了,那些方块字,看起来,就像中国人的脸,长得都差不多。"

我说:"是的,但那是中国文化的所在,每个汉字都积淀着中国上下五千年的文化。对了,你是学什么专业的?"

罗比说:"啊,我是学历史的,正在攻读硕士学位,现在在北大为我的亚洲研究学习汉语。我之前在一家银行做出纳，但是我非常喜欢历史，所以，我又回到学校学习我喜欢的专业。然而，正因如此，我和我的女朋友分手了。我和你说过，我曾经为她从很高的悬崖上跳了下去，跳进一个水潭以示我的爱意。"

我静静地看着他，微笑。

我说："你们爱得真是疯狂。"

罗比说："是的。那时候，我可以为她做一切事情。但是，她不喜欢我学历史，认为那个学科没用，说现在没有多少人去学历史了，她想让我继续留在银行工作，要么就去学习商科，但是我非常喜欢历史，有一句名言，可能是陈词滥调：那些不去从历史中学习的人注定要重复历史。"

我望着罗比，点点头，说："不知道历史，我们就不知道现在，也不会知道未来。"

罗比说："是的，你看，我就喜欢思考这些。我想我和她分手的原因是我们没有共同的价值观。"

我若有所思地说："你选择了一条更少人迹的路。"

罗比目光深远，说："对，就像弗罗斯特的那首诗，林子里有两条路，朝着两个方向……"

我不禁和他一起吟诵接下来的诗句："而我——我走上一条更少人迹的路，于是带来完全不同的一番景象。"

他摇摇头，说："都过去了，说说你吧。"

我无限惆怅，说："我的前男友和我也曾经爱得很疯狂，我那时会为他放弃一切，只为和他在一起。但是后来，他先于我毕业去了广州工作，在那里他有一次喝醉了酒，让他的一个女同事

北大恋歌

怀了孕，后来，他们结了婚。"

罗比望着我，点点头，怜惜地说："你的心一定碎了，那可能就是命运。上帝安排了这一切。"

我说："是的，一切都结束了。我于是放弃去广州找他。留在北京找到一份工作。我现在在一家儿童基金会工作，我的工作是帮助家庭困难的儿童募集奖学金，提供法律援助，有时候也举办一些活动。对了，六一儿童节快到了，我们周六要带社区一个学校的智障儿童去动物园。"

罗比说："你的工作很神圣，能够帮助社区的儿童，很有意义。"

我说："是的，我对我的工作很感到自豪。我也非常喜欢文学，实际上，我正在准备 GRE，我想继续学习比较文学。"

罗比说："你是要去读博士吗？"

我说："不是，是硕士。"

罗比棕色的眼睛放出兴奋的光芒，说："我的学校有比较文学系，希望你能去我的学校学习。"

我说："太棒了！我会考虑申请你的学校，但我要得到奖学金才行，你有奖学金吗？"

罗比说："我有助教奖学金，我给本科生教课。"

我说："你真幸运，你是怎么得到奖学金的？"

我一听到奖学金，像是注射了一支兴奋剂，立刻来了一股难以名状的巨大劲头。因为母亲说不会为我的留学投钱，我要是得到奖学金就去，否则就拉倒。我当然想从他那里得到真经，也想得到那笔巨额的钱，我对钱的贪婪劲头越来越大，从未感到钱在我的生命里扮演着那么重要的角色,钱在我脑海里一下子从一个抽象的概念转变到即将把我运到太平洋彼岸的飘着国旗的航母的具体形象。

罗比说:"我想我能得到奖学金是因为我的教授知道我的抱负。我总是在思考未来世界应该是怎样的,我想用自己的方式塑造和改变这个世界,让它变得更加美好。我正做一个有关东亚的研究,尤其是有关中国的研究,我想这个世纪是亚洲的崛起,尤其是中国成为世界超级大国的世纪。"

他一边说一边切他盘中的比萨。他用叉子的方式很特别,给我留下很深的印象。我出神地看着他切割比萨,没想到叉子还可以那么用,他手掌很宽,手劲很大,他用叉头边缘切割盘中那块比萨就像用刀子那么方便,他轻而易举就把比萨切好了,就像切好了他的抱负,十分明确有力。

"毕业后我想要到美国驻华大使馆工作,希望能为中美关系做出自己的贡献。"

哈!我傻乎乎地笑了,两眼放光。我对面或许坐着未来的美国大使。一个兴奋点。想到我可能正在和一位未来的美国外交官约会,我的思维空间便从广度和高度不断扩延:等我两鬓苍苍的时候,我给我的孙辈讲述我年轻时的故事,他们的祖母曾经和美国大使约会过。我的白日梦可能有点浪漫得过了头。美国大使玫瑰色的雾霭笼罩着我,幻想闯入我的脑际,空气都是温柔甜美的。

我说:"谈到抱负,我的抱负也是想让这个世界更美好,我希望能为实现世界和平作贡献。一想到处于战争国家的儿童无家

北大恋歌

可归,我就想要做点什么。"

他说:"你可以选一门课,叫作和平研究。"

我问:"有这样一个学科吗?"

"有。Peace Studies。"

"太好了!没想到还有这样一个学科。"

"我上过那个课,我的教授是个八十岁的老太太,拄着拐杖来给我们上课,她异常坚定地说,她要倾尽一生为和平而战。"

"她真是太伟大了!"

"可你不知道我心里多么为她担心。"

我不解,问:"为什么?"

他露出焦虑的神色,说:"她颤颤巍巍走路的样子让人担心,我恐怕她会在和平来临之前跌倒在讲台上。"

我们笑了起来,虽然不太恰当,可我们还是很开心。

我们相谈甚欢。这时,我意识到时间不早了,应该回去工作了。

我们起身离开。他礼貌地站到一边,让我走在前面,体现出他的教养和绅士风度。我从他身边走过,感到他的目光落在了我的腰部。后来,在我们的恋情中,证实了我当时的感觉。他说,他用目光轻抚我,从那一刻起他就想要拥有我。那使我感到些许尴尬——我的淡紫色西服套裙小了一号。奥黛丽肯定地评价那身套裙,一点不小,非常合身。我信了她。工作后,那些学生时代松松垮垮的布袋似的衣服,尽管很舒服,我却改在周末闲暇的时光穿。我尽量穿成职业人士的样子,尽管那是受罪的代名词,高跟鞋会让我脚疼,但那却使我获得空前的像男人一样的高度,扩展我视野的广度。有时,我把自己装进一丝不苟的职业行头里,抬起头,挺起胸,鞋跟敲击在地板上,颇有些气势汹汹。

"See me fly. I'm proud to fly up high…"他跟唱咖啡店放着的歌曲同我走到了外面。

中午,天空晴和,风把棉花糖似的云彩撕扯得七零八落,太阳在其中一片后面伸出舌头,将棉花糖慢慢舔薄,把熔化的汁水吸进嘴里,然后心满意足露出了笑脸。春日明媚的阳光丝丝缕缕渗进我的身体,温暖而舒适,某个深匿于心沉睡已久的感觉正在苏醒。忽然,他停下脚步,注视着我。我也停了下来,注视着他。

"什么时候再见面?"他问。

"可能在周末。"我说。

他迟疑一下,像是感到意外,稍许失望,说:"那么久,一日不见,如隔三秋。你是高山上的一朵百合花,好东西值得等。如果你到北大,我可以带你四处看看。"

四目凝视。微笑。

正在这时,"嘀——"的一声,我的心惊醒。

一声汽车鸣笛,一声凄厉的呵斥?就像一九六零年母亲在地里偷红薯给当场抓住那样的呵斥。

可我意识到我没偷红薯。

那声鸣笛不像是典型的公路愤怒。是嘲笑、揶揄,吓唬,还是恶作剧?在我工作的这个街区,毕竟,看到中国人和西方人对望并不常见。或许,那个坐在文明世界方向盘后面的司机也感到自己是文艺作品的一部分,想用鸣笛的方式证明他亲眼所见并非幻想。他做到了,他为自己,也为幻象中的人,他做到了。那的

— 75 —

北大恋歌

确,并非幻想。

我们彼此微笑着,沉浸在对望的美好中,心情并未由于鸣笛的突袭而破坏。此时的我们正处于另一种幻想中。

我们话别。他抬起结实的手臂拦下一辆红色的出租车。车泊在路边,他高大的身体挤进了车厢。

"再见!"他从车窗里看着我,微笑溢出他嘴唇的轮廓线。

"再见!"我微笑着向他挥手。透过后窗,他温柔的棕色目光一直留在我这里,直到他逐渐远去,从我的视野消失。

害羞先生,你真的害羞吗?

夜晚,我收到害羞先生的中文短信。"今天我感觉很好,谢谢。"他的美国化的中文很可爱。我回复了一条英文感谢短信:"我也感觉很好,你能来真是太好了。"在我们的恋爱关系中,那始终是一个有趣的现象,就是他喜欢用中文,而我则用英文。玩味他的美式中文是一种意趣盎然的语言分析。如果说,罗比用他的中文进入了我的世界,我也试图在用我的英文了解他的世界。

奥黛丽、洋娃娃和我忙碌地准备六一活动。一切就绪。放松下来的时候,我想到活动为时大约半天,那样的话,下午我是自由的。那么?我计划那天下午和罗比再次约会。然后,在某个时候,我告诉罗比,我可以在那天下午见到他。他很高兴能够见到我,他愿意为我做向导参观北大校园,并告诉我说,我可以到北大东门,他在那里等我。

周末,天气温暖宜人,我选一条烟粉色过膝长裙,上身是一件柔粉色棉线无袖套头衫。衣服是身体的边缘和起始的部分。很多时候,人们受惑于这些边缘和起始的部分,为它们伤透脑筋。北京的气候春秋短,冬夏长,超不过一周那身裙装就会过季,现在穿正合时宜。我拿出一双淡绿色凉鞋,脚探了进去,鞋跟不高,鞋面边缘的一角点缀着一朵精巧的花。那是一双"达芙妮",它们是打折商品,但很美丽,无愧于它们的名字,那个躲避太阳神的追逐最终变成了一棵月桂树的美丽女神。我觉得应该化妆,那是一种礼节,对于前去访问的地方和罗比的礼节。我用了雪梨香型的香水,敷了珍珠粉,那是姐姐送给我的,眼影粉是淡紫色的,还有口红,是樱桃色的。脸于是摆脱了黯然之色,富于了和那个季节协调的表现力。

母亲看着镜中的我眼睛一亮,爱说风凉话的她竟然说:"我小时候可没有这样的镜头。"我冲她微笑,因为我知道这相当于褒扬。

母亲小时候的一天,外祖父让母亲和他去东四她那个会说洋文的二姑家,她说她要给外祖父外汇券,说能到友谊商店里买布。原来外祖父母孩子的衣服早已旧得不成样子,一个一个都衣衫褴褛像小乞丐似的,不过每家每户的孩子都是那样的情形,谁都不笑话谁。可是那个年代只有凭布票才能买布,家里也没足够多的布票去做衣服,怎么办呢?这件事被二姑听说了,她很喜欢母亲,听说这个孩子缺衣服,就说要给外祖父外汇券,让他领着母亲去友谊商店买布。那里商品齐全,但只能用外汇券购买。

一路上,外祖父边猛蹬车边教诲母亲。"好好学,学会洋文,将来能跟县太爷平起平坐,就吃穿不愁了。"母亲一边紧跟一边

北大恋歌

下定决心将来一定要学好洋文。

他们从二姑那儿拿了外汇券，就骑着自行车直奔友谊商店。到了商店门口，外祖父不敢进去，因为他不识字，不知道那外汇券面额是多少，是怎么花法，就让母亲拿着外汇券进去买布。这难不倒母亲，因为，母亲那时已经上了小学，会算算术，虽然只是个十来岁的孩子，却早已经被当大人使唤了，凡买油盐酱醋茶需要算账的工作都由她来操办，在家里她俨然一个小账房先生，她是不怵的。她拿着外汇券进了商店的门，脚刚一踏进去，就被一个声音吓了一跳。一个个儿不高的中年男人走过来，说："干什么的，你这小孩，到别的地方玩儿去，这是你来的地方吗？"母亲急忙举起外汇券给他看，说："看，我有这个，我买布。""你从哪弄来的外汇券，不是偷的吧？走走走，出去、出去！"他一边不耐烦地说着一边把母亲推搡到了门外。"凭什么你？我有外汇券，你干吗不让我买？"母亲气得直蹦高，可她毕竟还是个十来岁的小孩子，劲再大也斗不过大人。

布没买来，外祖父就又带着母亲回到东四二姑家，把外汇券还给她。原来那个友谊商店是个只供外国人和华侨购物的地方。二姑说："唉，要知道是这样，我就陪你们买去了，这样吧，别白来一趟，天这么冷，让孩子拿一件我穿的衣服吧。"她就带着母亲进了一间装衣服的房间，一进去，母亲真是开了眼界。她从没看过那么多好看的衣服，各式各样的丝绸旗袍，皮毛大衣，挂了一排又一排，简直就像服装店，都像是电影明星们穿的，可惜那些衣服都是大人穿的，她太小穿不了。二姑不知从哪拿出一件毛衣来，说："你看这件行不行？"那件毛衣显然没有那些旗袍好看，母亲一点儿也不喜欢。外祖父对她说："拿着吧。"母亲的倔脾气上来了，说："我不要，我不要，我不冷。"那不是冲着二姑，而是冲着她那个时候还不知道有它存在的——现实，一个只会在暗处给她使坏的阴险的家伙。为什么她要受冻，没有衣服穿，拿了外汇券买布，又遭到呵斥，那时候她还不知道"不公平"那个词，只知道用孩子式的赌气和现实抗衡，表达她知道如何平息却注定不得平息的不满。外祖父拗不过母亲，她相当倔，和他自己有的一拼。父女俩就又骑着自行车，一直，一直骑，往北京的大西边——那个盼望他们买布回家的方向。

　　望着镜中我的影像，似乎还缺少些什么。对了，还有帽子。我一年四季都有帽子，贝雷帽、鸭舌帽、棉线帽、毛毛虫式的帽子，应有尽有。我对帽子很钟爱，因为帽子让我在外貌上焕然一新，戴上不同的帽子，就像变成了不同的人。我喜欢有所变化。那时的我总想与众不同。尽管母亲有时说，哦，又买了一个不三不四的帽子回来，不过，比她们那个时代好。那个时候，人们只戴绿色的军帽，不然就是被人戴上铁帽子了。听了她的话，我不禁大笑起来，说那可不会好受。她也会跟着我大笑起来。我应该是哪个人呢？我思索，应该是庄重而甜美的。我找到一顶白色的针织凉帽，上面围系着一条无比轻柔软和的蓝粉色丝带，好比婴儿粉嫩幼滑的皮肤。我把它戴在头上，感到很合意，就出门了。

　　刚刚起床不久的太阳像是恢复了活力的壮小伙，从碧蓝的天空上毫无保留地投下金针、银针射向大地，让人睁不开眼。我心中呼唤着女神的名字。"达芙妮，达芙妮！"我的手指和头发像

北大恋歌

要长出翠绿的枝叶，逃脱太阳神的追逐。女神还在沉睡，听不到我的呼唤。想要摆脱阳光热情的追逐是徒劳的。我干脆把帽沿向下拉，遮住一半面孔，让阳光拥抱着我，走向路口。洋娃娃正在那里等我，我们约好顺路同去。

"嘿！你今天可真是不一样！"他一见到我就惊喜地和我打招呼。

我内心愉悦，给他一个微笑，认为那是一种赞赏。

当我们到达举办活动的那个小学校时，天气变得更热，热得让人发晕。孩子们和家长早早就到了。果不其然，有个孩子站得太久，被太阳晒晕，老师只好把他搀回教室休息。可怜的孩子，不知道他是否能参加之后的活动。我还看到了我的雪花男孩和他的奶奶。我问孩子："就要看到大熊猫了，是不是很开心？"孩子虽不言语，白净的脸上却绽放出一朵欢乐的花，看得我的心都快融化了。男孩听到不远处一个同学呼唤他的名字，他便欢笑着奔向那名同学。奶奶对我说，这个活动真是太好了，她一早就送孩子来学校，待会儿，老师会照顾孩子，她只要下午过来接孩子就可以了。我在门口迎接那些陆续到来的官员、赞助商出席那个简短的仪式。人到齐后，仪式正式开始。上司站在台上同那些有头有脸的人高谈阔论个没完，记者则在前面像蜘蛛织网一样左右开弓不停拍照。

仪式终于结束，上司心满意足，头顶泛着亮光，佛爷似的，他和官员和赞助商热情洋溢地一一握手话别，接着便回家享受周末美好闲适的时光，只等观赏晚间新闻里他的光辉脑门了。剩下的工作就留给洋娃娃、奥黛丽和我打理了。我们雇了两辆大巴去动物园，我上了其中一辆车，和那个学校的一位老师负责照看一辆车上的孩子。路上，我和那位老师谈到那些孩子，得知他们智力上的缺陷的原因是多种多样的，大多数是患有脑瘫造成的。虽然有些孩子已经十几岁，但在智力上却只有四五岁。她说，她快要成为他们那样的孩子了，因为要理解他们，就得像他们那样思维才行。

　　大约一小时后，我们到达了动物园。我们先带着孩子们参观了海洋馆。五光十色、形状万千的鱼在水晶宫似的透明的玻璃缸里没头没脑地游荡，光与影随波逐流，后面的墙壁仿佛也跟着乱颤晃动。一只缸内，一条个头不大的黑色扇形头鱼义无反顾地冲向透明缸壁的一角，像要攻出鱼缸。它身后紧随一群和它长相酷似的鱼，那群鱼排列成整齐的三角阵势，鲁莽地向前冲，撞到缸角，没有出路。接着，头鱼又冲向缸的另一个角度，鱼群又紧随其后，发起另一次猛攻，毫不倦怠，毫无出路。另一缸内，几条美丽得宛如神仙的银红色鱼优雅柔情地游，它们不经意抖一下纱翼般的鱼尾，飘逸便从鱼尾散漫出来抖在水中，美得令人绝望。人们兴高采烈地在各个玻璃缸前拍照，和那些居囿缸中的生命存在一起为他们的某段历史保留见证。一会儿，到了海豚表演的时间，几条身体滑润的海洋生命从清澈碧蓝的池中蹿上蹿下，当一个海豚用鼻子把一个皮球"噌"地顶到半空的时候，全场雀跃欢腾，爆发出一片欢笑。

　　之后，我们带着孩子们去了熊猫馆。那时，大多数熊猫都在洞穴里睡大觉，走了大半，我们也没看到一只熊猫。"看！小熊猫！"一个孩子叫了起来。一个熊猫宝宝正在洞外面快乐地吃竹子。终于见到了一只熊猫，孩子们高兴至极，笑着指着那个像他

北大恋歌

们一样懵懂的黑白两色的活化石小动物。忽然，有一对脑瘫加肢体残疾的双胞胎兄弟中的一个孩子突然晕倒了，另外一个似乎也快体力不支，本来残疾的双腿像面条一样软得快要撑不住他的身体了；也许对他们来说这一天走得太多，连他们的父母也精力耗尽，没有抱住那个将要跌倒的孩子。就在一瞬间，奥黛丽身手不凡，一个箭步窜上前去，仿佛她倾尽一生的体育专业训练就是为那个危急时刻准备的。她接住了即将倒下的孩子，将他背到自己的背上，走出了熊猫馆，在树荫处休息。我目睹这一切，感动得几乎落泪。她的敏捷和及时多么令人感到骄傲啊！在那一刻我猛然发现她个人的极致魅力，和她的五项全能运动体现出的人类最高贵的美。人们时常心醉于各种名誉的荣光，却不知道在最危急的时刻能够帮助弱者才是这种荣光最神圣的所在。她不愧世界冠军的称号！

午餐时间，我们带着孩子们去了附近的肯德基。到了那个快餐店，大人们去排队购买午餐，孩子们陆续去洗手。突然一个男人说："对不起，我走错了。"和我在车上交谈的老师闻声走去，低声自言自语："不是你，是我。"原来是我们的一个女孩走进了男洗手间。我不得不赞赏她凭借经验对事情做出判断的能力。那并不是不常见，那个老师在吃饭的时候对我说，她早已习惯了。终于可以用餐了，孩子们和父母们的脸上露出快乐的颜色，食物马上可以慰藉他们空空的胃。望着那张张笑脸，我也感到很快乐，为了那种简单的快乐而快乐。

我还有一个快乐，隐藏在内心。一个美妙动人的旋律在我的心底奏响——等到孩子们回家后，我就可以开始我的北大历险了。

第二章

午后,太阳那个苍天的巨眼怒视着大地,灿白的目光凶猛地瞪出眼眶,无可理喻的灼热。各色建筑和树木想要摆脱它的控制,然而一切都是徒劳。缤纷的色彩失去原本的艳丽,无精打采地发白。我躲在帽子下面,向一辆正在向我驶来的出租车挥手。车停下,我钻进车里,里面有冷气,我告诉司机去北大东门。

"啊!去那儿,那在过去算是翰林院了。"司机一口的京片子。

对,我去见一个洋翰林。

我打电话告诉罗比我已经在去北大的路上了。然后就是漫长的旅程,路两边的高楼和绿树排着队急驰而过。形色各异的车辆如同钢铁般的水滴,在无限延伸犹如灰色河床的公路上川流不息。

我的出租车司机简直就是个历史学家,他是位卑岂敢忘忧国,在方寸车厢里给我讲过去几十年的历史变迁和政治博弈。我由衷赞叹他一边技巧娴熟地驾车一边绘声绘色滔滔不绝地高谈阔论国内外风云变幻。他在中学里教历史课或艺术欣赏课会很对路。他给我讲在历史课本里找不到的趣闻逸事,那些只有在书本

北大恋歌

上见到的大人物，梅兰芳啊，老舍啊，还有齐白石、张大千，都像是他的老街坊老朋友。他的头脑快要囤积不下那些丰饶肥厚的知识，仿佛要从他脖颈后发际线几条脂肪褶皱里流溢而出。

"跟您说，想当年我也学过英语，因为有时候要接待外国宾客，所以公司就给组织个培训班让我们学，我学英语也有自己的一套方法。"

"是嘛，您说说。"

"Street 就是'死追她'，CBD 就是'车倍堵'，飞机场，是什么来着？"他说什么也想不起来了。

我告诉他："是 airport。"

他说："对对，就是它，'爱泡她'！"

这座城市的活力之一，可能是拥有世界上语言最风趣、知识最渊博的"的哥"。我对这个可爱的"的哥"充满期待。我们一路说笑，很是高兴。

过了一会儿，我的电话响了，是罗比。他语气急促地告诉我，我应该到北大西门。唉！这个外国人怎么还没搞懂北大的东南西北啊？不过，是东是西，现在还为时不晚。我便告诉政治学家兼历史学家的出租车司机我得去北大西门。

"好嘞！"他把尾音拖得就像京剧唱腔那么悦耳动听韵味悠长。

当我看到一个高高耸立在一座楼顶上颇有些气势的带有"北大"字样的广告牌时，就知道快到北大了。一种莫名的兴奋油然而生，就像我要探访一个梦寐以求的圣地。出租车驶进一条林荫小路。那条小路仿佛是从喧嚣城市进入幽静世界的通道，喧嚣瞬间萎缩了，直至消失。我的心也开始平静起来。路上没有行人，迎面而来一位戴着眼镜留着"五四"发型的女士，她骑着自行车，头戴一顶编织凉帽，悠慢而优美地踏着踏板，那种节奏一直载着她驶进我的眼帘，又从我的眼角滑走，飘逸得如文化仙子一般。

很快，一座古老的朱红大门映入眼帘，轮廓愈加清晰，颜色愈加明艳，上面嵌有蓝色的琉璃瓦和一块高悬的金边蓝底匾额，匾文曰"北京大学"。这就是传说中的北大了！北大终在我的眼前展露真容。

我寻找一个人的影子，却没看到。这时司机问我是否进去，他说他知道留学生宿舍楼在什么地方，可能会在路上碰到我的朋友，我于是应允。离那座朱红大门越近，我越迫不及待地想要进入到里面的世界一看究竟，里面的人是否都像仙子一样不食人间烟火。出租车驶入大门，我睁大眼睛，如在梦中，就像刘姥姥进了大观园，仔细观瞧里面的世界，一双眼仿佛不够用。景物依次浮现，一座白色石桥边拂荡着柔绿的垂柳，精巧的凉亭依偎在它身旁，亭台楼榭一一向我这个外来人致敬，然后躬身回避。汽车拐了两个弯，司机告诉我前面就是留学生宿舍楼，说不定一会儿就可以见到他了。我谢过他，和他道别。

我下了车。路旁是一个洋灰的圆形花池，里面有一座孤苦伶仃的灰色水泥筑砌的假山。我站在它身旁，打量它，它是花池唯一的主人，周围没有缤纷花草的陪伴。即使在像花园的地方也有被遗忘的角落。我是它那一刻唯一的访客，它不动声色，光秃无助地倔强，兀自伫立，像一位颇具几分独立自主北大精神的旧时

北大恋歌

学者。我环顾四周，对面有一座灰色小楼，造型独特，那种独特吸引了我的视线。我走过去，踏上楼前的台阶，门敞开，里面人声杂沓，我瞻望门楣上的文字，想知道它的名字，睁大眼睛，不禁笑了。我一个词也看不懂——既不是中文，也不是英文。那不知是哪个国家的文字仿佛告诉我，我千真万确到了一个陌生的地方。正在我琢磨那些稀奇古怪的的文字时，罗比打来了电话，问我在哪儿，他在找我。我们可能走岔路了。我告诉他我已经到了离他宿舍楼不远的一个楼前面等他，但不知道这个楼的名字。

"哦，我看到你了！"他在电话里说。

我四处张望，在从进门的方向，我看到了他。高大的罗比，他穿一件短袖蓝色牛仔衬衫，头上戴一顶紫红色棒球帽，肩上仍旧背着那个黑色背包，他信步向我走来。看着那个大手大脚的金刚，我笑了，向他挥挥手，也朝着他的方向走去。

"嗨，对不起，我在校门前没见到你。司机说他知道留学生宿舍楼在哪里，我以为会在路上遇到你。"

"没关系。欢迎到北大来！你好吗？"他亲切地笑，美国口音的普通话很温柔。

"我很好，谢谢，很高兴来北大，你要带我四处看看了！"我兴高采烈地说。

"当然，我很乐意。"他微笑着说。

外面的世界虽然燥热喧闹，校园里面却很凉爽惬意，令人感觉心旷神怡。

我的北大探险就此开始了！

我们踏上可能是一条向西的小路，我向来方向感不好，只感觉它在向西。不久,那条小路上,我们远远望到迎面而来一个骑自行车的男士,大约三十多岁。看到他,我的心鼓不由敲击了一下——他长得怎么那么像写伤痕文学的梁晓声啊!他和罗比打了声招呼,然后他的目光就投向我,一直盯着我看,仿佛在用作家式的眼光观察我,直至他从我身边消失。

"他是个作家吗?"我忍不住好奇问罗比。

"我不知道,只是有时候会遇到他。"罗比漫不经心地说。

"他一直看着我。"

"美丽的女人对男人的眼睛不就是一块磁铁吗?"罗比微笑,浅棕色的眼睛流出温柔的光芒。

我不由微笑,一番激动,这次奇异之旅才刚刚开始就可能遇到了一位知名作家。

"我去带你看北大的'一塔湖图'。"罗比煞有介事地说。

"一塌胡涂?"我微微皱眉,摸不到头脑,没想到他还知道这个成语。

他见状哈哈大笑,向我解释说,就是北大的一个塔,一个湖,和一个图书馆,不过图书馆在校园的另外一边。

我恍然大悟,大笑。没想到北大的著名景致竟和这么一个不合体统的成语绑在一起。

接着,我们便踏上了探寻"一塔湖图"的漫漫之旅。

我们走进一片绿幽的树林,就像穿行在青翠林间的两个精灵,踏着脚下潮湿平整的泥土,呼吸着空气中散发的清凉的芬芳。忽然一只飞鸟扇着翅膀快速掠过,发出一声悦耳的啼鸣,打破了林间的平静,却又使树林更显幽静。罗比告诉我,他有时到

北大恋歌

这片林中读书，享受着那片美好的静谧。

走不多时，一座起伏不大的小山浮现，更确切地说，一个小土包或小土丘。想见当年建造这座园林，工人们为挖出湖水肩扛手提不辞辛苦把挖出的泥土堆积于此，自然就形成了这样一座小山丘。我们绕过小山，游目骋怀，一湖碧水尽现。岸边柳树柔嫩的枝芽淘气地吐出绿色的舌尖，清幽的水面上漂浮着几片零落的水藻，宛似湖水褪下绿色的皮肤。湖中央伫立着一个小塔，仿佛是翠湖的自我，轻垂眼帘凝望湖中自我的倒影，在微风斜阳中独省，塔身层层两端上挑的线段由下至上切割了塔身，直至塔顶线段减为一点轻抵碧天，宛如从湖心袅袅升起的一缕雅妙飘逸的音乐。

"未名湖、博雅塔！"我欢快地叫了出来，我很早就听说过湖塔的名字。

"这就是一塔一湖。"他笑望着我说道。

我快步走向湖边，想要和美景亲近。

"漂亮！"罗比拿出相机，为我拍照，"很漂亮的湖和塔，我最喜欢北大的这个地方，每到这里，我会感到很放松。"

"很美！你真幸运。这是多少中国学生梦寐以求读书的地方啊！"

"很幸运，和你在一起在这，也。"他又开始说美国化的汉语了。

我转身，想纠正他的那个也，我的目光和他浅棕色的目光碰触到了一起。

他目光暖暖，鼻子翘翘，像个淘气的小男孩。

微笑。凝望。空气中飘溢着芬芳的气息，青春在心里骚动。

我们无限接近。害羞先生摆脱了害羞的束缚，他温暖的双唇温柔地贴在我的双唇上。那是一个清凉的薄荷吻。那本应是一个浓厚的尼古丁吻，显然，强力薄荷糖把他的烟草气息掩盖了。我闭上眼，人仿佛是一片洁白的羽毛，轻飘飘的，慢慢升起，飘起来，飘向平静的翠绿色的湖面，飘向那个小塔，直到尖顶。

正在这时，人声纷沓，我们被突如其来的几个游客打断，他们也在未名湖畔拍照，兴致很高。然后，我们接着绕湖观赏景致。不一会儿，遇见两个中学生。她们穿着相同的校服，留着相同的发型，母亲那个时代叫作运动头的样式，那样一致的妆扮使得她们的面容也变得难以区分，出奇地相似。罗比问我，她们是双胞胎吗。我说，不是，那是她们的校服，她们可能是北大附中的学生。"中学生！"罗比叫住了那两个女孩。她们停下了脚步诧异地望着他。他说，他想给她们拍照留念。两个女孩微微一笑，笑容也是相同的腼腆。她们站在一起，确实像双胞胎，面容的细微差别只有中国人能够分辨。罗比拍完照，说了声谢谢，就和她们道别。

然后，我们走上一条小径，两旁树木高茂，绿草茵浓。一位老奶奶推着一个美丽小巧的童车，里面睡着一个小宝宝，皮肤粉白得透明，甜美得像一个小天使。

"中国小孩是世界上最可爱的小孩，他们就像瓷娃娃。"罗比说。

"你喜欢小孩？"

"喜欢，我想将来有四个小孩。"他夸下海口。

北大恋歌

"那么多,能组成个乐队了。"

"应该是个不错的乐队。"他信心满满。

我们相视而笑。

"看!我的教室!"

一座古色古香的建筑出现在眼前,那可能就是传说中翰林们上课的地方了。我们走了进去。里面是现代的陈设,如大多数年代久远的古老建筑,光线昏暗,散发出清幽古雅的气息。一间办公室里,两个老师正在兴致勃勃地讨论着什么。我们走到一个教室的门前,罗比说那就是他的教室。门没有锁,他轻推开门,我们便步入教室。教室里面光线明亮,阒然无声,桌椅们也在安静中休息。

"你坐哪?"我问。

"这。"他走到最后一排的一个角落,轻拍一张课桌。那张课桌的木质纤维发出一个轻微的声响像在问候它的主人和我这个访客午安。

"最后一排,因为你长得高吗?"

"不是,坐在这里我就可以看到整个教室。"

我点点头。这样,他就能统观全局?看来他的视力足够好,坐在最后一排也能看清黑板。然后,我们走出教室,他关好门,动作很轻,没有发出一丝声响。

外面是一片广阔的草坪,新草吐绿,有几块覆盖着灰色的砂砾的地面依旧光秃,像新生儿的头在等待茸发的生长。半个春天来到了。一阵微风掠过,湿润的空气混合着鲜草的芳香宛如夏季雨后清新的味道沁人心脾。罗比深深地吸了一口气,陶醉地闭上

眼睛。

"嗯……这就像我的家。"

"你的家?"

"是,我的家在乡村,我是美国农民。"他抬起下巴,咧开嘴巴笑起来,牙齿闪出骄傲的光。

草坪上正在进行着一场跆拳道比赛,两个十几岁的孩子对着踢腿,每踢一下,就发出一声尖锐的杀声,仿佛要用那种声音把对方钉死在地,才会收腿。我们近观片刻。那里没有一点树荫,光和热不知什么时候重又袭来。罗比开始擦汗,胳膊下面的衬衫湿了一片。

"好热。"他的脸涨红了。

似乎是该离开的时候了。"然后去哪?"我问。

"在我的文化里,是主随客便。"他说。

"我们应当去一个凉爽的地方。"我说。

"我的地方很凉爽,那里有空调,我们可以去那里谈话,你可以去看看我在中国的家。"他说,然后是一个略带害羞的微笑,棕色的目光投向我。

我已走了大半天,也倦了,巴不得有个地方放松一下我可怜的脚。我们于是原路返回直奔留学生宿舍。

留学生宿舍楼前面倒很热闹,学生们如雨后蘑菇般从水泥地里长了出来,头发有金色的,红色的,棕色的;眼珠有蓝色的,绿色的,灰色的。在那一方天地,仿佛我才是个异族人,一个在参加联合国大会的黑发黑眼珠的外国人。大家都是外国人。但是如果闭上眼睛聆听弥散在空气中的声音,大多都是半生不熟的中

北大恋歌

文。那一刻，我内心确信无疑，我是在中国这片土地上。

到了楼门口，罗比为我开门，让我先进去。门敞开，大厅宽敞明亮，里面不像学生宿舍，倒像宾馆。他向服务台那个梳着马尾的女服务员打了个招呼，她瞥了他一眼，然后目光虚向我的方向略微一扫。我不由心里紧张，想起当年在大学时像老鼠一样从守门人的眼皮底下溜进男生宿舍的情境。可这一回，仿佛我是透明的，女服务员的目光只在我的头顶停留了一秒钟，然后就低下头去做她自己的事了。我感到自己像是穿了件隐身衣，大摇大摆坦然从容地进了男生宿舍。

没想到楼里还有电梯，北大仿佛为留学生提供了一切方便。我们乘着电梯到了三楼，走出电梯转了两个弯，到了一个房间的门前，门敞开，他走了进去。那就是他的地方了。里面是一间小客厅，摆放一些简单的家具，有一台电视机和一个小个冰箱。电视机开着，正播放着新闻。里面被隔成三间卧室。他说他和其他两个同学合住，他们一个是日本人，另外一个是韩国人。

"啊，小野的辅导又来教他中文了，"他说，"他们喜欢听着新闻辅导，说是浸润式学习。"

一个长得像《机器猫》里的康夫的男孩坐在中间敞开方门的房间里跟着一个戴着一副宽边眼镜中学生似的女孩朗读句子。那些字词像是和他玩捉人游戏，他的舌头就像短了一寸，总是够不到字词站的位置，有时虽然碰到了，却只抱到了它们的头或脚。

女孩很有耐心，说："看我的舌头，在上齿龈上。"

没办法，日语只有 a, i, u, e, o 五个元音，要想让日本人发好双元音，得找个能登上天的梯子。

另一间房门紧闭，是他韩国同学的房间。

"金又去吃铁板牛肉了，他对中国牛肉就像对女人一样着了魔，开始大家都以为他出去找小姐。后来他约大家一起去，他还真是去吃牛肉了。大家都吃够了，他还没吃够。"罗比轻轻摇着头说。

只知道韩国人爱吃辣白菜，没想到到了中国就狠搓牛肉了。

他的房间在一个角落。他走到最左边的房间，一副谦谦君子的态度，打开门，说："欢迎光临寒舍！"

那是一个小小、小小的房间。我几乎不敢相信自己的眼睛，实际上那里只是一条窄窄的空间。我未曾见过比那更小的房间，仿佛置身白雪公主和七个小矮人的森林小屋，只是这里住的不是小矮人，而是一个巨人。在北京这样一个拥挤不堪的城市，对一个学生来说，有这样一间私人宿舍可能足够大足够好了。我想到自己在大学的时候和其他五个舍友在一间宿舍朝夕相处，蚊帐都是透明的，哪里有私人空间可言呢，不过，那却使我们的心灵得到亲密友情的滋养。

他的房间很小但很整洁。"为了你来，我擦了地板，收拾了房间，我喜欢东西整齐干净。"他说。"谢谢，我喜欢你的房间。"我感到很欣慰。男生的房间向来以脏乱闻名，整洁对我来说是最高礼遇。

靠窗的地方有一张小小的单人床，可能刚好可以容下他泰坦式的身躯。床边是一张小小的写字台，上面摆放着一个笔记本电脑，桌前一个小小的书架紧靠墙壁，上面有几本汉语课本和

北大恋歌

词典。

对面雪白的墙壁。啊！我不由倒吸了一口凉气。

上面并排挂着两面巨大的中国国旗——五星红旗和美国国旗——星条旗。它们占据了大半墙壁，凌驾在一张巨大的世界地图之上，好比两艘战舰并驾齐驱。这样一来，整个房间充实了，又仿佛得到了无限延伸，膨胀出去，使他的小屋就像漂泊在地球之上随时可以扬帆启航的小船。

我摘下帽子，问他洗手间在哪。他走出房门，示意洗手间就在他房间的对面。卫生间也是宾馆里的陈设，洗手池、镜子、还能淋浴，镜子前面的香波、浴液、牙刷、牙膏、剃须刀等洗漱用品放浪不羁地躺在洗手池的象牙白的台面上，像在进行盛大的狂欢。我不禁边笑边摇头，确信这是男生宿舍。我打开水龙头，里面流出清凉的自来水。我洗了手脸，立时神清气爽。洗过后，我却发现里面没有毛巾。我湿着手脸走回他的房间。

"感到清爽了？"他问。

"是的，谢谢。我可以用你的毛巾吗？"我湿着脸和手问他。

"是，当然。"他递给我一条长方形紫红色浴巾。

等我出来，他也去洗手，回来擦手，把浴巾挂在壁橱的门上，门后地上放着一只个头很大的旅行箱。

他坐下，拿起深红色棒球帽，又拿来一支钢笔。"请看我写的名字对不对。"

我凑过头去看他在帽遮里面写下他的中文名字。

侯。嗯，不错。横平竖直，写得很工整。

约。对了。间架结构还很均匀。

翰。"等等，笔画顺序不对，你要先写里面的一横，然后再关门。"

"不要和我说笔画顺序，我从来弄不清楚。"他笑起来。

"为什么你要姓侯？"我问。

"Co，侯，它们的发音很像。"他认真地说，"还有在你的文化里，侯是贵族。"说罢，他拿来汉英词典，开始翻查字典，然后示意我。

的确。侯：nobleman。

我恍然大悟。那是王侯将相的侯。无怪钱钟书先生说：东海西海，心理攸同。

他也问我是怎样得到我的名字的。

我说，在我出生的那一天，家里窗台上的那盆茉莉花开了。我的母亲望着洁白的花朵，便知道她要得到一个女儿。她要给她的女儿取名"洁蕊"。纯洁的花蕊。

"很美的名字。"他轻轻点头，"她就真的得到了一个美丽的女儿。"

"我喜欢那两面旗，真是绝妙的装饰。"我望着那两面硕大无比的旗帜说。

"你知道吗？那五颗星星是手工绣的。"他说。

"是吗？很棒。"我说。

"是的，我喜欢品质好的东西。"他望着我，若有所思，"那是我想和你在一起的原因。"

我双眉微蹙，故意说："你说我是东西？"

他感到不对劲，连忙解释："当然，你不是东西。"

北大恋歌

"你才不是东西。"我又好气又好笑。

他脸红了,见我笑,也笑道:"你看,汉语有多难学,我老是说错话,哈哈哈……"

"没关系,中国文化是不知者不怪。"

他像想起什么,解围似地拿来一些照片,说我可能对那些照片没什么兴趣,可那就是他家乡。那些照片大多是充满大片大片的绿色田园和乡间小路,纯朴自然,清新怡人。那就是他所说的美国乡村。谈及他的家人时,他拿出一张照片,上面有几个上了年纪的人。又高又胖穿白色T恤戴眼镜的男人是他的父亲,那个穿花裙子,银色卷发的女人是他母亲,那个面部线条硬朗如钢的男人是他的叔叔。我仔细观看他叔叔旁边那个穿红色衣服长发的亚洲女人,面部特征简直就是女性化了的洋娃娃,都是生活在热带的人那种皮肤微黑,眼眶略微下陷,嘴唇丰满的特征。他说,他的叔叔曾经参加过越南战争,那个女人是他的亚洲人太太,是越南人,他很爱她。战争使很多人流离失所,却造就了伟大的爱情。

我还看到他的两辆汽车,一辆浅灰蓝色雪佛兰和一辆深蓝色皮卡。他说,他想念他的车。他的车很宽敞。在中国他只能用出租车,他是个大块头,大部分出租车的座位空间对他来说都很狭窄,他坐在里面很局促,所以他更喜欢他母亲的那辆SUV,但它是个喝油的大家伙。在北京他喜欢那些私家出租车,后来我才明白那些私家出租车实际上就是所谓的"黑车",因为那些车更宽敞舒服。

然后,他向我谈及他的家乡。他略带沙哑的嗓音很有魔力,柔缓抒情的话语仿佛把我一同带到他的家乡印第安那波利斯。那里每年举行 F1 汽车拉力赛,那是激动人心的时刻。他小时候,每到赛季,父母都帮他向老师请假去看比赛的开幕式。老师在那种时刻总是通情达理,他们给学生们留一些作业,学生们在家里做完就可以了。当几辆赛车同时起动引擎跃跃欲试即将冲出起跑线的时候,此起彼伏的隆隆的轰鸣声和欢腾鼎沸的欢呼声交织在一起真是带劲儿,让人热血沸腾。印第安那波利斯还有很多公园和博物馆,马车载着游客四处游览……我一边听一边想象,感觉就像在简·奥斯汀和狄更斯的小说里,也像观赏一部有关印第安那波利斯的电影。而我在此之前只知道一部叫做《印第安那琼斯》的电影,他说那是一部有关考古的电影,是哈里森·福特主演的。然后,我的神思又随着他的语言继续飘游,渐行渐远,那里有一堆童子军的野外篝火,那夜很冷,零下十度,那个男孩躺在地上,他的屁股快给冻掉了;还有一个很小年龄就出去工作的男孩,那年他只有九岁,经常去超市收集购物车挣零花钱……

不知不觉到了晚饭时间,罗比问我想吃什么。我问他平时吃些什么。他说,他喜欢从附近的一个餐馆叫外卖,然后,拿来几张印有彩色图片的菜单。上面有几种套餐,鸡肉饭、牛肉饭、猪肉饭,配有一些素菜。我对食物向来了解不多,兴趣不多,拿起那张菜单,浏览一遍,不甚了解,就把菜单推给他。他点了牛肉饭,说:"这个,好吃。"我也喜欢牛肉,于是跟牌。

"好——"他拖着小脚老太太裹脚步那么长的尾音说中文的"好"字,嘴唇凸起拢成一个大大的茶杯口似的 O 形,把那个元音发得饱满圆润,"好"字的气息全部吐尽,他拿起电话听筒,

北大恋歌

拨通一个电话号码,"我要两个牛肉饭……五道口,北大芍(勺)园六号楼,我的电话是……谢谢,再见。"

"你说中文很流利,很棒。"我发自真心说出这一番话,我认为他应当得到夸奖,因为他订餐真的很流畅,就像说美语那样一气呵成,真是民以食为天,在解决温饱问题时,人的能力都是超强的。"谢谢,因为我经常在电话里订餐,所以我说得很流利,五道口,北大芍(勺)园六号楼,电话是……"罗比站在那里,嘴角荡漾着微笑,下巴微微抬起,感到无比骄傲地重复了一遍,样子就像个刚学会背唐诗的小男孩。他的口音很可爱,他说中文每个字的字音都很准确,只是他的声调一不小心又回到美国式的升调和降调,看来让美国人说好中文中那四个音调是要练就少林和尚那样的硬功夫的。

"这里叫做芍园吗?Peony Garden?我怎么没看到芍药花呢?"我问。

"哦,我想应该是 Spoon Garden。"罗比说:"我在一块牌子上看到的。"他很认真地告诉我,就像一个高度负责的导游,绝不信马由缰愚弄游客。"听说是一个叫米万钟的人建造了这个花园,有一句诗,在这里。"他拿来一本书,翻开书,给我指一行诗,诗云:淀之滥水觞一勺。"就是这个'勺'字,勺子的勺。勺园,它的历史比北大还要长。"

原来如此。勺园,一个富有诗意的名字。

不多时候,电话铃声响起。罗比接完电话,告诉我外卖到了,他要下楼去取,然后他便匆匆出去。

牛肉饭装在两个塑料餐盒里,米饭像是一张雪白的床,上面懒洋洋躺着几块穿着深褐色酱汁外衣的大块牛肉，陪伴左右的是两三朵楚楚可怜的淡黄色菜花和形影单薄的橘黄色胡萝卜片，仿佛两三个长相粗犷的拳击运动员在和几个不失温柔雅致的芭蕾舞演员同台演出，那算是动物蛋白和植物纤维的和谐搭配了，一种肉菜的混合味道散发出来。"我喜欢吃烤鸭，在早餐。"罗比技巧娴熟地使用筷子，熟练程度不亚于中国人。

"早餐？"我回声似地重复他说的最后两个字。

"对，早餐。"他点点头，棕色眼睛向我投以肯定的目光。

难怪西方人大多人高马大，原来早餐他们便开始饱啖肉食了。食肉动物比之食草动物体积可能总要庞大些。

"在汉语课上，我学到广东人什么都敢吃，天上飞的只有飞机不吃，地上四条腿的只有板凳不吃。我不明白，为什么有些中国人会吃猪的脑子？"他一脸疑惑地说："你知道为什么吗？他们不感到恶心吗？"

"啊！这个。中国人文化讲究吃哪补哪，吃猪的脑子可能是要补脑。"我按照中国常识解释说。

"那吃心就是补心了？"

"对，这样就可以多些爱心了。"

我们笑了。

"人们吃不可思议的东西，比如，蛇呀，蝎子呀，可能古时候容易受到天灾的侵害，比如大洪水，几乎每年都要袭击一些地方，人们找不到常规的食物，就不得不去吃一切可吃的东西充饥维持生命，久而久知，便形成了传统，人们去吃那些不可思议的东西就不以为怪了。"

北大恋歌

"懂了，为了生存，吃一切可吃的东西。有一个电视真人秀叫《幸存者》，十几个参与者被送到荒无人烟的小岛或野外，没有食物，他们不允许自带食物，他们只能依靠基本的工具维持生存，必须自己寻找食物，就像当年鲁滨逊那样自己砍柴、钻木取火、搭草房、造竹筏，甚至要吃昆虫、老鼠，还有鱼的卵等意想不到的东西。"

"哦！"我惊叹。中国人早已练就的超强的生存能力是自然的赋予，而外国人还要去自找苦吃。

"最终胜出者会赢得一百万美元的奖金。"

"啊！"我又惊叹。中国人如果参加这个节目定能挣得钵满盆满。

我不由又回到母亲一九六零年的故事中去，让她终生难忘的一九六零年，母亲在我孩提时代就为我讲述那些关于饥饿的故事。

母亲追忆一九六零年的故事。她说，之前的童年是在胡闹玩耍中度过的，日子的脚步就像她的双脚总是踏着轻快的韵律跳跃着飞过。当旷日持久的饥荒来临，吃不饱的日子让每个人都无精打采，每一天都那样沉重难熬。上课的时候，母亲和她的同学都趴在课桌上听课，老师也是有气无力在讲台前蚊子声似的讲课。下了课，就去菜站拾拣白菜叶。那年月，大人上班的时候，把一切能吃的东西要么全部锁起来，要么就藏起来，家家如此，因为孩子们可能在大人不在家时把一切可吃的东西都吃光，连咸盐和碱面都不放过，冲碗水就喝了。春暖花开，母亲家门前那两棵大槐树开满了雪白馥郁的槐花。母亲就爬上树尖采槐花，再高也不怕。外祖母远远望到她在树尖上也不敢叫她,怕她分神摔下来。一次,她和几个小孩跑到白薯地里拣农民不要的白薯,被农民追,还把她的弟弟给丢了。晚上她不敢回家。后来透过房门上一个小窟窿眼儿使劲向屋里看,看到了弟弟,她才敢进门。

三年自然灾害过后,外祖母一家给饿怕了,即使在粮食供应充足的时候,外祖母也总是在家里存放两三袋米和面。她坚持这样做一直到她罹患脑血栓去世。

她的内心恐惧历史的重复。

外祖父经常要在米袋前放置捕鼠器或老鼠药,因为老鼠在他的家安了家,经常来啃米袋,啃出几个大洞。即使这样,他看到那几袋米面心里也踏实高兴。

后来,母亲继承了外祖母的传统,她也喜欢在凉台上存放两三袋米和面。一到春天,气温升高,一些身穿灰衣的飞行物就会不知不觉光临我们的家,那是一些不易被人察觉的存在,它们默不作声地栖息在白墙、天花板、窗户和门框等所有可以想象到的平面上。有时我会突然发现了一只,小心地凑近观看——形状就像一颗葵花籽。每到初春,父亲总是说,那些米中的蛾子又复活了。它们是春天的使者,却不美丽。这个季节的神奇魔力是值得赞叹的——竟能从毫无生气的米袋中变出会飞的生命来?即使那生命的颜色是灰色的——那也是春天的颜色,似乎它的使命只是为了带来那种春天的颜色。我用手悄悄地凑到一颗葵花籽的背上,"啪"——把它扣到了手掌下,那颗葵花籽立刻变了形,扁扁地印在我的手心里,灰色的粉屑沾在我的皮肤上,四散晕染。那是春天涂给我的第一抹颜色。

北大恋歌

他望着我,"你们有这样一段历史,那为什么吃自助餐时,中国人只吃一半或几口就倒掉;如果他们不能吃完,为什么装那么多到自己的盘子里?"他问。

显然,人们对一九六零年那段饥饿的历史早已遗忘,无知。

"全世界每天有四万人死于饥饿,其中大部分是儿童。"他沉重地说。

"所以,应该消除贫困去解救那些儿童。"我的心情变得异常沉重。

他点点头,说:"是,感谢上帝赐给我们食物,我'饱吃'了。"他拿起空餐盒准备把它丢弃掉。

这下把我逗乐了。"不是'饱吃',是'吃饱'。"我纠正他颠三倒四的中文。

"啊,对不起。"他咧嘴笑了,"我总是在想着 belch(饱嗝),我在学习吃饱的时候,就在那个词的上面写上 belch,饱吃,吃饱,哈哈,我给弄混了,麻烦——"

我想起姐姐小时候学习英语的时候,不是喜欢在英语单词上注上发音相近的汉字吗?废丝 face,盆 pen,熬润汁 orange。在学习外语的时候,不同国家的人所用的方法竟是出奇的相似。

吃过晚饭,他不好意思地说:"我想抽烟,可以吗?"

当然,那是他的地盘。我应允了。他拿出一支不带过滤咀的骆驼牌香烟,点燃,吸了一口,扬起头把白色的烟气吹了出来,见我久久注视着他,问:"你要不要一个?"中国话的量词在他的语言系统里,恐怕永远只有"个"。他问话的语气就像在问我是不是要来一块巧克力。

我说，我宁愿吃巧克力，也不想抽烟。我问他什么时候抽烟的。

十几岁的时候，他整天跟着他的朋友们一起鬼混。不知哪天起朋友们开始抽烟。一次，他们也给了他一支。他就学着他们的样子吐出烟雾，装作会抽一样，样子特傻。后来，不知不觉，他会抽了，而且烟瘾越来越大。他指着书架上一个大牛皮纸纸箱说，那是他父亲给他寄来的，他会定期收到从美国寄来的香烟。

他问我从来没抽过烟吗。两只棕色的眼睛仿佛是长期受到烟熏的结果。

我告诉他，记得我和姐姐小时候，父亲本来不抽烟，家里却常备一些香烟。当客人来时，香烟和花生、瓜籽摆在一起用来招待客人。姐姐和我趁大人不在家时，偷偷拿了两支，想知道大人为什么想抽那些小白杆，是不是香烟像零食似的很好吃。姐姐抽了一口，不住咳嗽。我见状，抽了一口，但没往里吸。

他听罢哈哈大笑，他说，Slick Willie！说我就像克林顿，他当年被问及是否吸大麻，他说他没有往里吸。

我认真地说，我真的没往里吸。我清楚地记得我看着姐姐抽了第一口，紧接着便是一阵猛烈的咳嗽，她皱眉说："和炉子里冒的烟一个味。"我于是吸了一口，但把那团烟含在口中，未等它跑进我的喉咙就把它吹了出去。

他说，几乎每个成年的美国人都接触过大麻，像克林顿，他竟说他没往里吸，说罢他又哈哈大笑起来。

不管比尔在其他问题上是否说的是真话，至少以我的亲身经历来看，他在大麻的问题上，可能的确说的是真话。

北大恋歌

看着他食指和中指夹着的那支深褐色骆驼牌香烟，还真像一根巧克力条，我说："给我来一支。"我的语气像是在索要一块巧克力。

他微笑着递给我一支，我把那根巧克力条式的香烟夹在指缝里，他为我点燃，我吸了一口（但没往里吸），然后用鼻孔就如同喷气式飞机把烟气喷了出去，拉出两道长长的白。

Hmmm, I didn't inhale.

我异常陶醉，就像吃了一块烟熏巧克力。

他哈哈怪笑，笑歪了身体倒在床上。

享受完烟草巧克力，我感到时间不早了，提议去观赏校园的另一端，因为只看了校园的西面，一塔湖图还差一图。罗比同意。我们于是起身，掐灭烟头扔在烟灰缸里。

电梯很慢，罗比和我从楼梯下楼。他走在前面，他说那样做是因为女士可能会在下楼时跌落，那样的话男士就可以在下面接住女士，否则，永远是女士优先。他很可爱。绅士风度是建立在合理的基础之上的。

走出楼外，他又点燃一支香烟。

"看，我的自行车！"我顺着他手指的方向望过去，那是一个大家伙，它的体型倒和他高大的体型很相配。那是一辆"永久"牌经典二八型加重自行车，披挂着锈迹斑驳的战袍，颇似外祖父那辆自行车的孪生兄弟，它在一个简陋的车棚下休息，前轮歪向一边。

"咦？"我突然感到不对劲，"车座哪去了？"原来自行车的车座不知让谁拔了去，就像被人取走了头颅，只留一截钢管暴露在外面,他骑车的时候非要把屁股悬起来才行,否则可够他受的。

"是我把它拔下来的。"他说。

"为什么?"我大惑不解。难道他练就了一番功夫,不用坐着骑自行车?

"以防它给人偷了。"他自鸣得意。

"哈哈哈……你真聪明。"我们大笑着走过那个车棚。他可能遭遇过车座被偷的经历。不公平,这世界在各个层面都不公平,连偷车贼也将人分三六九等,他们对北大算是仁慈到家了——只偷他们的自行车座,而不是把整辆车给推走。

我们一路向东走去,沿途欣赏北大另一边的风景,那边和其他大学校园相差不远,并不见什么特别景色,大多是了无生趣的灰白色的现代化面孔教学楼。动态同时进入视野,景象开始流动起来了。学生们走出来,可能在去上自习的路上。一种美自然地呈现于他们的面容之上,多年后,那种清纯之美会被时光很容易在无意间擦拭而去。

"那是图书馆!"罗比的目光偏向一座不远处的建筑对我说。那座建筑是古代和现代的组合,顶部是古绿色的瓦片,只有这一特征让人知道那是古代流传下来的,其余部分都是现代化的特征,和其他灰色的楼房别无二致。那使我想到很多冠以古色古香头衔的建筑,大多只是灰白色的楼房加一个类似飞檐之类古代特征的屋顶,就像一个现代的青年非要戴一个古代书生的帽子不可,不过,那可能已经足够好了,今天的中国已经把先祖那些独特摒弃得所剩无几,能够留一两件在身上已实属不易。所以,当

北大恋歌

看到那传说中的"一塔湖图"的最后一景时，人们不知应该为它的样子感到好笑、骄傲，还是遗憾。谁在乎呢？那毕竟是北大啊！山不在高，有仙则名；水不在深，有龙则灵。在那样一座知识和智性的宫殿中，美丽雄伟的建筑与飘浮在那里不朽的灵魂相比也会黯然失色，正是那些灵魂使这座圣殿光辉璀璨，并将继续激励更多的后来者。

我们走到一个圆顶建筑前面，那是一个礼堂，看到公告栏上贴着周末演讲和讲座的预告。然后，我们坚定地朝着一个方向快走。不知不觉我们已经站在了"五四"广场上。空旷的操场寂静无声，然而我的耳畔似乎又激荡起"青春如初春，如朝日，如百卉之萌动，如利刃之新发于硎，人生最宝贵之时期也。青年之于社会，犹新鲜活泼细胞之在身"。"五四"那个绚烂激越的时代依然令人心驰神往。我们驻足片刻，转身欲走。"纪念品！"罗比说。一个女人在自行车后座上摆放很多印有北京大学标志的小件纪念品。我们走上前去，我选了一个题有"北京大学，1898年"顶端系一条纤细红绳的镂空箔金书签。他说："我买。"他又挑选了两枚蓝底金字的北京大学校徽，就像北大门口上方悬挂的匾额的袖珍版。他付钱，赠送我一枚。我谢过他。一丝惆怅飞入我的心里——只有快离开再也不会回来的人才会想到要买纪念品。

天不知什么时候开始阴沉起来，一丝凉意袭来。这样一来，我穿的裙装就略显单薄，我的穿戴和天气很难说相宜，似乎比较打眼。罗比穿得也很单薄，尤其是他那两只裸露的大脚丫儿，穿在沙滩凉鞋里，走起路来，呼呼生风。在那样的温度里，从穿着上，我们真是奇异的一对。道路愈加宽敞，可能是自习的高峰时间，愈多新鲜活泼的细胞涌现。我们两个人确实引起了学生们的注意，他们用古人类学家的目光注视着我们，仿佛我们是并肩走在他们校园里的一只大猩猩和一只猴子。

"这就是东门了吗？"

"是。"

北大东门和其他大学类似，门口横七竖八摆放了很多自行车，出租车司机招揽乘客的叫喊声，汽车喇叭声，此起彼伏，一派喧腾繁盛尽映眼底。我仿佛从北大的时间隧道走了出来，从坐着两个石狮子的红漆西门进入它古代的空间，又向东走到它现代化的空间。它的自我始终陪伴在我左右，边走边扔下它古老的装饰，换上现代的衣衫。

最后一站。我们意识到到了要说再见的时候了。

"真不想你回去。"他依依不舍地说。

"我还要复习托福和 GRE，谢谢你陪伴我参观北大，还有这个纪念品。"我举起那枚宝蓝色的北大校徽说。

一阵清风吹过，夹着几颗星星雨点儿。

"不客气，我知道你会考得很好，要下雨了。"他不无担心地说。

"没关系，我有帽子。"我把凉帽戴在头上。

他笑了。他为我叫了一辆出租车，我们话别。

我上了车，从车窗里望着他。风把他的形象吹得一片模糊，他的温柔的目光却凝固在我的身后，直至消失。

接着，就是我一个人的旅程。我的北大冒险就此告一段落。

北大恋歌

车子开始加速,上了高速路。雨点开始长大,就像一个个初生的孩子从天而降,它们嘀嘀嗒嗒打在车窗上,像在争相问候车内的我,想要扑进来和我畅谈天上仙境奇闻。

须臾,外面烟雨迷蒙一片。

第一场春雨像爱情一样,要绵绵起来。

天气突然疯狂地热。一天,我穿一条靛蓝色牛仔裙上班,小腿裸露在外面感到很凉爽。午饭后,洋娃娃看看我的裙子说,怪不得食堂里的那个白白胖胖的小师傅午饭时给我盛排骨盛得那么多,原来是我穿了这么短的裙子。

我不以为然,难道裙子给小师傅上了一个符咒?

对,裙子就像一个巨大的洞,小师傅要用排骨来把它填满。洋娃娃边说边用两臂一挥在他脸的前方画了一个大圈,显然比我的裙口大多了。

我大笑说,好,我会记住有排骨的日子,好让小师傅往我裙子里多装排骨。

那条裙子确实有魔力,似乎向远距离发射了电磁波。那个令人昏昏欲睡的下午,我正撰写一个枯燥乏味的报告,我的手机传来了一阵轻微的蛐蛐叫,那是我的手机短信。会是谁呢?我漫不经心地从办公桌上拿起来点击查看。

"你好,你好吗?我在课,我想你,罗比。"

我心里读他的美式中文,不禁笑了,甜蜜的罗比。

我回复一条短信:我很好,我也想你。

罗比:我想见你今天。

我思考了一下,因为我晚上还要学习,时间对我来说实在宝贵，尤其在考 GRE 前得分秒必争。我回复：我很忙，快考 GRE 了。

罗比：你应该放松一下，我有一本 GRE 的书可以借给你。

我笑了：真的吗？

罗比：真的。

我：好吧。

罗比：你什么时候下班。

我：五点。

罗比：一会儿见。

下班时间，我在办公室等待罗比。我站在窗前，一边等待，心里一边唱一首张楚的歌，那是我十几岁时听到的一首歌，是我成长岁月里印象至深的一首歌。那个长相青涩，身形单薄的男孩歌手的形象至今映在我脑海，那些年，他，还有另外几个高中生年龄的男孩立志为中国搞摇滚，或许他们太青涩，太单薄，后来几乎销声匿迹了。真是难为他们了，那几个男孩。那些身强力壮的东北壮汉去搞摇滚可能更为对路，可是那些嗓音浑厚身体素质最接近欧洲人种的大汉们都搞日益雷同的小品和二人转去了。

这是一个恋爱的季节
空气里都是情侣的味道
孤独的人是可耻的

这是一个恋爱的季节
大家应该相互微笑

北大恋歌

搂搂抱抱 这样最好
我喜欢鲜花 城市里应该有鲜花
即使被人摘掉 鲜花也应该长出来

这是一个恋爱的季节
大家应该相互交好
孤独的人是可耻的

生命像鲜花一样绽开
我们不能让自己枯萎
没有选择 我们必须恋爱
鲜花的爱情是随风飘散
随风飘散 随风飘散
……

对于每首歌我大多记不得全部歌词,只记住主要的几句重复哼唱。唱了几遍孤独的人是可耻的,我便不再觉得自己是可耻的。手机铃声响起。"等我一会儿。"我说,然后就匆忙离开,真正走出可耻人的圈子。

罗比的出租车司机看到我,目光惊诧,落在了我的裙子上,脱口而出:"是你呀!"

裙子有那样的魔力让我变得像个名人了吗?难道他认识我吗?连出租车司机都认识我?我冷不防大为惊惑。

"是我。"我脸上堆出一个微笑,那是一个类似名人对待那些追捧者故意做出的谦逊亲和的笑。

罗比坐在出租车里面等我,他向我微笑。

我打开车门,钻了进去,说:"今天实在太热了。"

他和出租车司机的目光都落到了我的裙子上。

"是,很热。"他的目光也很热。

我们四目相视,微笑。

"还去上次的咖啡馆吗?"我问。

他就像说英语那样,做圆了口型,拉足了长音说:"好——"

很快就到了咖啡馆门前,我们下了车。耶稣基督,当我下车时,他目光如鱼,鳞光闪烁,对我的裙子兴趣不减,仿佛我的裙子上有个洞,他要用目光来填满那个洞。那条裙子太有魔力!我猜洋娃娃可能是对的。

我们在咖啡馆最后面落座。

"今天的课有趣吗?"我问罗比。

"不。"罗比无精打采,轻轻摇摇头说。

"什么课?"

"口语。"

"怎么会这样呢?"

"老师只是在前面没完没了地讲,一点不顾及我们的感受,我们根本没有机会练习说话。简直就像她在一直喂东西,我把那些东西吞进我的胃,再试图咀嚼品味那些食物,那不是很好笑嘛。学生难道不会自己思考吗?这里的学生不懂思考吗?思考得来的知识才是最可靠和持久的。老师讲一千遍,乃至一万遍,还

北大恋歌

不如让学生自己实实在在地做一次,实践一次。教育本应是让死的知识变成活的智慧。"

"真的?"

"真的。"

"你希望怎样呢?"

"很简单,我希望她能把班里的人分成小组,让学生们自己去练习,解决实际生活中可能发生的问题。有几个同学逃课去长城了,早知道我也和他们一起去了。我旁边的男孩一个劲儿看他的表,上她的课,简直受罪。"

"所以,你给我发短信?"

"是。我快给闷坏了。哈哈哈……"

"我知道那种感觉,那可不好受。这种老师一人在前面唱独角戏的讲课方式在中国教育中并不少见。老师的出发点是好的,中国老师倾向于尽量多地给学生灌输知识。那样做有时是很受欢迎的,我的一位讲高级英语那门课的老教授,我每次都要把笔记做得很细致,从中很受益。"

"但是我不喜欢。"他频频摇头。

"你可真是身在福中不知福。"我揶揄他。

罗比的老师可能也想多多灌输知识,但她遇到的情况有所不同,留学生们可能对她的慷慨并不领情。他们可能更倾向于自我发现、自我解决问题。她可能需要改变她温柔的方式了,停止对那些不领情的学生们知识的无私哺育,而是要拿出她思想的锉刀,磨砺他们的头脑。

过了一会儿,顾客开始多起来了。

"我们离开这吧。"他说。

"好吧，外面有一个公园。"我们于是结账离开。

那个公园就在咖啡馆的对面，名曰半月园，形如一钩明月。一处简朴静谧的街边公园，仿佛夜晚半个月亮不小心坠落到这条不甚喧嚣的街中心，从此轻倚人间不再归天。这时，阳光不似正午那般强烈眩目，景物变得柔和文静。刚刚吐出柔软新芽的垂柳随着微风飘舞，夜的那层最轻薄的面纱若有若无地轻洒而下。

柔风拂面，我们沿着灰白色的蜿蜒的石子路漫步。小路的一旁零星散落着长条形的石椅。走到一条石椅边，我们坐下，享受春天温暖的空气和淡淡暮色惬意的宁静。突然，他偷吻我一下。我蓦地转过头去。微笑，头慢慢靠近，四瓣嘴唇轻轻触在一起。他的香氛很迷人。心灵的双眼惊奇于这世间的神奇，心灵轻唱起一首美妙的歌。我们的存在在迷人的暮色中融为一体，随着爱的韵律翩跹起舞。

忽然，他像想起什么说："去我的地方怎么样？我有一本GRE复习书可以借给你，然后，我会把你送回来。"

我刚刚想起他说他有GRE复习书，立刻来了精神："太棒了！我们这就去。"

夕阳醉在落霞里，我醉在他的浅笑里。

第二次来到芍园，不，应该是勺园。依旧是原来的路线，那里的一景一物，于我依然新鲜有趣。

到了罗比的宿舍，客厅里电视依旧开着，里面播报着新闻，而"康夫"的房门却关着。里面似乎有动静，突然，像是什么

北大恋歌

东西掉了下来。罗比和我一惊。他却很快恢复了平静。

"他们在做'浸润式'练习。"他认真地说。

我大惑不解。

然后,里面传出夹杂着"咔"呀、"枯"哇的日语音节和轻如风吟的叹息声。

这是一个恋爱的季节。

我到了罗比的小间屋,像到了自己的地方,因为熟悉了那个简单的小角落。

"我要看看你那本 GRE 复习书。"

"在这儿,"他从小书架上面拿下一本厚厚的蓝皮书,后面附有一张光盘,"给你。"

我笑逐颜开,说:"太棒了!"因为那本书在国内还没有看到过。我伸手去拿。

他却故意把书举过头顶,我够不到。我试几次,他却不给,故意和我玩抢书游戏。我佯装生气,说:"不和你玩了。"

他露齿而笑,开始看我的裙子。

为什么?我的裙子?它的上面真的有个洞吗?

对,他要用激情把那个洞来填满。

天气很热,情绪也跟着高涨,他面色通红,靠近我,凑在我耳边声音低得只有我一个人听得到。"我每天都在想你。"他在我耳边低语,梦呓一般。我望着他,他目光火热,我给灼了一下,接着被点燃了。

激情来了。

激情!它像当年古罗马的裘里斯·凯撒:我来了,我看到了，我征服了。从那一刻起，我变成了另外一个人，一个在某本书中叫洁蕊的人物。他给了她激情的一吻。那一吻缠绵而热烈，像大海又像火焰，仿佛天与地彼此分隔而又向纵深处相连。

夜色变得浓黑。我说:"不早了。"

他说:"真想你留下。"

我告诉他，我要过了考试才能和他见面了，时间不多了。我正要走。

"等等，还有这个。"他扬扬手，手里拿着那本 GRE 复习书。

"我都给忘了。"我微笑。

周末，我正专心致志啃那本新获得的宝贝书。电话响了，不知是哪只淘气的小飞虫飞到我的窗边让我分心。

他，是他。还能有谁?

"今天你有什么计划吗?"罗比问。

"我要多读一些。"我说。

"噢，你应该放松一下。"他说。

"我会的。"

"到我这里放松吧。"

我怪笑，他也笑。

"怎么样，来吧，求你了。"

我仿佛能看到他调皮的笑容，"对不起，我的自然母亲来临了，感觉不舒服。"我无可奈何地说。

"啊，你正在经历女性周期，好吧，我想抱抱你，亲吻你，让你感觉好一些。"他用他的美式汉语甜甜地说。

北大恋歌

"谢谢,我会想着你。"我轻声说。

"我也是,再见。"

"再见。"

我握着电话,等着他挂电话。

几秒钟过去,仍听不到挂断的声音。

"喂——"那边又传来他富有磁性的声音。

"喂——"我回应。

"你怎么不挂电话?"他问。

"我在等你挂。"我的美国外教曾在课上教授电话礼仪时说,当别人给你打电话时,先要等待打电话人挂电话,然后再挂电话,那是礼貌。

"你先挂。"

"你先挂。"

"呵呵,我们就像两个中学生。"他在那边笑着说。

怎么办呢?我想想说:"这样吧,我数一、二、三,我们一起挂。"

"好吧。"

"一、二、三……"我数着,听到那边挂断电话,我也随后挂断。

我刚挂上电话,没想到电话又响了,我无可奈何又接了起来,"嘿,别淘气……"

时间在有目标要实现时,总是跑得飞快,令人筋疲力尽。人们终其一生无法拥有足够的时间去做想要做的事。

考 GRE 那个周末的早晨，我很早起床赶往北外东校园。到了那里，已经有几个考生在那间大教室前等候入场。逐渐地，越来越多的考生纷纷出现在教室周围的矮树丛旁、树下、便道边，他们的脸色大多蜡黄，都被折磨得够呛，那是 GRE 的颜色。在那激动人心的时刻，那种在平时看来是难看的憔悴的颜色竟然变成了一种妙不可言的、可爱的、美丽的、令人骄傲的颜色。那才是美，一种最为真实的、纯粹的美；经过了锤炼、被赋予了某种深刻意义的美；一种能让善于捕捉美的艺术家们感动的美。那种美在脸上焕发出她迷人的光彩，浮现出诱人的笑靥。光鲜的脸蛋在这样的战场上只能让位于光鲜的头脑。

那个暗红色的宽大的门被监考老师打开后，学生们鱼贯而入，准备就绪，开始大战。和其他大考一样，这场考试也异常紧张，节奏奇快。好在我已适应它的节奏。我激动不已，考到中间段感到快要尿裤子了。一位看上去大约四十岁的女士可能实在不能自已，竟在中途去洗手间。她的脸也很美，美丽的泛着黄的菜色。我不由为她担心她是否能完成答卷，那个担心只占用了我心灵的一秒钟，我就转到自己的战场。考场上每一分钟都很宝贵，答完考卷对我来说不成问题，我庆幸我很能憋尿，一直到考试结束，我的尿还在我的控制范围内。要说问题，我的问题可能就是试卷上那超级小，小得不能再小的字号了，那蚂蚁屁股大的小铅字让我把眼珠快瞪出去，我猜美国人要求考生个个都是投掷飞镖游戏能手，只是靶子是 GRE 考卷，他们挑选的人才是要符合陈景润加王义夫的优势组合型，既要快也要准。总之，那是一场我参加过的最能考验脑力加眼力的超级考试。当然，还得超级能憋尿。

第三章

GRE 后,我进入恋爱季,勺园成了我的乐园。

空闲时候,罗比和我在勺园他那间斗室高谈阔论那些身形大如猛犸象的话题,环保啊、消除贫困啊、世界和平啊……愈大就愈飘渺,飘渺得如同他吹进空气中的烟草气,久久萦绕,扩散,然后消遁于空气里。

我们常常一起观看电影。一天,我们正在看"二战"影片《辛德勒的名单》,背景音乐是自称有两个手指接受过割礼的犹太小提琴家帕尔曼演奏的小提琴曲,乐曲优美流畅,出神入化,有一种忧伤的情调。奥斯卡的妻子以一种不可置信的口吻说:"奥斯卡,这房子、汽车你是怎样得到的?"他加重重音,嗓音低沉地说:"战争——"

谈到世界和平,罗比说:"列夫·托尔斯泰、马丁·路德·金、甘地、梭罗,他们都为世界和平留下经典的论著,然而世界和平何时才能达到?难道真的没有和平的出路了吗?"他苦恼得胡子都瞬间长长了似的。

"为什么没有一个人能够创立一种和平的宗教,让全世界的人都来信奉它。"我无比天真,像说梦话。

他的眼里突然闪出一丝惊喜："那可能确实是一个好办法。"

"还有，也许科技能使人类获得和平。"

"嘿！别再提科技，原子弹的发明是科技的突破，可是它却使情况变得可能更糟。"

"嘿！别再提原子弹，我要说的是发展生物技术，发明一种含有和平基因的疫苗，在未来的世界，人们出生就注射，就像注射麻疹疫苗。然后，人人都像鸽子一样温和，不再有发动战争的思想。"

"哈哈，那倒是个不错的发明！"他眉开眼笑，胡子也柔和了。

唉，那些大胡子哲学家呀，他们可能和罗比一样喜欢不切实际，脑子里满是痴人说梦无法达到的想法。

"战争无非是争夺地球上有限的资源。还有我们，应该为环保做一些力所能及的事，如果想做，总是能够做一些的。"

他神情严肃地说："是的，是该行动的时候了，人类应该改变浪费资源的生活方式，改掉贪婪的本性。我要劝说妈妈换掉她的 SUV，那个喝油的大家伙。"他的目光孩子般纯净，"这个世界并不是不可救药，如果掌控高科技的机构或国家都以人类和平幸福为己任，这个世界将会多么美好！"

望着他充满希望的脸，我感到世界和平总有一天会实现。

"你和我并不仅仅是中国人，美国人；也不仅仅是男人，女人；黄种人，白种人，黑种人；基督教徒，佛教徒，伊斯兰教徒还是无神论者。犬儒主义哲学家戴奥真尼斯被问及你是从哪里来的，他说，我是世界公民。他说得很对。我们每个人都是世界的

北大恋歌

一员,是人类社会的一员。"

"你是在说世界主义?"

"是。只要人们认为自己属于一个特定的小社群,就很难避免产生偏见、狭隘,人类社会中的许多矛盾,皆来于此。新的世纪,人们应该走出自己的局限性,跳出自己的小圈子,站在更高的高度——全人类的高度民主看待问题。要认识到自己属于整个人类的一部分。把自己同全世界联系在一起,这个世界便会是一家。这种理想是值得追求的。"

"嘿,宝贝!"罗比像突然想起了什么,坐了起来,穿上他的蓝色衬衫。

"怎么了?"我呆望电脑屏幕,神思沉浸在影片中。

"我要去见一个人,去他的家拜访他。"

"你怎么不早说?"

"我差点儿给忘了,刚刚想起来。嘿,我讨厌见一些毫不相干的人,和他们在一起。可是你的文化是集体主义。我更想和你多待一会儿,可是我得淋浴,再去外面买些礼物什么的,我要去拜访他。"

"这个人是谁呀?"

"是这个学校的一个老师,他曾经在我的学校做访问学者,听说我是那个学校的学生,他就邀请我去他家做客,啊!Cantankerous,啰里啰唆。"

"噢,是这样。你应该去,不去会很失礼。"

"我知道,你们中国人叫'礼尚往来'。"然后,他得意洋洋地笑了。

原来是集体主义和礼尚往来这两个家伙和我抢夺少得可怜的恋爱时间。

"麻烦——"他望着我,拖着长长的尾音说那句北京普通话口头禅,满眼棕色的无可奈何。忽然,他像想起了什么,说:"嘿,下次我们去爬中国面条怎么样?"

"中国面条不是吃的而是要爬的吗?"我问。

他笑了,说:"是万里长城,不过那根面条是由砖瓦做成的。"

我笑了。"在月球上看那可能真的像是一根中国面条。"

"我已经去过故宫,颐和园,还有北海,就是还没去过长城,我希望和你一起登上中国长城,那会非常特别。"他说。

"好吧。"我一口答应,因为虽然一直居住在北京,我还从未爬过长城,这正是一个好机会。

上班时,我询问洋娃娃怎样去长城。对他的话,我非常信服,因为他经常带着家乡的亲友去北京著名景点游玩,可以成为一名专业导游了。他告诉我,可以到前门去坐巴士,那里有一个专门去长城的旅游巴士集散地,去那里乘车去长城很方便也很安全,因为到八达岭长城的高速路有几处危险的弯道,只有那些对路况十分熟悉和具有相当丰富行车经验的司机才能应付。他的话很靠谱。我于是在心里有了一个明晰的爬长城的方案。

去长城的那天,罗比和我很早就到了那个集散地,在售票窗口买了车票就准备上车,但却被告知先去候车大厅等候。后来才

北大恋歌

知道他们要等有足够多的乘客装满那辆巴士，也就是要把所有座位卖光才肯前往。我们来得早也没用。陆续有更多乘客来到大厅，都是外地或外国游客。大家都坐在大厅里等候，等候可以填满座位最后的旅客，就像等待贵宾一样。罗比和我坐在橘黄色的硬塑料椅上无事可做，只能看悬挂在天花板上的电视。电视里面正在上演一部香港枪战片，一伙人和另一伙人火并，砰砰开枪，互相打得热闹。"哦！"罗比一脸不解。"怎么了？"我问，不知他又碰上什么难题了。"他们允许在公共场所播放分级影片吗？这显然是暴力影片，你知道小孩有可能会去模仿，"他说。"哦，"我环顾一下四周，确实有几个小孩，不过都是金发碧眼的外国小孩，"没关系，中国的枪械是受限制的，小孩拿不到枪，就是大人也没有枪，不像你们美国，动不动就发生校园枪击案。中国电影没有分级，只要演员穿着衣服就行。"

过了很久，游客们等得疲了，倦了，也烦了，有些进进出出里里外外不知看什么，想必是急盼充满旅游车最后几个座位的来者。这最后几个游客真是让人又爱又恨，爱他们是因为他们一旦到了就可以去长城，恨得是他们也太踏实，让其他来得大早的游客足足等了一上午。只是大家都是陌生人，如果换成熟人，早就训斥他们一顿。终于，当三四个外国小伙子一进来，一个穿着制服梳着一条马尾辫的姑娘就招呼游客们上车。游客们呼拉蜂拥走出大厅，堆在旅游车的门前，陆续上车。罗比和我被堆在了人堆的后面，上了车，我们坐倒数第二排座位。我一看表，已经十一点钟了。

旅游巴士终于起步，如洋娃娃所说，开得果然四平八稳。前面导游向乘客介绍长城的来历和一些奇闻异事,因为她没用英文解说,所以对大半车的外国游客来说,只能是对牛弹琴了。罗比虽然学习汉语,对她的话也是一知半解。我一边听一边给罗比翻译她说的话,其中最有趣的部分要属好汉坡了。毛主席说,不到长城非好汉。罗比听罢,兴奋地说,就去好汉坡!

到了长城,游客们下车。导游告诉大家要在规定的时间内回来,还提醒大家记住车牌号,最有趣的是她发给每人一张扑克牌,说那相当于是车票,只要看到手持扑克牌的人她就知道是她的旅游车上的乘客。她还提醒大家说有一段路非常危险,最窄的地方只有一只脚宽,下面又是悬崖,建议最好乘缆车上去,如果想乘缆车,她帮买票。大家各自商量一番,大概都觉得出门在外安全第一,都决定乘缆车。

不到长城非好汉,当好汉还真是容易,只要乘上缆车,人人都是好汉。步行几分钟,上了几个坡道,就到了好汉坡,那种感觉很奇妙,仿佛你可以和秦始皇对话。在好汉坡上远远望去,几条灰色缎带一般的城墙盘旋在崇山峻岭之上犹如一条银龙,也好比大山头顶无法愈合的伤疤。

站在长城上,我们激动万分。罗比突然对着山岭高喊:"我爱洁蕊!"我一怔,回眸凝望他。风吹拂着他的头发,野草一般摇曳。"我的中国人,我爱你,你是否愿意和我白头到老?"望着他真诚的双眼,我说:"我愿意。"誓言犹如一块砖砌在了长城上。

到了现代,这座巨大的城墙和世界上另一座著名的防墙——马其顿防线一样失去了它昔日的军事作用,却成了海誓山盟的绝

北大恋歌

佳之地，可能秦始皇也未曾想到它强悍的象征中增添了几分绵绵柔情。

罗比和我相互拍照。拍照完毕，时间所剩无几。我们匆匆下坡，因为要在约定的时间赶回停车场。下坡的时候有几条陡坡，我的鞋子似乎变得有些不大可靠，在一处，我险些滑倒，罗比一下扶住我，我站稳。"哦，谢谢，我不信任我的鞋，哈哈。""你可以信任我的。"他拉住了我的手，我们相视一笑，就手拉手走下去。走着走着，我们看到前面有几个年轻人热热闹闹拍完照，却遗留下几瓶未喝尽的瓶装水在长城的两旁。

罗比见状，问我："中国有很多水吗？"

"当然不是，严重缺水。难道你不知道？"我边走，边漫不经心地答道。

他说，他很不解，每次出席公共活动，人们总是不喝干净倒在杯中的水，有的甚至一口不喝就离开了，结果白白倒掉。那是为什么？

我也不知道。

"嘿！你们！"忽然，他对着几个年轻人的后背呼喊道。然后，他追了上去对那几个丈二和尚摸不到头脑的年轻人说，他想问问他们为什么把未喝完的水瓶留在长城上。我本想拉住他，叫他别管闲事。少管闲事少吃亏呀。可是晚了。几个年轻人身上脚上一水的耐克、阿迪达斯，听到背后有人叫他们，就回过头来，见一个毛头毛脸的老外叫他们，都笑而不语。罗比走上前去，说："你们把水落在那里了。"几个年轻人面面相觑。"水不喝完是一种浪费，世界上约有一亿人无法饮用上纯净安全的水，每天约有四千二百名儿童死于与水相关的疾病,就在中国的边远山区,有些人每天要走几十英里打十升水。真的。"他话语真诚,简直就是个传教士。那几个年轻人见他话语真诚,尴尬地纷纷回去拿起水瓶,走了。

"看,遇到问题我们一定要有勇气解决它,我们要敢于站出来说话,如果你不说,浪费会一直存在下去。"他对我说。倒是外来的和尚会念经。我对他佩服之至,他简直是美利坚版的鲁迅来中国唤醒麻木不仁的头脑的。

我们安全地到达长城脚下,找到了我们的巴士。临上巴士,有一对德国夫妇发生了问题。导游找到了我,要我做翻译。我很乐意帮助她。原来,德意志人民在中国长城做了一次真好汉。他们虽然买了缆车票却未乘缆车上好汉坡,而是千辛万苦历经只有一只脚那么宽下面就是悬崖峭壁的路自己爬上去了。而下来的时候他们是乘坐缆车下来的。他们要求退一半缆车票的票款。导游要我翻译,票一经售出不退不换。我如实翻译。谁知,素以严谨刻板闻名的德国人民坚持认为他们是要得到一半的退款的,因为他们只坐了回程的缆车。解释不通。他们手里捏着只打了一个眼的票,最后说要找经理。找也要回去才找得到经理。于是大家纷纷上车。罗比和我又坐回原来的座位上。来时坐在我们后面的几个外国小伙子坐到了我们的前面。这下,问题又来了。导游在前面说,来时坐哪还坐哪。我见状翻译给前面几个小伙子听。那几个小伙子先是不答话。后来,其中一个棕发乌眼的小伙子对我说,我们还想问她,为什么来的时候我们来得那么早却让我们坐到了最后面。我顿时无言以对。

北大恋歌

四海之内，皆兄弟也。一路上其他时间还是很愉快的，我们和几个小伙子热情交谈，原来他们是从加拿大来的，已经去了马来西亚，在北京还要去颐和园和其他景点游玩。

罗比羡慕不已，得出结论，他们一定赚了很多钱。世界经济形势一片大好！

过些时候，罗比快要考试了，他请我帮他辅导功课。前一阵子只顾到北京的各处景点游玩，又看了很多英文原声电影，他的发音像又给他的母语给拽回去不少。他的母语英语显然对目的语汉语发生了负迁移。我要给他突击纠正发音，往回拽拽才行。

一天，罗比和我来到未名湖畔，找到一条长椅坐下。他从背包里掏出汉语课本，我们正要练习朗读。忽然听到不远处有人呼唤他的名字。

"侯约翰！"

我们闻声望去，只见几个留学生向我们走来。罗比告诉我那是他的同班同学。然后，他站起身来和他们打招呼，说："你们还不认识吧，我来介绍一下，这是我的中国人女朋友，洁蕊郝，不，应该是郝洁蕊。"他又向我依次介绍了几个留学生。

那几个留学生的名字我只记个大概，似乎是德国戴眼镜的菲利普，巴基斯坦裹了一身白布的娜佳，印度一头卷头发的沙路可，美国高个子女孩丽莎。他们向我友好地微笑，与我一一握手。我也向他们微笑，一一问候。给我留下较深印象的是罗比的美国老乡，那个女孩丽莎，蓝灰色的眼珠，画了深蓝色眼影，不知是没听懂他颠三倒四的介绍，还是什么，她用惊奇地目光看着我，仿佛我是外星人，她的双眼射出两道难以捉摸的又蓝又灰的光，深蓝色的眼影为那两道光增添了几分阴森恐怖之气。我被她看得不好意思，向她笑笑。她却没笑。最后，印度的沙路可笑呵呵地说："你们好好练习吧，最好能练习一下中文歌曲，快要有一个中文歌比赛了，希望能够取得好成绩。"然后，他们和我们道别便离开了。那个蓝眼圈丽莎和他们一起走了，边走边回头狠狠地看我，她目光咄咄逼人，寒冷强硬，仿佛捅进我心窝里两根冰棍，令我不寒而栗。我并未多想，认为她可能正在经历文化休克期。

目送他们离开，我们重又坐下。罗比打开课本，把课本放在我们之间。我领读，他跟读。

"继续。"

"志树。"他的嘴巴噘起来，口型正确，可是却把 j，x 两个舌面前音读成了舌尖后音 zh，sh。

"不是志树，是继续。"我纠正他。

"秩序。"他认真的样子很是好笑。

"不对，不对，你是不是喝醉了，舌头都大了。"我笑了起来。

他见我笑，很是生气，说："别笑了！"

我还是忍不住笑。

"别笑了！"他像真的生气了，鼻子都变红了。

"你怎么那么容易生气？"我不禁用英语问道。

他听了这一句，说："你的英语和我的汉语一样糟糕。"

他这一句，令我大为光火。

北大恋歌

"一点儿不虚心。"我给了他一个白眼。他只当没看到,头扭到一旁偷笑起来。我手伸在他腰间用力拧了一把。

"啊呜——"他痛苦地大叫一声,"这是什么中国功夫?"

星期五,罗比打电话约我参加他们留学生的周末派对。考试结束。罗比总算蒙混过关。然后,他和他的朋友们要来个派对庆祝一下。他们要去五道口的一家KTV练习中国歌曲,顺便为学校组织的中文歌曲比赛做准备。留学生们个个跃跃欲试,想把会唱的歌曲练熟,好在比赛上大显身手。他们想把发音吐字练准确,即使取得不了名次,也不至于太出丑。

他说,我可以和他一起练歌,顺便帮他纠正发音。

我说,当然可以,只要我纠正的时候他别再生气。

他笑了,说,他当然不会,他那天是装的,还用马三立的天津口音对我说是逗你玩。

唱歌的那天,罗比的室友小野和他的女朋友、爱吃牛肉的胖胖的金,还有沙路可、菲利普和那天我们在未名湖畔遇到的几个同学,他们都去了,唯独不见丽莎。十几个留学生挤在一间KTV里,你一首《我的中国心》,我一首《忘情水》,他一首《敖包相会》,唱得好不热闹。每个人都神情专注,小心翼翼地唱着一句一句的中文歌词。当然,即使很小心,有些字也是要么给囫囵吞枣地咽下去,要么就是莫名其妙地换成了它们的近音邻居。我一饱耳福,听到耳朵里的中文一会儿像是一串一串抹了印度咖喱的烤肉,一会儿像是一节一节的德国红肠,再一会儿又像是一团一团包了紫菜的寿司，各式风味的中文应有尽有，仿佛让耳朵饱尝一顿国际大餐。每个人唱完都是一片欢呼声、笑声和口哨声。他们要我也唱一首，我点了一首中国民歌《茉莉花》，因为那首歌好唱。唱完，他们鼓掌。曲毕，屏幕上出现下一曲《月亮代表我的心》。罗比走上前，拉住我的手，微笑着望着我的双眼，说："洁蕊，我们一起唱这首吧。"我点头，微笑。

熟悉而优美的旋律响起，邓丽君娇美如月的面容浮现，她张口，却不闻其声，然后一行歌词呈现。

罗比把麦克风举到嘴边唱道：你问我爱你有多深，我爱你有几分……

他一开口，我就乐了，留学生们也乐了。可爱的罗比唱错了一个音符，显然跑调了，但是他将错就错，索性把这首经典中文歌唱出了爵士味，他的略带沙哑嗓音把这首歌也熏上了骆驼烟草味。

  洁蕊：你问我爱你有多深
     我爱你有几分
     你去想一想
     你去看一看
     月亮代表我的心
  罗比：轻轻的一个吻
     已经打动我的心
     深深的一段情
     叫我思念到如今

北大恋歌

洁蕊：你问我爱你有多深

　　　我爱你有几分

　　　你去想一想

　　　你去看一看

　　　月亮代表我的心

洁蕊和罗比：你去看一看

"月亮代表我的心——"我们深情对望，唱完最后一句歌词，放下麦克风。一片掌声、艳羡的赞叹声不绝于耳。

这时，KTV 的门突然打开，一个黑影跌跌撞撞地晃了进来。

我们起初并未留意，而当那个黑影渐渐走到我们面前，我们不禁愕然。原来是蓝眼圈丽莎。她的眼圈就像马戏团的杂耍铁圈，像要从里面喷火。她望着罗比，一脸鄙夷之色，说："为什么是她，不是我？"一开口，火没喷出来，却喷出一股酒气，浓得能顶人一个跟头。我方才注意到她手里还握着半瓶"二锅头"。她接着对罗比说："你为什么和共产主义国家的女人谈恋爱？"罗比耸耸肩，平静地说："意识形态不能阻止爱情。"我惊讶万分，没有理解丽莎的话，目光转向罗比，问他："这是怎么回事？"他看上去尴尬万分，却不回答。丽莎摇摇晃晃，像一根没有根的水草，她的舌头仿佛在嘴里找不清方向，吞吞吐吐地说："为了你，我来到中国，你却傍上这个中国女人。"没想到她中文说得不错，用词很准确，紧跟潮流，还会用"傍"那个词，如果没喝酒，音调可能会更准确。

这下，全明白了。

我怒不可遏，眼睛仿佛也要喷火，死死盯住眼前这个美国负心汉。看他还有什么话好说。

他看着我的眼睛,抿紧双唇,拼命摇头,说:"不是你想象的那样。"

"就是那样……"丽莎在一旁狂吼起来,一边吼一边举起酒瓶。

这时,我们引起了其他人的注意,他们的目光开始转向我们,以我们三个人为中心,纷纷向我们这边聚拢。

接着,派对开始变得肮脏、混乱起来。

丽莎举起的酒瓶砸向罗比。正在这时,小野冲上前去,他手疾眼快,夺下了丽莎手中的酒瓶,保全了他室友不堪一击的头颅。另外几个同学这时也反应过来,他们上前抓住了丽莎的胳膊,防止她再次"行凶"。丽莎被众人按住,身体向后一仰,险些摔倒,她的嘴里猛地喷出一股秽物,整个下巴和前襟脏得一塌糊涂,刺鼻的味道顿时弥漫了整个房间。接着,她开始大哭,一边哭一边口吐英文单词:"你这混蛋——我要回家——别碰我——"

丽莎被几个小伙子连拉带拽地拖走,她在众人的簇拥下,就像一只孱弱的小动物,显得单薄而又无助。我望着她一团糊涂的脸,一阵怜悯之情油然而升。因为我和她一样,也曾遇此境地。

KTV领班闻声赶来询问情况。两个服务员说,几个留学生喝醉了,耍酒疯,差点打起来。他说,这些学生喝多了就爱闹事,赶快让他们走,要是不走就报警。胖胖的金过去操着泡菜味的中文同领班解释,只有一个女生喝醉了,给抬走了,但是大家都没有心情再唱了,金便请他们赶快结账。

北大恋歌

派对不欢而散。

我恶狠狠看一眼罗比，头也不回，往外就走。

他紧跟我，一边走一边解释："洁蕊，听我说，不是像你想象那样……"

"我不想听，"我没好气地说，"我要回去了。"我确信，我们之间第一次发生了战争，火药味弥漫了整个夜空。走到外面，刚好有一辆出租车，我挥手，车停下，我打开车门钻了进去，只想快点离开这个是非之地。

他气恼得摇着头，盯着车渐行渐远。

很快，出租车便驶进令人生厌的散发着肮脏的烂柿子色灯光的城市的夜晚的街道。

接下来的一周，罗比不知打过几次电话。我只愤恨地把它们通通挂断。他也发来短信，电子邮件，说要和我当面解释。对这样的负心汉，我决不姑息。我想我只想对他说三个字：下地狱。

一天下班，我神情恍惚走出写字楼，远远望到一个蓝影飘飘忽忽走到我面前。

"你为什么不接我的电话？"罗比的胡子像是几天没修剪过，活像个气极败坏的张飞。

"不想和负心的人说话。"我没好气，继续走自己的路。

"可你至少应该听我解释。"他说。

"那还用解释吗？一个女孩子从大老远的地方来追随一个人，可那个人负了她，还有什么好解释？"我为可怜的丽莎抱不平。

他拦住我去路，我不得不停下，眼睛只盯着地面灰色的方砖。

他怒气冲冲地对我说:"我们根本不是恋人,她只是我的朋友,她和我不是男女朋友。她是和我一起来到中国,那是因为她说她和我一样也想了解中国文化,所以才结伴前来。"

"可你伤害了她。"

"我希望你能明白,她不是我喜欢的类型,我和她不可能成为男朋友和女朋友。就是这样。"他望着我,目光坚定,言语凿凿。

突然,丽莎一团糊涂的脸重现于我的脑海。对他说的话,我不置可否。"可是谁能证明?我不想再和你交往下去了!也许我们的文化本来就不相配。"我倔强地说。

他面孔僵住。

"不可理喻!你们中国人,真是令人难以理解!你会得到证明的,但不是现在。"他一摆手,踉跄了一下,险些跌倒,然后他倒退,留下我一人,独自走了。

他远去摇晃的背影犹如一株被风吹得张狂的树。望着那株快要飞起来的树,我心乱如麻。

第四章

我恢复了单身，反倒赢得了做家务的自由，那倒也是打发百无聊赖的一剂良方。我清扫了积满灰尘的房间，洗了积攒多时的衣物。当房间变得清洁，我的心情也清亮自透澈了，然后我到阳台上浇那些可爱的花。正在这时，我的电话铃声响起。我拿起电话看到屏幕上显示的名字，本来不想去理睬，想要挂断的那一刻，我又突然犹豫，还是接起电话，刚接起电话，电话线的另一端便传来一个熟悉的声音。

"我需要你。"罗比的声音显得虚弱无力。

我可不需要你。我本来变得清亮的内心顿时又火冒三丈。突然，我感到有些不对劲，急忙问他发生了什么事。

他说，他得了腹泻，又发烧了，想要见我。

听说他病了，我内心的怒火像瞬间被喷壶里的水浇灭了。之前的恼怒一去不返，我一心只想我能治愈他的发烧吗？我犹疑不决，忽然，想起一个古老的民间小方。我急忙告诉他我可以帮他退烧，让他等我。

然后，我匆忙在家里的橱柜里翻出了绿豆，洗净，煮了一锅绿豆汤，又放了一大块冰糖，然后装在一只保温杯里，便前去给他治病。

当我赶到勺园,下了出租车,听到迎面有人喊我的名字。我看见来人,先是一惊,然后恢复了平静。

原来是蓝眼圈丽莎。她身旁还有一个和她的肤色截然相反的黑人兄弟,他笑容满面,像阳光一般灿烂,笑起来露出的牙齿白得像雪。

"你好,洁蕊!"她大大的微笑显示出她早已忘记了那不堪一夜。

"你好,丽莎。"我出于礼貌向她问好,心里还在想着上次唱歌时遇到她的情景。

"我来介绍一下,这是我的男朋友爱坦,来自肯尼亚,这是我的中国人朋友,洁蕊。"显然,她已经忘记上次唱歌的夜晚,对我的态度也是来了一个三百六十度大转弯,从敌人一下变成了朋友。

我和黑人小伙互致问候。

然后,他们就肩并肩乐颠颠地离开了。

我望着他们的背影,一脸茫然。

我想问丽莎,为什么她会爱上一个黑人小伙。

我猜她可能会庄严地说,肤色不能阻止爱情。

我顾不得多想,急忙前往留学生公寓,到了门口,没想到高大的罗比正在那里等我。他站在一排自行车后面,双手交叉握在体前静候着我,乖乖的样子就像一个刚刚受到惩罚的小男孩,脸色红润得却像一个醉汉。看到我来,他走上前,像泰迪熊一样拥抱我,说:"你能来太好了。"他的声音由于病菌的折磨变得十分

北大恋歌

微弱。好汉子架不住一泡稀呀。病魔对任何人都很公平。不论男人、女人、中国人,还是外国人。一个残忍的世界主义者。

一回到房间,罗比就栽倒在床上,闭上眼睛,胸脯一起一伏,就像一个沉睡的巨人。他的胡子几天没有修剪过,像茂密的灌木丛。我抚摸他的额头,很烫。

我问他是否需要去医院。他说,不用去,没关系,他会马上好起来。我打开保温杯,告诉他中国人习惯喝绿豆汤解毒退烧。他说,他愿意尝试一下。他慢慢坐起身来,我帮他把枕头垫在背后,他斜靠在上面。我递给他稍稍泛红的绿豆汤。他喝了一口,嘴角无力地向后牵一下,说:"味道还不错,很甜,我很喜欢。"

我笑了,"有冰糖,喜欢喝就多喝些吧,可能喝完,就好了"。

他喝了大半,忽然停下,握住我的手,脸上泛起虚弱的微笑,说:"你让我想起我妈妈。"他目光虚弱,微笑淡然,让人顿生一种怜悯之情。一个身处异国他乡的旅人,在遭受病痛折磨的时候可能是最想家和母亲的时候吧。

"我刚才看到丽莎了。"我平静地说。

他的表情不由严肃起来。但是,听罢我讲述偶遇丽莎和那个男孩的经历后,他的表情变得轻松了。

"哈哈,那就是丽莎。真没想到她会傍上那个肯尼亚男孩。不过她有理由喜欢上他。他是中文歌曲大赛的冠军。他可真有本事,唱得像歌星一样好,还跳舞很好。丽莎爱上他,把他追到手了,她真是有一套。"

"她看上去很开心。"我微笑着说。

"谢天谢地,她不是一个种族主义者。"

我微笑，说："睡会儿吧。"

他躺下，可能太虚弱，须臾，就睡着了。

我坐在书桌旁的小木椅上，闲来无事，便从书架上抽出一本书翻看。那是一本加了英文译文的唐诗宋词。我翻开第一首诗，没想到每个汉字的头顶上都加注了汉语拼音。

无名氏

菩萨蛮

枕前发说千般愿，
要休且待青山烂。
水面上秤锤浮，
直待黄河彻底枯。

白日参辰现，
北斗回南面。
休即未能休，
且待三更见日头。

读罢那第一首诗，我不敢说我完全读懂了，尽管我是一个中国人，对古文也是一知半解。看到下一页有英文译文，我就接着读了下去。

北大恋歌

Anonymous

A Thousand Vows
Tune: Buddhist Dancers
On the pillow we make a thousand vows, we say
Our love will last unless green mountains rot away,
On the water can float a lump of lead,
The Yellow River dries up to the bed.

Star can be seen in broad daylight,
The Dipper in the south shines bright.
Even so our love will not be done
Unless at midnight rise the sun.

　　读毕那寥寥几行英文译文，我不禁笑了——没想到英文竟在那一刻充当了中文古文的翻译。我虽未读懂中文，通过英文译文，竟读懂了那首古诗。夜色变浓，我竟不知不觉坐在椅子上打起瞌睡。
　　没想到这一睡就到了第二天清早。我从睡梦中醒来，却想不起做了什么梦，刚一睁眼，竟不知自己身在何处。窗外，一层玫瑰色的晨曦渲染了乳白色的天空，我看着罗比，他仍然闭着双眼，神色安恬，嘴角浮着浅浅的笑，像在做着甜美的梦。我凑近他。他微弱的呼吸很均匀。我充满爱意轻轻吻一下他的额头。我笑了。不烫了。

"我感到好多了，谢谢你的绿豆汤。"我沉睡的巨人居然开口说话了——我原以为他在睡梦中。他睁开双眼，身体侧卧往床的里面靠去，拉我躺到他身边。我们相拥，双眼凝视。"我爱你，我的亚洲人，我是多么幸福啊！"他轻微的声音融化了我。"我多么想所有时间都和你在一起啊！只是我们不久便要分离，不过，只要一年，那个时候你可能去我的国家读研究生，那样的话，我们就又在一起了；或者，我可以回到这里，到大使馆找一份工作，我们也会最终在一起。"他望着我的眼睛，目光柔和而真诚，话语发自肺腑，并无纤毫的矫饰。我感到，爱情再次降临了。

国际关系就像恋爱关系，恋爱关系就像国际关系。冲突在所难免，化解冲突却是必然。

我眼神迷糊地回到家。一进门，就见到几束目光齐刷刷射向我。

"你去哪了？"母亲问，语气里带着火药味，"再不回来，我就要报警了！"

我打了个哈欠，轻描淡写地说："我去北大了。"

"北大？你去那儿干嘛？"母亲一脸迷茫地问。

父亲和姐姐也向我投来疑惑的目光。

我突然醒悟，发觉自己说出了真相。不过为时已晚，反正事情已经浮出水面，就让它发生吧。

"我去约会了。"我故作镇定。

"约会？"母亲说："约会也该说一声。"

"我来不及了，他发烧快给烧死了。"我大义凛然。

北大恋歌

"烧死了？"母亲说："我快给急死了，你知不知道？你是大夫？还会给人治病？"

"我不是大夫，可是我的绿豆汤啊，治好了那人的病！"我得意扬扬起来。

"那人是谁啊？"姐姐小心翼翼地问。

我看看她，向她眨眼，示意她不该多话。

她把脸缩了回去。

"是谁呀，你倒是说啊，"母亲咬得还真紧，这下把我逼进死胡同了。

"一个美国留学生，叫罗比。"我故作从容地说，内心紧张得像缩成一团的刺猬。

"罗比。"甜甜不知什么时候从另外一个房间走到客厅，跑到我跟前，小眉头一皱，问："小姨，罗比是什么笔？是铅笔，还是水彩笔？"

我忍俊不禁，说："是红蓝铅笔。"

"红蓝铅笔？还有红蓝铅笔？"孩子的脸上绽放出欢乐的笑容。

"快走，"姐姐拉着甜甜到一边，"大人的事，小孩别问。"

"我说你最近怎么有点不对，"母亲恍然大悟："原来跑那么远去见一个外国人。"接着，她脸色大变："外国人，不行！绝对不行！"

"为什么？"

"你这孩子不撞南墙不回头，告诉你，外国人都坏，你吃了亏就后悔了，我二姑当年就被一个美国鬼子给坑了。"母亲狠狠地说。

"那也不证明所有外国人都坏呀。"我辩驳。

"你妈说得对,外国人啊,可不行,"一直默不作声的父亲在一旁开口了,他的表情如同遇见了 SARS 病毒,"外国人就是靠不住。"没想到他一开口,就这么一句武断的话,让我大失所望,要知道,他在我心目中可是个理性主义者。

"可是你也是外国人啊,你说你是俄罗斯人!"我情急之下,脱口而出一句追根溯源的话来。

"你没看电视?他们有家庭暴力。"母亲说。

"还有婚外情。"父亲补充。

我摇摇说:"你们的知识都是从电视上得来的,中国人就没家庭暴力,就没婚外情了?你们整天看的电视剧里演的都是什么?都是中国人的家庭暴力和婚外情,有过之,无不及。"我转身朝自己的房间走去。

我走进房间,关上房门,扑上床,只想睡觉。

母亲朝我的门口,高声说:"你这孩子,怎么会喜欢上外国人?"

我心中一口恶气上涌,高声回应,"因为他不嘲笑我的大鼻子!"

"你就不怕别人说你崇洋媚外?"她气势汹汹。

我大吃一惊,没料到曾在教科书中看到的一个形容腐朽的满清政府的丑恶帽子竟扣在了自己的头上,我爬起来,打开门义正词严地向大家宣布:"中国人今天不需要崇洋媚外了!中国人站起来了!中国人是美国最大的债主!他们应该崇拜我们!"

北大恋歌

"得,得,说不过她了,女大不由娘了,由她去吧。"父亲对母亲说。

一番豪言壮语后,我重又回去想要睡觉。这时,甜甜跑来,使劲敲我的门,叫喊着:"小姨,开门!给我红蓝铅笔!"

"又一个崇洋媚外的。"母亲没好气地说。

母亲恼了,整整一个星期对我不理不睬。

"干嘛不把那个罗比邀请到家里,也许见一面父母就喜欢他了。"姐姐周末回娘家对我说。

"会吗?"我半信半疑。

"不试试你怎么知道?这样他们也能相互了解一下,你没听电视上老说,扩大交流、增进理解互信吗?"她的黄眼珠子一骨碌,主意便像从眼睛滴溜溜转出来了,"我记得当年和你姐夫谈恋爱,他们不是也不喜欢,说警察职业不好,危险。可我们现在不也很好?他们不是也把你姐夫当半个儿子了?有什么事还找他商量呢!"

"我觉得爸爸还好说话,可是妈妈?"我有为难情绪。

"嗨!你没听说丈母娘看女婿,越看越爱?咱妈呀,就是嘴厉害,跟刀子似的。你想想,她那么早就离开家上山下乡,在外面闯荡,不练就强势的个性可不行,但她也不是不通情达理的人。"

"可是她说不喜欢外国人,老是美帝、崇洋媚外什么的。"

"唉——都什么年代了?她那一代都是毛主席的追随者,所以老美帝美帝的。要是没有美帝那两颗原子弹,小日本还要侵占中国不知多少年呢。要说崇洋媚外呀,我看她不是也特喜欢吃美国大杏仁？她是小时候到友谊商店没买成布，所以耿耿于怀。所以这个世界呀，少不了我，也少不了你，别说谁比谁强，谁离开谁也不行。"

姐姐越说越兴奋，像给我上课似的，两眼直冒金光。她的话也不无道理，我不由喜笑颜开。我的好姐姐呀，妈妈把她生到这个世界上，大概就是要让她来帮我的。

"我们周末请罗比到家里吃顿饭怎么样？"我和父母说。

父亲斜眼看了一下母亲，意思是说那得看你妈怎么说吧。

"还要请他来家里吃饭？"母亲满脸不高兴。

"请他来吃饭怎么了？拿出点大国风范来，别那么小气，不就多做两个菜嘛。"父亲搭腔帮我。

"早就知道你们父女是一伙的，"母亲没好气地说："来就来，看看反倒好，我眼睛毒，一眼就能看出是不是好人。反正我们不怕美帝，我们要不卑不亢。"她这个毛主席的追随者总是要背一两句毛主席语录作为她的结束语。

父亲和我目光一碰，松了一口气。

周末，我邀请罗比到家中吃饭。罗比很高兴地接受了我的邀请，他说很高兴到我家做客，正好可以了解中国文化。

当天，罗比如期而至。

我打开门，说："快进来！"

一家人早在客厅等候，看到肩宽背厚的罗比铁塔似地走进来，几双眼睛探测仪似地开始打量他。

"这是罗比，"我为他们一一做介绍："这是我的父母，我的

北大恋歌

姐姐馨蕊和我的小外甥女甜甜。"

"欢迎,欢迎!"甜甜拍着小手小鸟似的。

"幸会,"罗比送上一束鲜花给母亲:"请笑纳。"

看到这一束鲜花,母亲的眼睛顿时放出惊喜的光芒,她当然笑纳,因为不曾有人送花给她,就连父亲也没有。

寒暄几句,父母和姐姐去厨房准备饭菜。罗比和我坐在客厅陪甜甜玩耍。

甜甜那个孩子仰头看着罗比,突然像想起什么,说:"罗比,你不是红蓝铅笔,你是个巨人。"

我没想到甜甜还记得那天我说的话。

罗比咧开嘴笑了,说:"对,我不是铅笔,但我会用铅笔画画,你画画吗?"

"我会画画,我有水彩笔,你等等。"说完,孩子拿来水彩笔和白纸。

"我们一起画。"甜甜说。

"好。"罗比做了圆圆的口型说。

于是,我们三人开始画画。我画了一个微笑的向日葵,罗比画了一只小熊猫。我们一起等甜甜画的大作。甜甜说,她画好了。我们凑近一看,她画了两个漫画似的人物,一男一女,两个人都咧开嘴巴露出大大的牙齿。在我看来,奇丑无比,却也生动可爱。

"你画的是谁呀?"我问。

"是你和罗比。"甜甜说。

"你画得太棒了!你真是个天才!"罗比赞叹。

一会儿，罗比和甜甜玩起变戏法的游戏。他把一枚硬币放在手里，让甜甜猜硬币在他的哪只手里。当甜甜猜是左手时，他张开左手，手里没有。当甜甜说在右手时，他张开右手，也没有。他两只手上下翻，都没有。几次下来，甜甜发现硬币藏在他的指缝里。孩子高兴得哈哈大笑。终于，这个把戏给玩腻了。然后，他一边唱"Twinkle, twinkle little star..."，一边拉着甜甜的小手以他为轴转圈。孩子玩得很开心，像只小鸽子欢快地笑。他热情洋溢，满脸阳光，身上散发出无限的活力。我望着他们高兴地玩耍也很开心，不停地和他们大笑。此番情景美妙无比。我感到他很喜爱孩子，他会是一个很棒的父亲。那一刻，我相信，眼前这个男人就是我要与之生活在一起的那个人。

厨房里，母亲同父亲小声说："怎么老美的知识分子也这么壮实。"

姐姐说："嗨，妈你不懂了吧，人家是素质教育，不光学习，还踢美式足球，哪像中国的小大学生整天就知道学习，大学是考上了，可一个个都戴上小眼镜，身体跟豆芽儿菜似的！"

"嗯，我不懂，好像你看见了似的。"母亲一脸不屑地说："不过倒是挺会来事儿，和你爸过了一辈子，也没过送我一束花。"

"你怎么知道那不是美帝的糖衣炮弹呀？"父亲故意揶揄母亲。

"我呀，我是把糖衣吃了，然后把炮弹打回去。"母亲得意地说。

"哼，老是你有能耐。"父亲抢白母亲。

北大恋歌

他们一边说话,手下也没闲着,煎炒烹炸,忙得不亦乐乎。不多时,一桌的饭菜,川鲁苏粤四大菜系的菜品几乎各占了一道,真乃色香味俱全。

"哇呜!太丰盛了!"罗比看着一桌菜惊呼,然后他右手捂心,诚恳地说:"这是我到中国来吃得最好的一顿饭,先生,夫人,我非常感激你们的邀请。"

"吃吧,吃吧,小伙子,不要见外。"父亲见状对他说。

觥筹交错之间,一场考试即将开始。

"罗比,你家里有什么人啊?"母亲开始她的审问了。

"我的父母,还有两个妹妹。"罗比回答。

父母点点头。

"你父母都是做什么的?"母亲接着问。

"我父亲是个工程师,母亲原来是出纳,后来结婚生子以后就在家照顾我的两个妹妹和我。"

"你的两个妹妹现在都在干嘛?"母亲简直就像一个FBI,连续发问调查户口。

我坐在一旁插不上话,如坐针毡,只是担心他哪句说得不合父母的意。

"她们都还在上学,一个学护士,另一个学文学。"罗比老老实实地回答。

"你是学什么专业的?"母亲问。

"我学的是历史专业,我从小就喜欢历史。"罗比笑了。

"美国其实也没什么历史,就二百多年,还没有中国一个朝代长。"父亲用一种漫不经心的口吻说。

"是的，但是我为我的国家自豪，我们的国父乔治·华盛顿带领美国人民经过不屈不挠的战争打败了英国殖民者，建立了统一的国家，最终使美国人民取得了独立和自由，我的国家是世界上最好的国家。"罗比一脸的自豪。

"不对，我的国家才是最好的国家。"甜甜这时突然插话反驳说。

这时，几个大人的注意力都集中到了孩子身上。没想到这么小的孩子就这么有民族自豪感，着实令人欣慰。

"每个人都认为自己的国家是最好的国家。"姐姐对孩子说，算是打了圆场。

"毕业后，你是要留在中国还是回国？"母亲又来了。

"这个，我还没有决定，可能先在北京找一份工作，工作两年再回国。因为我还有学生贷款要还，这里的工资在中国生活还行，但是折算成美元就远远不够还贷了。"

父亲听到这，眼中流露出一种难以捉摸的神情。

没想到罗比话锋一转，说道："要是留在中国的话，我想在大使馆找个工作，当外交官。"

母亲闻此却露出鄙夷之色，哼了一声，不无怨气地说："外交官——"

罗比一头雾水，不知哪里说错得罪了母亲。

父亲见状，像要解围，不至于让客人太尴尬，连忙说："吃菜，吃菜，就像在自己家里一样啊。"

罗比忙往嘴里不知填进一口什么东西，继尔一阵猛烈地咳嗽，"对不起"。

北大恋歌

我连忙问他:"怎么了?"

"是一根鱼骨。"此时此刻可怜的罗比真是有鲠在喉,反倒救了他。母亲大人的审问至此告一段落。

"没事吧?快吃馒头。"我关切地说。

一口馒头咽下去,罗比的脸上绽开了笑容。

"在美国我们从不吃这种有骨头的小鱼,都是海里很大的鱼,要么就是沙丁鱼罐头。"罗比说。

"你们美国人不会吃,"母亲寡淡地说:"就两片面包夹两片生菜叶子就当好东西卖十几块钱。"

"哈哈,夫人,你说的是汉堡,"罗比说:"在美国,那就像米饭、馒头,每天都吃。"

"我们中国人口众多,所以,在吃上面就连小鱼也要吃,毛主席都说要发扬艰苦奋斗的作风。"母亲说。

"啊,毛主席!"一听到毛主席这几个字,罗比双眼一亮,"夫人,我喜欢毛主席,没有毛主席,就没有新中国!"

"对呀,小伙子,你算说对了!"母亲从这一刻开始终于和罗比找到了交集,对他立刻亲热起来。

"是毛主席把一个积贫积弱的国家在短短几年里迅速崛起于东方,崛起于世界,他是你们的民族值得骄傲的伟人。"

"是啊,他是我们那个时代的偶像。"

"他也是我的偶像。"

没想到,毛主席竟是母亲和罗比的共同偶像,关键时刻,伟大领袖毛主席竟成了我家中美关系的大救星。有着共同喜好的人,关系也会变得更近。话语也驶上同一条轨道,朝着同一个方向，越走越远。饭桌谈话渐渐活泼起来。每个人的精神开始变得松弛，就像是不同部落的人忽然进了同一个帐篷，只差载歌载舞了。

正当每个人都进了同一个帐篷时，母亲突然问道："为什么你们美国怎么老和中国作对呀？"

所有人的目光都齐刷刷投向了这个爱和我们中国作对的老美。

罗比的脸"唰"地一下又红了，连胡子都遮挡不住那火烧火燎的阵容。母亲的这个问题太尖锐，令人猝不及防；但他瞬间就恢复了自然。

"夫人，我想说，和中国作对的不是全体美国人，只是少数政客，他们不仅和中国作对，他们自己之间也相互作对，你只要看看总统竞选就知道了。我们大可不必为少数人的所作所为感到烦恼。因为我敢说，美国人民是热情友好的人民，就像中国人民一样，你只要到美国去看看，那里和北京一样，能够接纳来自世界每个角落不同肤色和语言的人。天安门城楼上，毛主席画像旁边的标语写着'世界人民大团结万岁'，我完全赞同。"

罗比关键时刻表现出来的外交官的机智和风度，令我深深折服。

晚上，送走了罗比，父母在他们的房间议论起来。

"真是，没想到她找个外国人。"父亲说话带着一种沮丧。

"不是你说的，女大不由娘了。"母亲带着一种无可奈何的口吻说。

"女儿可能真是留不住了。"

北大恋歌

"是啊,没听说他有学生贷款要还,还要回国还贷款,你还说要招个上门女婿,就别做梦了。"

"唉,洁蕊要一走,你和我就真的空巢了。都说女儿是妈妈的小棉袄,这回连棉坎肩都留不住了。"

"你呀,原来是有私心,想让女儿陪着你。可是他不是也说了,要当外交官嘛。"

"他这来回说,谁知道他们会在哪定居。"

"走一步看一步吧。"

当然,罗比和我也议论了我的家人。

罗比乐呵呵地说:"我非常喜欢你的家人,他们都是很好的人,那样富有爱心和正义感,我真为他们感到骄傲,还有,每个中国人都是政治家,他们也不例外。"

有些时候事态明朗是有利用事情的发展的。至少,我可以明正言顺地约会了。

一天,罗比说要带我去一个地方,非常别致,他和同学去过一次,他想再次拜访那个地方。

什么地方让他那样魂牵梦萦,我很好奇。"什么地方?"我问。

"一个四合院。"他说。

我们骑着自行车徜徉在北京横平竖直或宽或窄的街道上,就像棋盘上的两颗卒子可东可西,可左可右。北京城过去是大胡同三千六,小胡同如牛毛。这些曾是帐篷与帐篷之间的通道,一度是四合院与四合院之间的通道,尔今几乎全变成高楼与高楼之间的通道了。我的方向感很脆弱，找不着北，他这个异乡人反而门儿清。我们不知穿行过了多少条街道，到了一个围起蓝色铁皮的街区，他停下。我们到了一条胡同，胡同很深望不到头。它仿佛面向我们，敞开怀抱迎接它的客人。

"就是这儿？"我问。

他眼睛一眨，说："对，我带你去看一个美丽的四合院！"

我们进入古韵绵绵胡同的怀抱，骑到一座庭院门前，下了自行车，把车停在门外。如意门敞开着，我们走了进去。

这座四合院宛如一位哼唱着京韵大鼓的老奶奶，很有气派。她心气平和，世理通达，端庄静雅地坐在胡同中央。她的前额刻有精细别致的雕花，婉转盘桓，袅袅徘徊，交叠出生命的境界，她素雅的青砖衣襟，浓淡相宜，含蕴着优雅的气韵，灰色的瓦是她花白的头发，阴阳虚实的线条交错排列，如弦上之音和谐地律动，幽古生动的节奏流荡空中。她仿佛在低回吟唱：天棚、鱼缸、石榴树，老爷、肥狗、胖丫头；小小子，坐门墩，哭着喊着要媳妇。她芬芳甜美的气息，令人沉醉。原来是庭院当中有一棵丁香树，个头很高，举起的手臂上开满了一团团一簇簇淡紫色的小碎花。树旁有一灰石金鱼池，里面的金鱼早已不知去向，只有几片枯黄的落叶缱绻地睡在里面。

"这可真是个好地方。"我不禁感慨。

"是的，我要多留些照片记下历史，因为，这里可能等不到一年就会消失。"

"你怎么知道？"我纳闷地问道。

他一边拿出相机拍照一边说："你的国家在搞现代化、国际

北大恋歌

化,许多历史悠久、像这样造型独特的四合院的建筑都给拆毁了,北京的四合院啊,和北京城的历史一样长。这些古建筑就像是北京城的眼睛、鼻子和嘴巴。"他的手在面前一划:"它漂亮的脸蛋儿,是北京独特魅力的所在,它们一旦被拆毁,北京城就像给毁了容,你们的文明也随之拆毁,消失,那是一个无法用金钱估量的损失。还有,拥有大量的汽车、众多的公路,还有越来越高的楼房不是真正的现代化、国际化,那是对现代化和国际化的误解。现代化应当是一种意识,一种以人为本的意识,是用先进的现代化的手段对人类生存环境和文化给与关怀和保护的意识,国际化也不是全世界都变成一个面孔,或者用一种文化形式摧毁另一种原有的历史悠久的文化形式。很多人意识不到这一点,很遗憾,也很让人心碎。这些四合院不仅仅是北京的,也是全世界的,是整个人类文明的骄傲!"

没想到他这个外国人这么爱北京爱中国的历史。他的世界主义的激情使他的话语充满了火热的张力,仿佛要幻化成一张巨大强有力的网,要把那座典雅幽静的四合院笼罩起来,保护其中。

暮色将至,四合院笼罩在一片幽暗的色调之中。唱着京韵大鼓的老奶奶仿佛停止了歌唱,她纷纭的节奏将不再回旋往复,内心却在无声地呜咽。举目眺望,四周高楼林立,曾是庭院深深深几许的这座宅院在四周高楼的包围下好如落井之石。那些庞然大物仿佛将要吞没这座四合院,她端庄静雅的躯体即将被劈开,剥去体肤,斩断筋骨,血肉横飞,她的生命从此一去不返。

我们走出四合院,重又骑上自行车,从胡同的另一端出去到了马路上。我们的身后,胡同口一面灰色的墙上,一个包在白色圆圈里大大的字，它欲将冲破圆圈完美的弧度，无声地喊着它国际化的发音——"chai"！

一天，我接到一个久违的朋友的电话，是开睿，一个个色的朋友。她宣布她要在周末举行婚礼，邀请我还有几个朋友参加。个色的开睿要向庸常回归了。我感到意外，因为我们都知道，她喜欢我们的大学时的哲学教授T，一个似乎可以做她父亲的人。

开睿婚礼当天，我和几个朋友都如期参加。酒店门外，一个小伙子手举一串红鞭炮，点着了火，鞭炮便在他手里愤怒地爆开了花。新娘新郎从铺满红玫瑰的婚车上下来，几个小伙子便冲了上去，举起手中的礼花筒，"砰砰"几声，几支彩弹向空中发射，散落下来铺天盖地无数细小的彩屑追逐落到人们的头发、脸、肩膀上。裹着红鞭炮声，喊声，笑声，人流挟持着那对新人涌进饭店，人们围着圆桌坐下。婚礼进行曲响起，新人走上了红地毯。开睿就像一根细长的豆芽被装进笨重的白色婚纱里，厚重的化妆遮盖起她疲惫的面容，就像戴着一个面具，和她平时自然地面容很是不同。她的新郎大伟穿着黑色礼服，面色红润，笑的时候咧开嘴巴，露出两颗稍长的门牙，样子像卡通片里的兔巴哥。新郎大伟是开睿妈妈同事的孩子，他们小时候在一起玩耍。如今，大伟是一家银行的中层，收入颇丰。坐在主桌开睿的妈妈望着这对新人笑得合不拢嘴。

到了新人敬酒的阶段。每到一桌，新人便要一杯酒下肚，遇到难缠的宾客，便不止简单的一杯可以打发。到了大伟同事的那一桌，只见一个人问新郎："大伟，你是什么时候认识新娘的？"

北大恋歌

大伟说："很早。"

"早到什么时候？"

大伟在此之前已经喝了不少白酒，他的脸由于酒精的作用早就红得一个火球，他傻笑，说："她穿开裆裤的时候，我就认识她了。"

"那你是不是早就看过里面的内容了？"

一片哄笑。

大伟的脸更红了，双唇艰难地抿了抿，终于，逞强似地说："早就看过了。"

又一片哄笑。

"哦，这些银行强盗不光明目张胆地窃取别人口袋里的钱。"丽姿厌恶地看着那圈人说："开睿怎么能和这样庸俗的人结婚？"

"丽姿——"维姬小声说。

"开睿不会喜欢那样的玩笑。"丽姿的眉头结成两个球。

"开睿的脸色不大好看。"我说。

开睿端着酒杯，脸色铁青，怒目而视，即使厚重的化妆也掩盖不住她真实的可怕的底色了。只见她手一甩，酒像一支银色的箭立刻从杯中射了出去泼在那人胸前的衣襟上。众人大为惊讶。"啊——"地一声过后，人圈立刻没了声响。紧接着，"啪"地一声，酒杯摔在了地上，然后她试图抓住大伟的胳膊往下拖，仿佛要和他同归于尽。然后，她就义无反顾地栽了下去。

"啊！新娘昏过去了！"尖叫声刺破了空气。

人群醒悟过来，无数的头朝着"殉节"的新娘涌了过去。

婚礼大乱。

十分钟左右过后，救护车呻吟而至。两个穿着白大褂的小伙子把细长的开睿抬上了担架，她就像一个硕大的布娃娃，由他们任意发落。

"我就说，婚礼穿白色不吉利。"开睿的妈妈在一旁找到了谋害开睿的"元凶"似的，"穿件小红旗袍或红裙多好！唉——"

"现在年轻人结婚都兴穿白婚纱。"她身旁的一位上了年纪的同伴对她说。

"是那帮家伙把开睿灌醉的，根本不是婚纱的问题。"丽姿为"元凶"辩护。

就这样，婚礼不欢而散。我们于是跟着人群走了出去。到了外面，我和几个朋友告别，打算回家。我走着走着，突然心生另外的主意。

在另外的一小时，我来到勺园，给罗比打电话，想要给他一个惊喜，告诉他，我来了。他在电话里像是先吃了一惊，仿佛他真的得到了一个惊喜，然后告诉我，他在勺园宾馆，我可以去那找他。我为自己给他的这个惊喜感到很得意，兴冲冲地奔到勺园宾馆，在餐厅靠近窗户的一张餐桌旁找到了他。我发现，和他在一起的还有一对老年外国夫妇和一位年轻的金发女孩。

"嗨！你怎么在这儿？"看到罗比，我兴奋地和他打招呼。

"哦！嗨！你好吗？"他看到我没有往常兴奋，表情却有些不自然。

"我很好，我刚刚参加完朋友的婚礼，想要给你一个惊喜。"

北大恋歌

我说,看着餐桌周围的几个人好奇地看着我,我自然也心生好奇,仔细打量他们。那对老年夫妇看上去有些面熟,似乎在罗比的照片里见过。那个女孩是那种典型的干干净净的电影里常见的金发女孩,一笑起来,很是明媚动人。我想知道他们是谁,便问道:"这是你美国的朋友吗?"

"哦。"他故作镇定,显得有些不情愿:"这是我的父母。"

"你的父母?"我感到很意外,也很激动,脑海里突然显现他曾给我看的一些照片:"我想起来了,先生、夫人,我见过你们的照片。你怎么不早说?你想给我一个惊喜,对不对?"然后我兴冲冲地走上前去和他的父母握手,互致问候。

他不置可否,他对他的父母说:"这是洁蕊。"

"她一定是你的汉语辅导老师,你在电话里和我们说过的,"他的母亲说,她彬彬有礼、笑意盈盈地和我握手,"谢谢,你真帮了罗比大忙。"

"实际上,我是……"我想要告诉他母亲我是罗比的女朋友。

可他却抢过我的话语权,说:"是的,多亏她,不然我险些没通过口语考试。"

我听到他说我帮了他大忙,就笑了,说:"那是举手之劳,不足挂齿。"

"是的,你还和他一起去游览了长城,还有四合院,对了,你还给他熬了绿豆汤退烧。"罗比的母亲在一旁微笑着说。

"是的,我很乐意那样做。"我也微笑着说。

"你真是太可爱了!帮我照顾了罗比。"说完,她便给了我一个大大的拥抱。

这时,我发现那个金发女孩一直在饶有兴味地打量我,就冲她笑一下,说:"你好,见到你很高兴!"

金发女孩也对我说:"幸会。"

我一边回头问罗比:"这一定是你的妹妹吧?"

"不。"他的母亲说,"这是罗莎,是罗比的女朋友,听说我们要来中国看望罗比,她也要和我们一起来,我们就一起乘坐美联航的班机来看望我们亲爱的罗比了。我们要给他一个大大的惊喜!"说完,她便美国式地爽朗地笑。

"什么?你的女朋友?"一股寒流向我袭来,我像一下子到了冰天雪地的北极。我不由向他投去寒冷的质疑的目光,想要看穿他。

他故作镇定,说:"实际上,我差点没给他们订到房间,幸好这里有房间,真是太幸运了。"

"没错,你真幸运。"我恶狠狠地对他说,那股寒流直逼进我心里,逼迫我想要赶快离开这个寒冷之地。

然后我向他的父母和金发罗莎告别,不至于在他们面前失礼,说:"好了,我下午还有事,先回去了,祝你们在北京玩得开心。"说完我便匆匆离开。

"谢谢,洁蕊,祝你一天都很愉快!"他的母亲边对我客气地说,边和他的父亲相互交换一个不易察觉的微妙的眼神。他的父亲耸耸肩说:"他们一定有问题。"

罗比见我走,步步紧跟,尾随我后面走了出来。他的父母和罗莎若有所思地望着我们的背影,便重回他们对旅行路线的讨论

北大恋歌

之中去了。

"嘿！洁蕊！"他急迫地呼唤我的名字，想要让我停下脚步。

"不要跟着我，我退出了我好朋友的婚礼，就换来了这个！"我懊恼不已。

"洁蕊，听我说，我会向你解释这一切。"他边走边着急地对我说。

"我们分手吧，你的女朋友都来看你了。"我气愤地说。

他拉住我的手，说："她已经不是我女朋友了。"

我生气地甩开他的手，想到上次是丽莎，这次又来了一个罗莎，火气更大了，说："这次一定是真的，你妈妈都说她是，你还狡辩，你总是这样，总是在欺骗。再也不能这样下去了！我受够了！"

他也生气地说："你总是这样，不听我解释！"

这一次，我们之间的战争是真的，任凭写《战争论》的克劳塞维茨也爱莫能助。

这时，路的另一边正好有一辆出租车迎面驶来，我痛苦地跑到路的另一边，用力挥手。出租车猛地停了下来，差点擦到突如其来的我。我打开车门钻了进去。司机吃惊地从后视镜中看着我，车辆启动。我想到那个倒霉的婚礼，后悔之后来到勺园。车辆加速，我的心只想把勺园甩在后面，再也不来，它只会喂给我的心脏一勺又一勺的气恼和懊悔。那天下午，天气变得残暴，温度高得令人窒息。出租车只开了车窗，没有开起空调。热浪来袭，暑热打破春日均匀平衡的秩序，强悍的热生出许多懊恼的芒刺刺进温软的空气中。

我回到家中，一头栽倒在床上。头昏，呼吸都是热气。热气还在上升，呼吸愈加灼热。母亲来摸了摸我的额头，说我可能中暑了，给我拿来解暑药。我吃了下去，到了夜里还未见好转，只觉身体像是独立于我的存在，软绵绵的一团。那晚我没有吃饭，昏迷无力，只想睡觉。我紧闭着双眼，两张眼皮也是热的，像两小片电热毯盖在眼上，体内的血液像是烧开的水，仿佛张开嘴就能吐出水蒸汽。

夜神缓缓倾斜沉重的墨台，墨汁慢慢泻进我的房间，开始还是浅淡稀薄的一层，不知不觉，黝暗下来。不久，房间就像一只注满夜墨的茶杯，小床便沉浸在夜色浓黑的杯底。我睁开双眼，发现整个人沉没在黑墨之中，不敢张嘴，生怕一开口就灌进黑黑的墨汁。头发像蓬乱的海草在那杯液体中浮荡飘摇，我在杯中徐徐舞动双臂，试图浮上浓黑的液面，却无论怎样挥舞双臂，身体依旧沉溺于杯底。我感到透不过气，快要窒息而死。情急之下，我猛蹬双腿，身体开始向上漂浮，我欢乐至极，像游泳运动员一样用双脚猛烈拍水，双手合十向上，再向上张开双臂，双手先向身体两侧，然后再向后划了两个弧度，一时间，就像拨开一团黑色的云雾。嘿！一个迥乎不同的世界呈现在我的眼前，五光十色，异常明亮。我几乎不适应它的光彩夺目的亮度，快要睁不开眼。正在这时，我看到一个小小的岛屿，近在咫尺，我奋力向它游去，我离它越来越近，心情也越兴奋。这时，我看到一个人正在向我招手。

我认出那个向我招手的人。"罗比，罗比！"我开心地叫了起来。他站在那里，赤裸着双脚，向我微笑，却不说话。我游到

北大恋歌

岸边，双手搭在了小岛的边缘，想要上去，而双腿却像灌满了铅，不论我多么努力，也跳不上去。他向我伸出一只手，说："把手给我，我们去勺园。""勺园？""看，就在我身后。"我朝他身后望去，啊！一片美如仙境的花园，园里鲜花娇艳欲滴，还有两面旗帜随清风飘荡摇曳。"勺园！"我惊喜地叫，拉住他的手，他握紧我的手用力向上拉，可不知为什么我的身体却变得愈加沉重，向下坠落，情急之下，我开始呼喊："啊！罗比，我在向下，我在向下！""快甩掉你的鞋子！快，快！你穿了一双巨人的鞋子！"他急迫地向我大喊。"巨人的鞋子？"我疑惑地望着他，他的目光满是焦虑："对！巨人的鞋子，巨人的鞋子！"他向我大喊。我拼命摆动浸在水中的双脚，想要甩掉那双鞋子，那双鞋却湿湿地黏在我的脚上，和我的皮肤附在一起，像生在了一起，再不能把它们从我的脚上褪去。我向下沉了一截，他被我的体重拉倒，我的身体仍在下沉。"快脱掉！"他大喊。"你说谎，它们不是巨人的鞋子！"我内心愤怒，开始感到绝望，松开了他的手。他想拼命攥住我的手，可是终于无能为力。我们失去了对方的手。幽浓的墨水泛起波澜，接着就旋转起来，形成一个巨大的漩涡，漩涡像一张饥饿的大嘴，想要吞噬一切填充它巨大的胃。我的身体随着漩涡旋转，头晕目眩，很快我就到达了它的中央。"啊！"我惊慌失措，尖叫一声，我被吸了进去，双眼很快被黑墨迷住。一团漆黑。旋即，我重又沉入夜色的杯。

次日清晨，我醒来，身体仍感疲惫无力，内心气恼为什么还会梦到那个人，更为气恼的是那个人在梦中也没救我，真是

该死。

"昨晚你做了什么梦?"母亲问。

"有点儿忘了,好像是一个噩梦。"我说。

"我还以为是美梦,只听你烧得说胡话,什么巨人、鞋子、旗子、勺子,还以为你梦见在童话里和巨人玩过家家游戏呢,"母亲笑着说,"你小时候还是婴儿的时候,我就喜欢看你做梦的样子。"

"真的吗?"我觉得很新奇,身体欠起一点,笑着问:"我是婴儿的时候就会做梦?"

"是,"母亲笑着说,"做得还很有趣呢,要不然怎么会一会儿哭,一会儿笑呢,可能一会儿是美梦,一会儿是碰到什么可怕的东西了。"

"真没想到我那么小就有梦。"我也笑了。

"是啊,你天生就爱做梦。"母亲说。

"我是不是在你的肚子里就会做梦了?"我说。

"我猜,你爱做梦,与生俱来,只是我看不见你在我肚子里的表情,哈哈哈……"母亲轻声地笑。

我也很开心,那样的对话对我来说简直妙不可言。我们进行那样温馨的对话的时候,母亲还是很可爱的。

"你这个孩子啊,如果出国,没人照顾怎么行啊?你的教育已经足够了,还要去受苦,这还没出去就病倒了。"母亲看着我怜惜地说。

一九六八年,母亲初中毕业。那个时候,学校停课,工厂停

北大恋歌

产，全民都在搞无产阶级"文化大革命"。母亲和其他年轻人一样成了剩余劳动力，一时没找到工作，就待业家里，帮助父母做家务。这样过了一年，外祖父对这种状况感到不悦。尽管母亲给全家人做饭、洗衣、收拾房间，她的那些功能并不能打动他的心，因为他们的经济状况相当脆弱，已到了濒临破产的边缘。他还有其他未成年的孩子要养活，他做炉前工和妻子做社员的可怜的工资只能勉强维持整个家庭的运转。他感到自己就像是茫茫沙漠中的一头背满重负的骆驼，步履维艰，疲惫不堪。在他的身上哪怕再加上最后一根稻草，他的背也会给压垮了。因此，他已经成年的大女儿待业在家困扰着他也是非常自然的。他的心情可能就像动物世界里那些成年的野兽，等到幼兽长大时，总想尽快赶走它们离开巢穴自己觅食。

外祖父身边的人对他的评价是：保守、抠门、只会卖傻力气。

然而，那个抠门的老头在送他的大女儿到北京站时竟没能忍住他的眼泪，母亲在此之前只知道她的父亲很暴躁，却未曾见他哭泣过。她见他哭了，对他的恨便释然了。

想起那一天，她独自去派出所办理前去北大荒的上山下乡手续，户口给销掉，转到北大荒去。出了派出所的门，一种莫名的恐惧侵入了她的心。她折返回去，对那个户籍警说，她不去了，她怕再见不到她父母。户籍警说，可是你签了字呀，不行了。她回到家中，告诉了她父亲，说她害怕去那个地方。她的父亲却瞪大眼睛说："是谁让你去的？是你自己愿意去的！"猛地，委曲填没了她的心，泪水冲出了她心中的恨，她直勾勾看着她父亲，不再说一个字。

当开往北大荒的载满下乡知识青年的专列吹着口哨、喷着白烟儿徐徐启动时，外祖父如哽在喉，他奇怪竟然听不到自己的抽噎声。原来，他的抽噎声早已汇入了一股比之扩大了不知几千倍、几万倍的哭声、喊声、尖叫声的巨大浪潮中。火车开始加速了。他震惊了！他竟也随着那片如同汪洋的人流冲向那克嗒、克嗒、克嗒将要把他的大女儿带到遥远地方去的那列绿皮火车。刹那间，他突然被一个可怕的念头击中了——他的大女儿要被那列残酷可怖如同穿着绿色盔甲的铁龙似的火车带走了——就像在她前面出生后来又夭折的那几个孩子一样。不能啊！不能啊！他猛然醒悟，想要拼命把她从那绿色的铁龙上抢回来，不让她走了——只要全家人能够在一起，他觉得，不管再苦再累也值了。一个想法突然从他的头皮里迸发出来——他想追，追上那条铁龙，追上劫持他孩子的那条铁龙。他抬起一只手臂，可是那只手臂却被他前面成千上万的人给挡住了，他的身体被后面的人群拥挤着向前倾斜着，几乎摔倒。他急出了一身冷汗，眼里充满了血丝。一切都晚了！火车的口哨声逐渐变为呼啸声，像传说里的龙一般神奇，越跑越快，越跑越快，一会儿就不见了踪影，消失在茫茫的夜色之中。

火车站是个令人感到伤心可怕的地方——它对某些人来说就是那种象征。多年后，母亲送我到北京站。我那时是要去天津上大学。当我快要上火车时，母亲突然拉住我，目光茫然，说："你会不会回不来呀？像我当年一样。"我的思想竟一时凝滞，不知对她说什么。

北大恋歌

她的内心恐惧历史的重复。

当年,母亲离开外祖父母上山下乡,一走就是三十多年。

我笑了,安慰她说,"不会,我是去上大学,不是上山下乡。"

母亲听罢,如梦方醒,从她的恐惧中摆脱了出来,笑了。

"吃得苦中苦,方做人上人嘛!"我说。

"我当年插队是不得不走,吃了多少的苦,真不愿意你还要像我还吃苦啊!不过,你要是到了美国,罗比可能会照顾你,我还可以稍微放心一点。"

提到罗比,我气不打一处来,说:"别提他,我们分手了!"

母亲顿时惊愕。我于是把婚礼当天的情形向母亲叙述一遍。

母亲听罢,万般愤慨。当然,我的敌人就是她的敌人。

她气愤地说:"我说你怎么烧成这样,我和你爸早说过外国人不可靠,尤其美国鬼子,坏得很,这不是应验了?你说你怪谁?"

"都怪我自己。"我的懊恼重又给勾起。

母亲见我不快,说:"好了,好了,别再想了,反正也过去了,别把自己身体想坏了,为了那么个人,不值得。"

我两天没有上班,身体麻木不得大动,高烧逐渐退去,变成低烧,嗓子发炎,药已用尽,于是我去医院,想开些退烧药。到了医院,一个烫了卷发的女大夫给我开了三瓶鱼腥草,说再输三天液就好了。没想到在我打到第二瓶的时候,腿上竟然起了小红点,到了中午,竟越来越大,变成了硬币大小,我感到奇痒,又不敢抓痒，真是难过。晚上到家，父亲说，可能是过敏，他小时候也起过风疹，俗称"鬼风疙瘩"，也就是过敏，浑身起红疙瘩。

第二天，我不得不再次光临医院，挂了皮肤科的号，一个男大夫说，我可能对鱼腥草过敏，又给我开了药膏和四大瓶我也叫不出名字的药水，说我要继续输他给开的几大瓶液，抵消那两瓶鱼腥草。我叫苦不迭，输液都输怕了，我的手背上的血管扩张变宽，像一条肥壮的菜青虫。没办法，我又打了一大瓶。

之后，我回到办公室。洋娃娃说："其实，不用再打了，过一两天可能就好了，现在很多大夫靠多开药增加收入。"我恍然大悟，忽然想到难怪外祖父不爱去医院，太受罪了，我再也不想去医院了。洋娃娃还告诉我一个民间方法，说用手掐脖子，就能把"火"掐出去，嗓子就不疼了。我说，难怪有时候看到有人的脖子上会有一个紫红色的印迹呢，是不是就是给掐出来的？他说，可能那些人用的就是那个土方法。

周末，丽姿打来电话，说想约我去海南旅游。尽管那个海岛是我内心的向往之地，我却告诉她我得了过敏症，严重的过敏症，不能同去。她问，那是什么，她从未得过过敏。我告诉她，一种就像该死的爱情的感觉，又痒，又痛，又热，它就栖息在你的身体里，你越想摆脱它，它就越折磨你。

"好吧，那种感觉确实该死，等你好了给我打电话。"她扫兴地挂上了电话。

然后，又一阵电话铃声。我看到是罗比，故意不去理睬。

母亲问："为什么不接？"

我说："是个陌生人，可能是广告。"索性关掉电话。

北大恋歌

母亲意味深长地看了我一眼,并未多言。

过了一天,我的过敏症状有所好转,肿大的突起变成了紫色的印迹,就像是被火钳掐出来的。卧病在床多时,我感到身体快腐败了,肉体快给病痛蚕食掉,只剩下一堆白骨了。于是,我想去我家附近一个民办大学的小操场慢跑,更新我的身体,补充头脑的神气。慢跑是我的一个习惯,虽然耽搁了一阵,却不难重新拾起。

到了小操场,我沿着画着白色跑道的沥青操场上跑圈,想要找回自我。那个小操场比不得公办学校铺着红、绿色塑胶跑道的操场那样豪华宽敞,却有着一种宛若少女般简约恬静的美。跑道只有两百米长,但对我来说足够长、足够好了。每次我一个人在那里悠闲自在地跑圈,偶尔见一两个学生在那里背书。那个小操场简直像为我一人修建的一般,我从内心喜欢那个宁静美丽的小操场。操场中央有两个洋灰花池,里面栖息着一朵朵粉红、浅黄、乳白的月季花,那些温柔美丽的生命宁馨地绽放,避开了公路上肆无忌惮的碳足迹。跑步以后的感觉很好,可能就像抽了大麻。一本健康杂志说运动以后人体能够产生一种类似毒品的物质,可能就是那种轻松的欣快感。所以,如果想尝试毒品,倒不如到操场上多跑几圈,甚至可能取代美沙酮替代疗法。

我像往常一样在那可爱的小操场上跑圈,觉得有什么东西不对劲,觉得有些压抑。每次来,当我跑在跑道上,都会觉得自由和愉快,而那天,不知为什么感觉如此异样。操场似乎变小了。我巡看周围一圈灰色的围墙,不像动土往里缩过。跑着跑着,我的目光投向天空,天是那么蓝,纯净得像一块碧蓝色的玻璃,层层叠叠洁白的云条像是白色的肋骨整齐的排列在天的一角，它们彼此间谨慎地保持着距离，向着天穹的边缘不易察觉地缓慢移动。啊！几条长长的黑色五线谱！它们跃进我的视野，从西向东一直延伸，延伸，到目不可及的远方，每隔一段距离就有一个巨大的灰色钢架。要是唐吉诃德和我在一起，他一定会认为那是一些铁面獠牙的巨人，然后拔出他的剑和那些愚蠢的巨人决斗。那些巨人排着队，握着带刺的武器，个个都很强势，像要跨过围墙，来侵犯、践踏、进攻我柔弱美丽的小操场。啊！难怪感觉不对劲，我终于知道症结所在了。

我继续跑，像往常一样跑，享受微风拂面的舒适感。当我跑到第五圈的时候，突然，看到一个熟悉的身影。跑近一看，原来是我认识的一位老师，他就在那个学校教课，我们在工作时打过交道，慢慢熟悉了，就成了朋友。他人长得白白净净，斯斯文文，一副江南才子的模样，说话也是吴侬软语，听着他说话就像是吃了南方甜软的桂花糕，只是那桂花糕不是放到嘴里，而是送进耳朵，刚刚接触到耳鼓，瞬间就融化了。

"你又来减肥了。"他微笑着和我打招呼。

我怎么会有时间做那种无聊的事情？我跑到他跟前，停了下来，说："我在屋子里快发霉了，出来晒晒太阳。"

"刮风下雨天就别来了。"

"为什么？我每星期都来。"

"没看到那是什么。"

"几根电线。"我轻松地说。

"那是高压线，我的小姐。"

北大恋歌

"啊!我不知道那是高压线。是新装的?"

"对!雷雨天要格外小心,能把雷引来。有一天打雷,一个同学没关电视,结果雷真的来了,五颜六色一个大火球,把电视给劈了,柜子给削掉一个角,所幸没伤到人。你猜怎么着,那个同学为躲那个雷爬到床底下去了,却尿了裤子。"他笑着说,"你也小心点儿,万一哪天雷掉下来,就把你烤成北京鸭了。"

"怎么把高压线架到学校操场上空?"

"学校力量太小,还有,学校就要搬到别的地方了,这个操场也就不复存在了。"他不无遗憾地说。

"真的?"我心里变得空落落的。

"真的,校长已经找好地方了。"

他要离开,我们就此告别。我接着慢跑。离开之前,我重去看那些花坛里美丽的花。花朵被层层叠叠绿色的椭圆形叶片簇拥保卫着,尖锐的刺在深绿色的花茎上交错举起利剑冲着钢铁巨人示威,一旦那些巨人冲进围墙侵犯美丽的花朵,它们必将把剑锋刺进他们钢铁的心脏。我从花池中采下一片粉色的月季花瓣,把它贴在唇边感受它柔软的质感,它宛如一片光滑细致的丝绒,我打算把它夹在书页里,作为那个可爱的小操场赠予我的最后的礼物。我心里想着,那真是奇怪的一天,那队巨人的到来要使我永远离开我的小操场,今后再不能继续来这里,亲近它,在它敞开胸怀的跑道上自由奔跑了。

很多东西,曾经属于我的,终要离我而去。

就在我的头顶,淙淙的电流正在五线谱式的黑色高压线里汹涌奔流,一直流向城市的东方,春水一般。

回到家，母亲说她正要去看望外祖父。母亲听 W 奶奶说，外祖父这些天觉得有些胸闷。

我说，已经很久没去看望他了，既然我的身体好了，我也去。

"洁蕊，今天，你要劝劝你姥爷，和我去医院检查检查，他有时候可最听你的话了。"母亲不无担心地说，同时寄予我很大的希望。

"当然可以。"这可不是一个新鲜话题，外祖父生病不爱去医院。我虽一口应承下来，可是天知道，他这个老孩子会不会听我这个大孩子的劝告呢。

外祖父有满肚子新鲜离奇的故事。想要打发掉平淡无奇的时间，我知道我是绝不会失望的。

外祖父独自一人生活在他的老房里。那间平房是他工作过的钢铁厂分给职工的，他住在那里已有几十年。自从外祖母去世后，儿女们早已结婚有了各自的家庭，母亲想让他和我们一家同住，但是他只在我们的楼房住了一天就又回到他的老房去了——他不爱在楼上住，觉得行动不便。他说他一进到那个火柴盒式的高楼就像给关进了鸟笼子，他不会锁那个暗锁，想出门走走又怕锁不好门丢东西。结果在我家的那一天，他竟在楼里待了一整天，没敢出门。他是个喜欢整天骑着自行车到处逛的人，哪受得了那种如禁笼中的生活呢。他说还是住平房好，一抬脚就能出门，用铁锁把门一锁，想去哪儿去哪儿，因此他就自己又骑着他的永久牌二八型加重自行车回了老房。

北大恋歌

我和母亲跨越了几个街区，走过那个熟悉的红绿灯十字路口就看到外祖父的家了。远处，西山绿茸茸的，山峦宛如绿色的大海，波涛起伏地荡漾在北方的天际。在那绿色的波涛前是一排排洋溢着共产主义情调的红砖平房，它们整齐地排列，之间的空隙是中规中矩的长方形，房檐把房屋头顶的天空也切割成长方形，偶尔有几株粗大的槐树遮住长方形的一边或另一边。母亲小时候整天和她的伙伴们在那一条一条长条形的蓝天下来回环绕，奔跑玩耍。褪了色的红砖墙面上爬满绿色蜿蜒的爬山虎，为房屋年迈的身躯穿上一层生机盎然的绿衣。我们老远就看到外祖父房前那两棵大槐树，树冠蓊郁葱翠为地面笼罩出一片美好的树荫。树下摞着几垛硬纸壳，是外祖父从什么地方收集而来，准备卖废品的。外祖父那辆老自行车不在。他又出去了。

"老爷子一早就出去了，每天这个点儿差不多该回来了。"和外祖父住在同一条胡同的 W 奶奶说，她门牙掉了两颗，张开嘴巴笑起来，笑纹很深，从鼻梁到眼角再到脸庞辐射开来就像两条张展开的扇形鱼尾巴，然而她黑瘦的小脸却立刻明亮起来，倒平添了几分特殊的魅力。

我和母亲坐在老槐树下外祖父常坐的那块灰色石板上。那块石板舒展地平躺在夏天那片幽凉的树荫下，真是一个天然美好的座椅。我们一边和 W 奶奶聊天，一边等待外祖父归来。W 奶奶是外祖父母的老街坊，她是看着母亲从小长大的。她自己有五个儿子，因为没有女儿，就把母亲当成她的女儿一般，有什么大事小情总喜欢和母亲唠叨唠叨。自从外祖母去世后，她就成了母亲和外祖父之间的斡旋者，他们之间有什么不愉快，经她一调和，就化解了。而那些不愉快大多数都是由外祖父太过节俭，不喜欢去医院等顽固不化的做法引起的。

"我老说他，有福不会享，都那么大岁数了，还每天到处跑什么，在家里享享福，多好，想不开。"W奶奶说。

"是啊，我爸就那样，他想干什么事，谁都甭想把他拉回来；跑就跑吧，锻炼锻炼也好，可我就反对他拣破烂纸，您说，万一得上什么传染病怎么办，怎么说他都不听……"母亲说。

"老头回来了。"W奶奶的目光撇向一边说。

只见外祖父骑着他那辆锈迹斑斑的二八型自行车回来了。看到他，我便乐了。他令人感到生活的真实如同一股清新的空气扑面而来，一切烦恼都烟消云散。他看上去悠闲自在，脸颊和手臂黑红，像刚从烤箱里取出的全麦面包。在我印象里，他一直都是那个颜色。自行车的后座上带一捆折叠好的硬纸板，它们原本是体形宽大的纸箱，可以想见定是被外祖父一顿拳脚相加，然后便服服帖帖躺在他的车后座上了。到了近前，外祖父一片腿下了自行车。他虽然年事已高，身材依旧高大，衬着他黝黑的皮肤，就像炼钢厂的高炉。他摘下草帽，露出一头银白色的头发，宛若一小撮还未融化的西山白雪。

"又拣了一堆破烂回来。"W奶奶不无揶揄地说。

外祖父听了W奶奶的话也不恼。他年纪大了，耳朵就像是软水器，不论话语中夹有多少杂质，都能把杂质过滤出去。话语之水经过过滤，流进他心里的就只是软绵绵的纯净水了。"瞧您说的，您可不能说这是破烂，这叫可循环材料，能少砍点大树，要不这几年北京春天风沙这么大，叫什么沙尘暴，听着怪吓人的，我都怕我这两间平房过两年给埋到沙子堆里喽……"他笑呵呵对W奶奶说。他一边把车停好，一边把硬纸板放在大槐树旁。

"您就不怕在您还没来得及给埋到沙子里，就得上传染病呀？什么SARS什么的，听那病毒的名就瘆得慌，一撒出来就得死，这您就不怕了？"W奶奶问，一张口就露出她已经残缺不全的门牙。她是替母亲说话呢。

"我怕？都这岁数了，还怕它什么SARS，撒出什么来都不怕喽！要得早得上了，这不还活得好好的，老天爷收我都收了大半了，就剩下这两条腿和两只脚了，要不抓紧走走遛遛，说不定哪天他一高兴给收走了，让我躺到棺材里，那会儿可就把我困在里面想去哪儿都去不成了，您说是不是这个理？"

"要是我说您呀，就是有福不会享，劳累命——"W奶奶无话可说，话语的方向盘又转她的老方向上去了，说到最后一个字"命"的时候，她的尾音老是拖得老长还上下起伏像京剧里的老旦。

"这您就说对喽——"外祖父说，他的尾音像是和W奶奶的尾音相呼应一般，也拖得老长像是京剧里的老生。

外祖父的老房里面很凉爽，那是因为有那两棵树荫如伞的大槐树，那是一个天然的华盖，刚好能盖住房顶在窗前遮阳挡雨。屋里光线不那么明亮，但也不昏暗。洋灰地面经历多年，被擦得光亮可鉴像是涂了一层牛油。屋里摆放陈设的都是几十年前老式的紫檀木家具，每一件老物件的年龄都比我的年龄还长。偶尔夜里，它们中的一个骨骼咯吱作响。这时外祖父就会心想，它们站得年头太长了也想换个姿势待会儿了？一只上了一把斑驳的大蓝锁的红木箱子，里面曾经装有外祖母的嫁妆，上面摆着老式的玻璃花瓶，里面插着褪了一半颜色的红色和黄色的塑料花；正中间的木箱上放着一只暗红色老古董座钟，座钟上落了几丝纤尘，曾经大黄铜钟摆左一下右一下很均匀地摆动，像在伴着"嘀哒嘀哒"的节奏舞蹈，刻有罗马数字的表盘因为年代久远给湿气、烟气熏得发黄，正午时候"铛铛铛……"响几声像在喊外祖父该吃午饭了，它喊了几十年，连嗓子都喊哑了，后来，它也倦了，索性不走休息了。

外祖父自己倒一小口杯二锅头。他只喝绿瓶铁盖红星牌二锅头。他就着撒上莹白晶透细盐的油炸花生米喝酒。那是他一天最感享受的美好时光。这时候，他会提起老家的故人旧事，就像翻开他记忆的心书，虽然他不识字，但那并不妨碍他翻开那本书，向我一页一页吟诵那由于感到陌生悠远而散发出迷人的奇异味道的从前。看着他黑里透红的脸膛，我仿佛凝望着一面历史之镜折射出往昔的一幕一幕，乘着他语言的扁舟潜入古铜色的历史。

外祖父是在北京东边通州出生的，六个孩子中排行老三，三个兄弟之中排老二，小时候在私塾里一听先生口里念叨韵律松散的三字经和百家姓就直打瞌睡，脑浆生疼。六月里连阴天，正是拔麦子的季节，需要人手，他的父亲看他在学业上走不了多远，就让他和自己去地里干农活，以此结束他痛苦的读书生涯。外祖父就和他的父亲去地里拔麦子了。第一天，天空湛蓝，没有一根云丝，太阳明晃晃挂在天上，热力无限，外祖父双脚踏在那片弥漫着麦香的土地上，看着前方无边无际的麦浪，就像随风翻滚的金色的海水，他的双手接触到可爱的黄金一样的麦田，他不禁朝

北大恋歌

着远处,笑了——外祖父在那片麦田里找到了自我,他心里的那个自我告诉他,他属于那个地方,那个地方才是他的玉界琼田。他拔了一阵,感到身体发热,流出的汗水浸透了他的褂子。又拔了一阵,汗水蒸发了,在褂子上结成了盐。他随手脱下褂子,把它扔在一边。他父亲看着他,不动声色,告诉他最好还是把那件褂子穿上。他说:"为什么?我太热了。"他喜欢把自己的身体暴露出来,仿佛他的自我也能出来见到阳光,吸收太阳的能量,让他体力更加充沛。夜里,他躺在床上感到肩上灼热得疼,疼得睡不着。他坐了起来,借着月光看自己的肩膀,通红一片,仿佛刚刚被火烤灼过,他忍着痛躺下去。剩下的时间,累和疼那两个歹徒开始在他的身体里搏斗,最终,累占了上风,把疼从他身体里捅了出去,然后,把他的意识拖进了黑沉酣甜的梦乡。次日清早,他起床。累不见了踪影,可疼又打回来了。他看他的肩膀,上面的皮肤像蛇蜕下了一层白皮,他伸手揭去那层皮。"呃!"他倒吸了一口凉气,脸顿时被刺辣的疼痛扭出一个丑陋的弧度。他有了新的发现——白皮下面是粉色的肉,如同他自我的粉嫩的嘴唇,晶莹剔透。

当外祖父长成小伙子的时候,全家的农活几乎都靠他一个壮劳力了。他的父亲老了,他的哥哥和弟弟,一个是整天打排九,另一个是整天玩鸟。他却干活不惜力,一个人能顶五个壮小伙儿,别人扛一捆麦子,他能肩膀背一捆,两只胳膊夹两捆,两只手再提两捆。春耕时,家里的牛生病了,他让父亲给他套上犁,一垄一垄耕地,那劲头活脱脱的像一头小毛驴。后来,外祖父赶上过两次国民党抓壮丁,都躲过去了,一次他躲进了夹壁墙,另外一次,他使了个苦肉计,骑驴故意把自己屁股颠烂了。然而,没想到躲过了国民党,却没躲过绑票的,外祖父竟在大白天被人绑架了。

"我给绑票了!"他竟笑了。

"您不是贫农出身吗?那时候连穷人都绑啊?"我问。

"就因为我能干活,那个时候能干活就是本钱,所以把我给绑了,绑匪一个扭我胳膊,一个抱腿,把嘴巴堵上,还用两坨蜡油把我眼睛给封住,然后扔到玉米地里半个月。"

"干嘛偏绑您哪?"

"绑票的说抓你哥和你弟那两个没用的东西,你老子才不会赎他们呢!他们不干活白吃饭,我爸爸还真不会赎他们。"

最终,他的父亲来赎他了。谢天谢地,否则,他知道他最终可能不是给饿死或是给那几个绑票的打死,而是被穷凶极恶的蚊子给叮死。

福兮祸所倚,祸兮福所伏;塞翁失马,焉知非福。经历了那次绑票事件后,外祖父名气大噪,远近闻名,成了小范围内的名人。邻近村的人都知道有外祖父那么一号,特别有力气,干活特卖力。住在邻村的一户人家,有六个女儿,女主人听说了外祖父被绑票的故事,就有意把自己的大女儿许配给外祖父,因为她的家里需要一个特别强壮的劳动力,如果让外祖父做女婿,到了春耕秋收的时节就相当于省去雇五个壮小伙来干活的工钱,那是一件多么令人欢欣鼓舞的事啊!在过去农耕时代,劳动力就是资本。那个女主人就是精明的外曾祖母,她后来就真的把外祖母许配给了外祖父。

北大恋歌

再后来，外祖母还和外祖父去张家口贩过马。外祖父说，有一回过关时，外祖母帮一个人带过去一个小包，后来才知道那竟是一包大烟土。难怪在通过国际航空港的时候，安检人员总要询问乘客是否有人让他们带东西，原来早在民国的时候，毒贩就瞒天过海，利用不谙世事的善良人来充当他们的贩毒工具。江湖凶险啊！

解放后，外祖父那个读了几天私塾爱玩鸟的弟弟到了北京西郊的一个发电厂工作，后来离那个发电厂不远的地方又建成一个炼钢厂。有一年，正好赶上庄稼歉收，他弟弟就托人捎信给他，说他可以到那个炼钢厂工作，那里需要工人。就这样，他带着外祖母和孩子（那个孩子还不是母亲，生于母亲之前，后来不幸早夭了）从北京的大东边到了大西边，进了那个炼钢厂，在北京西郊定居了。从此后，他是工人老大哥了！就这样，他田园牧歌式的生活结束了，完成了他从农民到工人的转变，而那只是身份的转变，他仍然要使出他浑身的力气，这一回，是在雄壮伟岸热流滚滚的高炉。

早年，他在地里干活，满头大汗，毒辣的太阳不管怎样热，它都是挂在高高的天上，离他老远；而在炼钢厂，他觉得自己离太阳近了，太阳像是掉下来，掉进了炼钢炉里化成火红的液体流出来，他的脸映红了，他的整个身心仿佛也烤化成汁液，和它融为焦灼火红的一炉钢。炼钢厂的钢水一千五百多摄氏度，车间温度高达六七十度，温度高得能要人命。那个壮汉嘴里含着一小块冰、背上驮着一大块冰，披着披风，在炼狱一般的车间里，手持一根长长的铁钎拨弄炉里火红的钢，汗水浸透了衣服，一会儿给烤干，一会儿又给浸湿。一天下来，他不知经历多少次自身的湿季和干季。多年后，他老了，经常喊腰疼。母亲说，就是早年背着冰块工作时候落下的病根。"喝点（二锅头）就喝点吧，还能驱点寒气。"母亲有时为外祖父"辩护"如是说。

  外祖父和母亲的对话就像是被编成了程序，精准得总是按照惯常的顺序和内容进行。我不用听也知道他们要说些什么。母亲问他的腰疼怎么样了。他说夜里有时会感到疼。那就去医院看看吧。都是老毛病，治也治不好了，挺挺就过去了。他不爱去医院，嫌麻烦，让他住院就像坐牢一样难受。母亲说让他和我们一起去住。他说，住在楼上就像坐牢，他宁肯一辈子住平房，能接地气！母亲说让他不要再拣硬纸板了，卖不了多少钱，又脏，真怕他得上传染病，再说，他又不是没有退休金，也不指着卖废品那几个钱，辛苦了一辈子，也该享享福了。他说，他都八十多岁的人了，身体一直都很棒，从没得过传染病，有病他一扛就过去了，从不怕得病，再说他拣硬纸板是为了自己有事干，他不识字，看不了书，读不了报。每一天他去拣纸板之前都在想，如果今天没有硬纸板，他明天就不来了。但是每天都会有。他收硬纸板就如同渔夫打鱼，农夫收麦子，那些硬纸板就像鱼和麦子老在那些地方等着他似的。再说，拣那些硬纸板比在钢铁厂时干活轻省多了，也不危险，不用担心哪块不长眼睛的钢板掉下来砸到脑袋上，那些听话的硬纸板再怎么硬砸在他脚上也不疼。再者，他还能四处走走、看看，觉得自由自在，没什么不好。到了他那个岁数，似乎没有什么东西是不好的了。不过要是在通州老家有块地，他宁愿重新拿起锄头种地去！然而，那些土地现在都变成高

北大恋歌

楼了，还去哪找地种啊。

外祖父晒黑了的长了几粒椭圆形深褐色老年斑的大手端起玻璃杯凑到布满皱纹的唇边，轻轻一抬，透明的液体流进他的口腔，一小口杯二锅头就下去了一小指肚那么高。"咝——"他的鼻子一皱，鼻梁挤出一道道细沟一样的皱纹，嘴巴咧开露出上排牙齿，眼睛先是眯成了一条线，然后像是用尽全身力气痛苦地紧闭起来。唉！都喝了一辈子二锅头了，还觉得它辣不成？显然不是，那是他享受呢！美到极致和痛到极致的表情何其相似。

"听W奶奶说您胸闷，您还是上医院瞧瞧吧。"我突然想起我的任务。

"都说了，我没事，上了医院，没事也变有事了，我可不去。"外祖父有时候就像一个倔强的小孩，大人有时越要他做什么，他越是不听。

我看了母亲一眼，她也无可奈何。

外祖父说，他最近夜里有时咳嗽，让母亲给他开止咳糖浆。母亲再次劝说让他去医院挂个号瞧瞧病，他还是不肯。他说，他有一天梦见他在钢铁厂工作过的那个高炉，大太阳似的，比他在地里干活时的大多了。他还梦见和他一起工作的L。记得有一天他上班时，听说L突然不见了，大伙找了他好几天怎么也没找着，过了这么多年，他竟在梦里找着L了，L还穿着那套工作服，他说，那天太阳来抱他，不松手，然后他就跳进高炉里去了。

母亲笑着问他是不是梦见回高炉上班去了？

他说，可能是天气热的，就跟在太阳边上烤着似的。

外祖父话题一转，问我怎么生病了。

母亲说："就是那个考试给闹的，刚考完，就病了。这个孩子啊，念书还没念够，还要去洋插队。"

"现在还兴插队呀？"外祖父醉眼迷离。

"现在的孩子呀，都要去出国——留学——受洋罪，那不是'洋插队'是什么呀？到了外国呀，还不是像北京的外地人一样，得受苦啊！前几年演的那个《外来妹》电视剧您没看见呀。"

外祖父说："我没看，我压根就不看电视。"

母亲碰到外祖父这样的老头很是无奈，她眼睛一瞪，紧接着叹口气，说："甭说外来妹了，就说我当年下乡吧，那在当地不也是外地人，也是外来妹。一天晚上在工厂宿舍里，失火了，别人大喊大叫都跑了出去，我睡得死死的，什么都没听见。第二天，听人家说，才知道晚上失火了，幸好火没着起来，要不然我给火烧死了都不知道。"

外祖父看看母亲说："我这辈子就吃亏到没文化上了，孩子能读书是好事。不过，我看洁蕊像你二姑，能喝洋墨水。"

"可二姑后来遭了多大的罪啊！"母亲唉叹。

又提起二姑，外祖父说，他都不知道二姑是否还在世上，"文化大革命"后他们给二姑平了反，她回到医院上班，过了一年，她就向医院告假去美国看病——那是挨斗时留下的病，在国内无法医治，听说后来就去美国旧金山找她姐姐去了，再后来就没有消息了。他又补充说，最大的原因是她老母亲去世了，她自己岁数也大了，没有子女，所以就再没什么牵挂，与其一个人孤

北大悲歌

苦伶仃,倒不如去她姐姐开的诊所帮忙,到老了,是要有亲人相伴的。

"听老家人说二姑年轻时候和一个美国外交官好过,可是那个人后来不要二姑了,二姑痴情一生都没再嫁。"母亲说。

外祖父摇摇头说:"不是那么回事,他们那是瞎说的。"

"瞎说?"母亲一脸疑惑,"还没听您说过,到底是怎么回事啊?"

"是你二姑不想跟那个外交官了。"外祖父说。

"为什么呀?"母亲追问。

历史就像是大海,时而风平浪静,时而波涛汹涌。外祖父一家就像是一叶扁舟在那大海里时而安然无恙,时而风雨飘摇。三年自然灾害过去了,外祖父一家过了几年太平日子,无产阶级"文化大革命"喊着各式各样五花八门的口号,就像是一股飓风席卷了一切。谁也没想到那股飓风竟也光顾了二姑和她母亲的四合院,卷走了她的所有资产阶级情调的皮毛大衣、丝绸旗袍、英文书和西洋油画。红卫兵说她家地下有给美国发电报的电台,把她家挖地三尺,留下一片狼藉。

二姑和她的老母亲被赶出四合院,她们到老家一个四处透风的旧弃的房子里住下。他们对她说,她不用去医院上班了,要她拿起镰刀,到田里干活,接受无产阶级改造。

外祖父那个时候虽然到炼钢厂成了工人阶级,但当老家麦子熟了的时候,他仍然要从北京大西头的石景山赶回大东头的通州,帮老家收麦子。他的力气怎么使也使不完,有多少都能卖出去。当他再次带着母亲回老家时,他们站在田头远远望去,看到麦田里有个穿着灰色衣服的瘦小身影,单薄得好像一阵风就能把她卷走。那个小人儿弯着腰,拿着镰刀,一把一把地割麦子,花白头发乱蓬蓬地散在脑后。母亲简直不敢相信自己的眼睛,那个小身影不正是那个曼妙的二姑嘛!她漂亮的旗袍不穿了,头发也白了,怎么几个月不见就变老了?一阵风吹过,她的花白头发就像长长的麦穗在头顶随风忽哒、忽哒舞动起来。

"他们怎么能让她干这个,不让她给人治病了?"外祖父想要走过去,帮二姑割那望也望不到边的麦子。

"别过去,他们在那边看着她呢,谁过去,他们就审查谁,然后就打,连她一块打,还是别过去了,帮她就等于是害她。"外祖父的大哥在一旁不让外祖父去。

"干嘛抓她呀?"外祖父问。

"他们说她里通外国,是美国特务,和美国外交官鬼混过,她家里人也热闹,姐姐去美国了,哥哥是国民党去台湾了。红卫兵到她家瞎折腾了一通,能砸的都砸了,把她家挖了个底朝天,说有电台。"大哥说。

"他们挖出电台了?"外祖父瞪大眼睛问。

"唉,"大哥摇头叹息,"什么都没挖出来,只在厨房旮旯里挖出一窝潮虫。"

外祖父那一身力气凭生第一次遭到拒绝,有力气不让使,只好一甩手领着大女儿回家了。

早春,乍暖还寒,阳光和煦,却很少照进二姑和她母亲住的那间破旧晦暗的小屋。炉火已断,虽然树木吐出黄绿的嫩芽,房

北大恋歌

间内阴冷的气息依旧让人难忍难耐，它把一切温热逐渐冷却、凝结、带走，竟也带走与她相依为命的母亲的最后一丝微弱的气息。

夜里，二姑独自躺在冰冷的床上，沉浸在漠漠黑夜的暗冷中，她黯淡枯槁的脸颊挨在枕上，仿佛贴在故去母亲的脸上，枯发散落开来好似一团乱糟糟的银灰色钢丝。她睁开眼，望着窗外一团浓黑的颜色，她觉得自己也是一团浓黑的颜色，宛如一团黑色的纱，被揉作一团，不得舒展，她想将她那团黑色的自我轻轻地、慢慢地、柔柔地展开，然后悄无声息地浮游起来，飘向空中，一直向上，一直向上，追上母亲的灵魂，随她一起融入神秘莫测、幽静苍茫的夜色，再不回来。她这样想着，感到口渴，便慢慢坐了起来，摸索着下了床，找到烛台，点燃了一小截白色的烛头。微微的光从黑色的烛芯由一个小小的橘色的亮点逐渐成长、变大，被木柜上的镜子反射扩散开来，竟把屋子照得半亮。她不经意间看了一眼那面镜子，"啊！"她不由心里惊叫一声，她给自己内心的尖叫吓了一跳——她看到了镜中一张阴沉衰老失去生气的脸，脸上仿佛刚有蜘蛛爬上去吐丝结成一张网，布满纵横交错的丝网线条。镜中映出的影像仿佛是一个陌生人，那个人有一张令她感到内心颤抖恐惧的脸，她的手触电一般伸了出去，把那面映照出令她内心颤抖恐惧内容的镜子重重地扣了下去。她重新回到床上，在黑暗中回想起过去的一幕幕，那些画面鲜活而生动，使她心头一振，她的心仿佛又燃起了一星火苗——或许活下去，还能见到那个人。那个人，她心爱的人。唉！那一天。黑暗也遮不住那一天。她枯索的眼神仿佛又看到那一天。

那一天，二姑去医院上班，刚走到走廊拐角，就见一个小护士急匆匆往外跑。小护士见到她，脸上泛起欢喜之色，之后便跑上前来，急切地说："范医生，您可来了，有个外国病人，可能得了急性病，我们不懂英语，您赶快去看看吧。"

"好，我这就去。"二姑便随着小护士去诊室。

进入诊室，只见一个高鼻子、蓝灰色眼睛的西方人，躺在黑色的皮革床上。他脸色苍白，额头上冒出豆粒大的汗珠，一只手捂着胃部。

二姑走上前问他怎么不舒服？

他说大概吃了太多的北京小吃，他刚到北京一周，觉得什么都新鲜好吃，就拼命大吃，结果就成了这样子。

二姑上前按他的肚子，边给他检查边说："不要紧，只要少吃一点，有的北京小吃油大，糖多，喝点粥就好了。"

他的蓝灰色眼珠一转，问："粥是什么？"

二姑告诉他，粥就是把米放在锅里用水熬成糨糊状。然后，给他开了点有助消化的药。

他冲二姑笑了，说："我以为你是在说要我吃我的朋友Joe。"

二姑反诘："我还要你喝汤姆呢。"

说罢，两人都笑了。

"可是我刚到中国，也没有你说的米，算了，我可不想喝Joe了，让他好好待着吧。"他即使不舒服，也不忘插科打诨。

二姑望着他，若有所思，然后问道："你住哪？我可以给你

北大恋歌

送点粥。"

他的眼睛先是进出一丝疑惑，然后化为欣喜，说："真的吗？你确定吗，医生？"

二姑耸耸肩，说："当然，这有什么大不了的，不就是一锅粥嘛！"

他说："谢谢，我真的没想到这个，我住在外交公寓，我随时欢迎你来。"

"好的，我明天给你送去。"

"我是爱德华·格林姆，到了你可以给我打电话。"

第二天，二姑在家中熬了一锅稀粥，然后就前往外交公寓。到了门口，她向门卫说明来意。门卫给爱德华打电话证实后，就让她进入公寓。

那是一间整洁明亮的套房，里面陈设着白色家具，简洁而典雅。爱德华早已等候在清晨阳光里。听到敲门声，他打开门，眼前一亮。她褪去白大褂，穿一件黑色旗袍，领口绣着一小串环形洁白的小茉莉花，身材曲线流露，仿似一只古典玲珑的中国古瓷花瓶。她的目光安详，发现他的蓝灰色眼睛凝固在她身上，她脸一红，说："你的粥。"他方才感到失态，将她让进房里。她手提一只小巧的保温筒，走进房间，问道："你有碗吗？"

他爆出一声："有！"然后便去厨房取来一只青花瓷碗和羹匙。她打开保温桶盛出一些粥到碗里，说："喝吧，不冷不热，现在喝正合适。"

他们先是寒暄了几句。他边喝，边和她聊了起来。他的感激之辞溢于言表。她得知他是美国驻华大使馆的二等秘书，刚刚到中国来，还有些水土不服。她和他谈了她的工作，并告诉他她在翻译一本营养学的书籍。

"中国人虽然在吃上很丰富，但是对营养并不了解，做菜油温太高，很多营养都被破坏了，又放了过多调料。"

"我发现这里食物含盐量很高，但是味道还是很不错的。"

"所以你就吃多了？"

"啊，是的。"他哈哈大笑，"所以，现在只能喝粥。我也应该去买点米来，下次我就可以自己做了。一会儿，你能不能陪我一起去，我好知道买什么样的米。"

"当然可以。"

"你做的事情很有意义，这样中国人就可以了解营养知识，把食物中的营养保留下来，又不会伤害身体。"

"是的，我想这也需要相当长的时间去普及。"

"为什么？"

"因为中国人的观念根深蒂固，想要改变是很难的一件事，也许几百年几千年都改不了。"

他摇摇头，说："我只想做正确的事，我们西方人的观念是理性。"

"中国人就恰恰相反，就像我母亲，我说了很多次，让她做菜少加盐，别等油冒烟了才放菜，可是她说做菜这么做都做了一辈子了，改不了了，也不想改了，再说做的时候也就忘了。"

"我们西方人做东西倒简单，可是难吃。我倒喜欢中国营养被破坏了的食物。和医生一起生活，大概很麻烦。"他狡黠地笑。

她也笑。"你们这些人啊，只有得病了才会听医生说的话。"

北大恋歌

"是的，我们都是人类；只要是人类，总是抗拒不了诱惑，食物的诱惑，美的诱惑。"说到此处，他的眼睛盯住她的眼睛。

她心中微颤，低下头去，娇羞得像一朵花。"啊，你喝完了。我们出去买米。"

"好的。"他连忙收拾好餐具，便和她一起出门买食材。

爱德华的胃病在二姑的粥疗下，不出半月便好了。以后的日子里，他们俨然成了朋友。她会拿来一些食疗小方到他的公寓和他一起做。他会帮助她一些翻译方面的难题。

一天，爱德华告诉二姑美国使馆要开一个舞会，他想邀请她做舞伴。这有些出乎意外，但是二姑愉快地答应了。她很久没有跳舞了，上一次还是在教会学校的毕业舞会上。她需要温习舞步了。

舞会之夜，人们旋转跳跃，熠熠生辉的各式长裙和晚礼服飘荡穿梭在空气和音乐中，犹如天上的繁星集体坠落人间，每张脸上都洋溢着微笑。爱德华一边和同事乔说笑，一面向门口不时张望。

一位身着白色丝绸旗袍的中国女人不知何时出现了。她浑身通透轻灵，脸庞芬芳、雅致而明亮，宛如神圣黑暗中升起的最耀眼的明星，她站在门口，戏剧性地做了一个停顿。然后，所有的目光都集中到了她的身上。爱德华像停止了呼吸，陷入恍惚之中。乔顺着他的目光望去，瞥见了二姑。他低声问爱德华："你认识她吗？"

爱德华走出恍惚，说："是的，她是我的舞伴。"然后，他便疾走过去。

"这个家伙可真幸运。"乔望着爱德华的背影一口喝下杯中剩下的香槟。

二姑环视舞厅,见到爱德华正朝她的方向走来,向他粲然一笑,内心感到很激动。爱德华的形象与平时大相径庭,他身着一件燕尾服,打一个黑色的领结,突出了他宽阔的肩膀,头发全向后梳,显得沉稳自信,风度翩翩。

"晚上好!"他上前握起二姑的手,嘴唇轻触她精致的手背。她的脸瞬间红了。

温柔的音乐升起。他蓝灰色的目光凝望着她,仿佛她是一颗星星经过几亿光年沿着她传统与文明的轨迹达到他的面前,对这令人叹为观止的遇见他心中感到无比惬意。她沉浸在他双眼那片深邃的蓝灰色中,内心略有一丝紧绷。当他温柔地拉起她的手,将她引向舞池,那丝紧绷便融进音乐之中。满屋的眼睛都注视着这一对玉人翩翩起舞。他们好比两只黑白蝴蝶在地板上滑行、飞舞,犹如中国八卦图中的黑白两色由无极而太极,由混沌生万物,他们便是宇宙。她以一种精妙的优雅跟着他的舞步,舞到激扬处,他灿烂一笑,在她耳畔低语一句。她的脸上显出一丝轻微地惊奇,继而回以一笑。她身体后倾,滑了下去,滑出一道优美的弧线。这一下赢得满屋的赞叹和掌声。他们的脸上绽放出的光彩与内心的光彩一样绚丽。他们连续旋转,转出舞厅,转到了阳台上。

宝石蓝的夜色,繁星点点。星星像在为他们微笑,神秘而激动。

"我喜欢这景色,很美。"二姑说。

"你更美。"他的灰色眼睛望着她,说:"我爱你。"

她笑了。

"你笑什么?"他不解。

"我们中国人从不说我爱你,只会说我喜欢你。"

"我喜欢你,我非常喜欢你。我会到你的医院打上一条条幅,上面写上我非常非常喜欢范医生。"

"我也非常喜欢你。"二姑轻声说出这样一句话,竟然出乎她自己的意料。

日子在轻松的节奏下总是过得很快,转眼过去一年多。一天,二姑去爱德华的公寓,为他带去一小桶莲籽汤。到了爱德华的公寓,他早等在那里。她告诉他夏季喝这个最好,清火祛湿提神。她见他神色凝重,问他怎么了,哪里不舒服。

他说:"我的上司昨天告诉我,我要被派往其他国家使馆了。"

"哪个国家?"

"还没有定,可能是非洲。"

"为什么要派你去?"

"因为那里使馆缺人手。"

"是这样。"她若有所思,边坐边啜嚅着。她未曾预料到此番情形,目光茫然地投向窗外。

他站起来,走到她面前,又沉了下去。她始料未及,见他单腿着地,在她面前。他握住她的一只手,目光盯进她的眼中说:

"你能嫁给我吗？我们可以去任何一个国家，任何一个地方，永不分离。"

她内心乱了分寸，须臾，她轻启双唇："我愿意，但是我需要得到母亲的同意，你知道，这是我们中国人的习惯。而且，无论我们到哪儿，我们都要带上她，因为父亲过世，她一个人生活，我是不放心的。"

"好的，我们可以带她一起看看这个世界。"

"我想，她会同意的，她是一个开明的人。"

他笑了："太好了。非洲虽然条件比这里艰苦，但是自然风光优美，生活一定非常有趣，我们可以随时看到大象、猩猩和各种野生动物，我从小就想去那看那些动物，去那打猎。当然，我们会永远在一起，那才是我想要的。"

二姑望着他点点头，也笑了。

二姑回到家中，向她的母亲说爱德华向她求婚并要去非洲工作。她的母亲微笑，对她说："这一天终于来了。你去吧，孩子，妈不拦你，你终于有一个好归宿了，不管他是中国人也好，外国人也好。只是，妈不想和你们走了。"

她一怔，问："为什么呀，妈？"

"我老了，要去非洲，太远了，妈走不动了。"

"您身体挺好，再说，我是医生，您有什么毛病，我随时能给你治。"

"不光是身体的事，"母亲说："你哥哥、姐姐都在外面，漂洋过海，我若一道随你去，就剩下你父亲自己孤零零地在这里，

北大恋歌

每年清明都没人去看他；等到我没了，不能和他葬一处，就真的和他永别了。"

二姑心里一阵酸楚。

"孩子你去吧，妈没事，我就自己一个人过，不是还有亲戚嘛。"

"亲戚毕竟不如自己的女儿啊。"

"我也不能把你耽误了，这终身大事，你也该办了。"

"我再想想，妈。"

"别再想了，那个洋小伙是个好人，你就去吧。"

夜里，二姑躺在床上辗转难眠，想着这些年来母亲的艰辛不易，一个旧式妇女为家庭无私付出，儿女们一个个长大成人，她的身体却一年不如一年。再让她和自己去漂泊，恐怕力不从心。追根到底，母亲不想随她去。如果她和爱德华去漂泊，留下老母一人，她又怎能忍心。她思忆起解放前夕，她那个国民党哥哥在飞往台湾前最后回眸丢给她阴郁的眼神；还有姐姐临去美国前对她的泪眼嘱托，他们都要她好好照顾母亲；加之她早已魂归天堂的父亲，她的家，早已四分五裂。如果她再离开母亲，那就真落得一人在一处。中国人的传统，百善孝为先。她思来想去，最终得到了一个决定。那个决定像一把利刃把她割为两段，一段她给了母亲，另一段她给了爱德华。只是他永远不会知道。泪水不知不觉从她紧闭的月牙形眼线滑了出来。

第二天，二姑在一处幽静的公园约见了爱德华。

"嗨，你母亲同意了？"爱德华一见到二姑就兴高采烈地问。

"听我说，爱德华，我不想和你一起走了。"

"为什么?"他的热情一下子给扑灭了。

"因为,我不想嫁给外国人。"二姑语气坚定得令人发冷。

"可是,你那天说好只要得到你母亲的同意,你就会跟我走,还有你母亲。对了,是不是她不同意?我们可以和她一起谈。我会告诉她,我会照顾她和你,永远对你们好。"

"不,这和我母亲没关系,是我自己不想和你走了。我很抱歉。这从一开始就是个错误。"

"你在说什么呀?错误?可是我们在一起的日子你明明很快乐。"

"可是我的文化不允许我和外国人结婚,你懂吗?"

"我不懂,你的文化有时非常虚伪,令人不知所措,明明你快乐,你却说是错误;明明你说和我走,又反悔,你们中国人难道喜欢食言、出尔反尔吗?"爱德华气急败坏地说。

"你不要说中国人食言、出尔反尔,我不能代表全体中国人。"二姑不能忍受他的这番偏激的言论。

"我只和你一个中国人相处得很深,爱得很深,你就是全部。不要拿你的文化当借口,是不是你自己不想嫁给我?不想和我去非洲?"他赌气地问。

"是,我是不想嫁给你,不想去穷乡僻壤的非洲过下半辈子,行了吧?告诉你,你并不是我唯一的选择,这里有很多中国男人在等我。"她语气强硬。

听到这,他愣住,然后恨恨地点了点头:"好,我明白了,你去他们之中选一个吧。"说罢,他便狠狠转身走了。

二姑望着他的背影,心如刀绞,然后,擦干眼泪,便往家的

北大恋歌

方向走去。

"怎么这么早回来了？"二姑的母亲看到女儿回来问道，"眼睛怎么红了？"

"我和爱德华分手了，我不想和他一起走了。"

"为什么？不是因为我吧？你这孩子，我不是告诉你别为我这个老太太留下嘛。唉呀，快点告诉他，你跟他走。"母亲心里着急。

"我不去。"二姑甩开母亲的手。

她的母亲坚持拉住她的手往外走。

"我不去，"她情急之下，佯装气愤地说："他有了别人，不想带我走了。"

她的母亲霎时呆若木鸡，喃喃地说："什么？孩子？就这么几天，这洋鬼子就变卦了？"

"是的，他变卦了。妈，我不去了，就留在家陪着您。"

她的母亲瘫坐到木椅上，一边喃喃地说，这洋鬼子就是鬼，出尔反尔，说变卦就变卦。

爱德华临行前的一天和他的好朋友乔坐在酒吧柜台边的高脚凳上，一杯接一杯的喝酒，边喝酒边聊天。

乔说："怎么老兄，你的医生女朋友不和你去非洲了？"

爱德华将杯中酒一饮而尽，愤愤地说："不去了，她说她不想和我去非洲受苦。"

"女人都是这样的，她如果不舒服，就会让你不舒服。这样也好，否则，到了那里，她会让你更不舒服。"乔说。

爱德华苦笑，说："你说得没错。"

乔说："她那样爱清洁，把你的公寓弄得满屋子都是消毒水味，到了非洲，她肯定受不了那的卫生环境。"

"是的，可能那是她不想去的原因吧，她大概没有适应陌生生活环境的能力，不像我，可以到任何地方漂泊。"爱德华说："不过，这样正合我意。"

乔眯起眼睛，放出一个问号。

爱德华说："我再也不想我的家像个医院了。"

乔先是一愣，然后怪笑起来："真有你的，不过老兄，祝你好运！"

第二天，爱德华按计划动身赶往机场。那是他一个人的旅程，他望着车窗外的北京城，古老的城墙、古色古香的建筑、绿树如荫的街道。他感觉自己像做了一场梦，一场关于遥远神秘的东方，无限亲近又无限疏离的梦。醒来，他却再也回不到梦中了。

二姑想起母亲临终前的那一天，她坐在母亲的病榻前，凝望着须发苍茫的母亲。母亲的气息细若游丝，问道："孩子，当年那个爱德华怎么说变卦就变卦了？"

"他就变卦了，谁能有办法？"她略微低头，回答母亲。

"唉，孩子，后来我前前后后想了又想，妈我不是一个傻人，就是当时糊涂，你跟妈说实话，是不是你跟妈说瞎话呀？"

北大恋歌

她望着母亲，半晌，泪水夺眶而出，泣不成声，下巴只轻落一点算是回应。

"唉，你这傻孩子，这么多年，你都不嫁人，就为了我这一把老骨头，是妈把你耽误了，我怎么去下面见你爸呀？"母亲的泪从布满皱纹的脸上流下来。

"妈，不怪您，是我自己愿意的。"

"唉，这么多年了，也不知那个小伙子在什么地方，也该回美国了吧，要是你以后能去美国，你就去找他，也不知道人家成家了没有，肯定是成家了。都怪我。"母亲的眼角滑出两道泪。

"别说了，妈，是我自己的事儿，是我不想和他在一起了。以后，我去找姐姐，到她的诊所帮忙，您就放心吧。"

"好哇，你们姐妹是个照应，这样，我就放心了。只是，能找个好人和你一起过最好。都怪我……"临终，母亲还喃喃地说怪她，双眼到末了还懊悔地睁着。

二姑垂泪，伸手将母亲的眼皮轻轻合上，等待清晨的来临。

第五章

天有不测风云，竟然下起雨来。雨势很大，犹如天上坠下漫漫的水帘。母亲和我于是决定在外祖父家待到晚饭后，等雨住了再走。北京的雨像北京女人一样爽快，愤怒时，雷霆万钧，倾盆而下，长则一两小时，短则几分钟，干脆利落一吐不快完事，绝不会像江南若夫霪雨霏霏阴霾数月。

在通往洁蕊家的那条林荫小路上，一辆出租车在雨中疾驶而过，到了洁蕊家门前，车停下。车里出来一位西方人，他连跑带颠进入楼门，头发被雨水淋湿凌乱地贴在前额，水滴从两颊流了下来。他乘坐电梯到了洁蕊家的那层，电梯门打开，他走出，踌躇地走到她家门前，站定。他先是些许犹豫，最终还是鼓起勇气揿响了门铃。里面一个上了年纪的男人打开门，那是洁蕊的父亲。

"你好，先生，洁蕊在家吗？"他问道，语气多少有些不自然，但没人会去指摘，因为一个西方人能把汉语说成这样程度已经相当不错。

父亲见到这个西方人，先是一怔，紧接着便露出愤然之色，

北大恋歌

怒声说道:"不在!我用那么好的中国饭菜招待你,就换来了你这样对待她?不要再来了,她不会再和你来往了!"说完,父亲"砰"地关上门,就像一巴掌打在他脸上。

屋里面传来声音:"谁呀?"

"不认识。"父亲生硬地说。

"姥爷撒谎,是罗比。"一个小女孩的声音。

他尴尬万分,本想再次敲门,手伸起来,却又猛然落下,扭头走了。

外面的雨还在下,空气湿漉漉的。他走在路上,目光茫然,衣服被雨淋湿,却毫无知觉,头脑也是一片空白,不知该去何方。正在这时,听到身后有人呼唤他的名字。

"罗比!"

他回头定睛一看,挤出一丝微笑。

是馨蕊。

她撑着雨伞走到他跟前,为他遮挡起头顶的雨,说:"洁蕊去看望我们的外祖父了。"

"实际上,我们之间有误会。"然后,他向她诉说了良久。

罗比向馨蕊倾诉完毕,末了,掏心掏肺地说:"我一定要找到她,向她解释清楚。"

馨蕊点点头,说:"你去找她吧。"然后,告诉他外祖父家的地址。

他笑了,说:"谢谢。"然后,迫不及待地重又回入雨中。馨蕊叫住他,想要给他一把备用伞。他却回眸咧嘴笑道:"不用,让我在这雨中浸个够吧!我要尽情享受北京的这场雨!"说完,便大步流星地跑远了。

馨蕊望着他的背影，轻轻摇头，心想：这洋鬼子可真有股疯劲。

那个洋鬼子跑到街上，雨让他的头脑愈加清晰，他要向着他心中的目的地进发。他站在街边等待出租车，几辆出租车过去，却没有停下。正当他万般无奈之时，一辆银灰色帕萨特靠近他停下，司机在车窗里问他去哪，他可以载他去。他的脸上立时绽出笑容，说："去苹果园。"

汽车在街上行驶了大约几分钟。司机看到一排平房前的一棵老槐树，说："这可能就是你要去的地方了。"

罗比说："多少钱？"

司机说："不要钱，反正我家离这儿近，顺便把你送到这儿，我就回家了。"

"哦？"罗比万分惊奇，"真的太感谢了，你真是好人。"他感动得要去拥抱这个司机。

司机笑了，和善地说："不客气，举手之劳。"

罗比下车，先是踌躇满志，然后信心满满迈出脚步。这一天，他经历太多，吃闭门羹、淋雨、彷徨、不知所措、无助、焦虑和沮丧，然而，最终却峰回路转，事情似乎向着晴朗的一面发展，可能真的像中国文化中所说否极泰来，仿佛连上帝都派来天使来帮助他。雨渐渐停歇，变成细小偶尔滴落的的雨点。他按照馨蕊给他的门牌号找到了外祖父的家。到了门口，他轻轻叩门。

"又落东西回来了？"里面传出一位老人的声音，门打开，外祖父的脸正好与罗比的脸打了一个照面，他顿时愣住了。

北大悲歌

半晌,外祖父问:"哟,您这是找谁呀?"他心生奇怪,怎么自己门前生出一个洋人来。

"您好,请问洁蕊在这儿吗?"罗比礼貌地问。

"她呀!她们娘儿俩刚走,和你前后脚儿。"外祖父指着洁蕊家的方向说。

罗比站在那里,望着老人的指尖方向,神情迷茫,若有所思。

晚饭过后,雨停了。于是,妈妈和我打道回府。临走前,我们嘱咐外祖父这个老孩子吃药。他倒是个乖孩子,一口答应。

我回到家里,给丽姿打电话,告诉她我可以和她去海南岛,越快越好。她高兴地去订机票,告诉我第二天便可动身。我则兴奋地为我的金色之旅做准备,迫不及待地想要到天涯海角,就像那里是最遥远的精神垃圾场,我能把所有的懊恼都抛在那里,然后回来,重启新生。我感到我的血液都开始热火摇滚了。

第二天早晨,我打电话向单位请了年假,虽然他们有些许意外,认为我走得过于匆忙,却也答应了。父母巴不得有人陪我出去疗伤,却也着实啰唆了一阵。于是,丽姿和我两个摇滚女孩见了面便关闭了手机,不想有多余干扰。我们一路欢歌登上飞往三亚的班机,经过几个小时在蓝天白云中的穿梭翱翔,终于如愿以偿着陆于充满热带风情的天涯海角。我们到达预订的旅馆入住,收拾完毕,就奔向梦寐以求的浪漫的绵软的白色沙滩。

高大的椰树,蔚蓝的大海,洁白的云朵,吹响汽笛驶向紫色天际的轮船,无数仅有黄豆粒大小的小螃蟹争先恐后地钻出如雪沙滩上的小洞，一切都令人感到无限惬意，心旷神怡。丽姿和我在沙滩上尽情玩耍，追逐洁白的浪花，就像回到了童年。当我们跑累了，我们就坐在沙滩上望着广阔无垠的大海。海水的颜色瞬息万变，呈现出不同色差的蓝色、绿色、灰色、金色、黑色，在某些瞬间，我们惊喜地发现还有红色、粉红色，阳光明亮时，无数条金丝和银丝投入海水，那些奇妙的色彩和金线、银线在海水宽阔的怀抱中自由地游泳、舞蹈，大海一起一伏地呼吸着。我们平行的宇宙仿佛也随着大海的呼吸一同起伏，自由奔放于广阔无垠的空间。海水一波一波荡涤了洁白的海岸，层层细沙变得一尘不染，细腻而柔软。我们的心也被海水洗去点点的尘埃，变得清澈通透、坦荡无垠。

"我早说过，不要把鸡蛋放在同一只篮子里。"提起旧事，丽姿一副经验老道的样子。

"我不是你，我怕粉身碎骨，我的原则是一个一个的来。"我不以为然地说。

"你没粉身碎骨，心却碎了。爱情就像是做试验，你知道哪个能开花，却不知道哪个能结果。"

"好了，不要再说了，我们要忘掉过去，尽情享受这阳光、大海。"

丽姿摇摇头，说："顽固不化。"

"快看，海鸟！"我不想听她啰唆，指着天边飞来的一只海鸥快乐地叫了起来，它飞得很低，与我们近在咫尺。

"啊，真的！"丽姿也高兴得叫了起来。

北大恋歌

我结束了欢快之旅,一切精神垃圾都抛弃于天涯海角,满怀充盈着热带风情的阳光和海风回到北京,心情大好。一到家,我便打开皮箱,开始清点分发战利品,都是些椰子糖、椰子粉和形态各异的椰雕之类。甜甜站在我身旁不厌其烦地一一问遍这是什么那是什么,我一一作答满足孩子可贵的好奇心,然后塞给她一个椰子娃娃,她便高高兴兴地去向大人巡展她的热带礼物了。

我拿给姐姐一串紫色海水珍珠项链:"送给你,听说戴上能治咽喉炎。"她当教师太辛苦,每天冲着学生喊嗓子都哑了。

"太漂亮了,"她把项链往脖子上一围,然后漫不经心地说:"你和罗比之间其实有误会。"

听到那个令人可憎的名字,我满心的热带阳光像是给乌云遮挡了一半,内心刚刚晴朗的天空立时阴蔽了一半。"别提他,再也不想见到他。"我的气恼又来了。

"人如果太固执,就很难看清事情的真相,甚至会错误地对待一个人。"她耐心地说。

"真相就呈现在我眼前,我是亲眼目睹,亲耳所闻,是他妈妈亲口说的,还能有错吗?"

"他已经都告诉我了。"她语重心长的样子既可笑又可气。

"他和你说了?"我摇摇头:"他干嘛不来和我说。"

"你去外祖父家了,还记得那天下大雨吗?他伞都没带来找你,浇得落汤鸡一个。"

"他是咎由自取。"我愤愤地说。

"你这个人啊,怎么不等人把话说完就发脾气?"

我望着她,听她如此说更加恼怒:"你是谁姐姐?刚一回来,就给人添堵，他的美国女朋友都让他的父母带来了，你知不知道？我难道还要和他在一起鬼混？"

她叹了一口气："实际上，他们已经分手了，只是他父母还不知道；因为他父母和那个女孩的父母是世交，他们还没有向各自的父母说明他们已经分手，而他的父母又不知道他在中国已经交上了女朋友；那天你又来了突然袭击，这下，他只能向他的父母全部交代了。"

我听着有些头大，把头猛地一甩，目光投向窗外。

"那天他跑来就是要亲口告诉你，他们确实已经分手。"

我仍旧不依不饶："他总是这样，总是想要隐瞒一些事，我真不知道他还有什么事要隐瞒。"

"有时，世界上的事就是这样，隐瞒只能使事情变得更加糟糕，但是他也不是诚心要骗你，不然，他完全可以不让你见他的父母，当然，还有他的前女友。"

"我就是恨他。"我心烦意乱，心头的一团麻尚未解开。

她过来抱住我的肩头，说："好了，我想他是真心的，而且，他的父母很喜欢你，为你们留下了祝福。"

窗外一阵风吹过，树叶沙沙作响，像在用阴平音调轻声说，是是是……

一天，我愉快结束了工作，下班出了写字楼。这时，一个小女孩向我迎面跑来，她笑嘻嘻地手里擎着一枝娇艳欲滴的黄玫瑰，仿佛举着一支甜美的蜂蜜棒棒糖。我停住脚步，向她微笑。她跑到我跟前对我说："阿姨，给你玫瑰花。"

北大恋歌

我问她:"你为什么要送我玫瑰花呀?"

她说:"是那位叔叔让我送给你的。"

我一面接过她给我的花,一面向她指的方向望去。

一个高大的身影早已伫立在街心花园的另一边向我微笑致意。

小姑娘笑着跑开了。

那个身影向我走来。我先是略带迟疑,然后便坚定而平稳地向那个身影走去。

微笑把空气染成柔金色。

"你好,上一次,对不起,"罗比说。

我低下头,嗅着黄玫瑰的芬芳,良久,说:"没关系,是我不好。"

他如释重负,咧开嘴巴笑了:"不,是我不好。"

"好了。"我娇嗔地说。

他笑了,问:"你的旅途愉快吗?"

"非常愉快!阳光很强烈!"

他一眨眼睛,说:"是的,我看出来了,你晒黑了,非常性感!"

我略带骄傲地笑了。

我们彼此的目光融入对方的目光中。之前的怨恼便涣然冰释了。

我重又投入勺园自由奔放的怀抱。

当然,他终于得以向我解释他的前女友金发女郎罗莎。他们确实已经分手,但是出于他们的父母是世交的原因,并没有告知他们的父母。罗比的父母在来中国前,邀请罗莎一同前往。罗莎既然没有访问过中国,便欣然同往。无巧不成书,就在他们刚到中国的那一天,却在勺园饭店偶遇我这个不速之客。他的父母是聪明人,当然猜到罗比和我之间的蛛丝马迹。在我愤然离开的那天晚上,罗比向父母说出了他已和罗莎分手的真相,并得到了罗莎的证实。他的母亲不无担忧地对罗比说:"我看她离开时,满眼的忧伤,她的心一定给伤透了,你要赶快去找她,告诉她一切。"离开北京前,他的父母给我留下一个礼物,一只毛茸茸的白色卷毛小狗,狗狗的眼睛乌黑明亮又很天真无邪,它幽幽的眼神里像是闪烁着悔恨的光,脖颈上还缀着一张粉色的小卡片,上面写道:

亲爱的洁蕊:
请不要对罗比生气,他爱你。我们尊重他的选择。祝你们幸福。
罗比的父母

看到那个礼物,我感到悔意。"我真不该跑到海南去,应该陪陪他们,他们在北京玩得怎么样?"我问。

"很好,他们去了几个著名的景点;还有罗莎,那个购物狂,光是皮鞋就买了二十双。"罗比一脸的困惑和无奈,"你知道吗?我专门雇了一辆车运送她的行李到机场,整整十只大皮箱,她只想买买买,想想看,我怎么能和她这个物质女孩在一起呢?"他

北大恋歌

边说边使劲摇头，"不——"

我不由笑了，然后问："你去我的外祖父的家找我了吗？"我突然想起姐姐告诉我那个雨天的情景问道。

"是的，我去了你家，想去和你当面解释清楚，得到你的原谅，但被你父亲关在了外面，幸好，你姐姐告诉我你去了你的外祖父的家。然后，我又搭了一个好心人的车去了你外祖父的家，可是，就像上帝在惩罚我一样，我总是慢半拍，没有追到你。我见到了你的外祖父，他真是个好人，非常慷慨，他要借给我他的军绿色雨衣和黑色的长筒雨靴。"他笑着说，"我说，不用，雨已经快停了，他于是要我进屋擦干了头发、晾干衣服再走。"

我给逗乐了。外祖父和罗比，老北京遭遇洋鬼子。那情景一定情趣盎然。说到慷慨，我不敢苟同。我于是给他讲述我可爱的外祖父的奇闻轶事。他的抠门儿可是有目共睹的。记得我小时候的夜晚，当他房间红色檀木箱子上的那个老式座钟时针指向九点，钟摆左右摇摆，当、当、当敲完那几下，他就会准时关灯、关电视。我们几个小孩子总会在那一刻不高兴地嘟嘟囔囔，说："电视剧还没完呢您就关电视！"外祖父不管电视剧是否结束，他认为该上床睡觉的时候，谁也不许再看电视。不然他就会瞪眼，他那铁面包公似的黑红的脸膛，配上瞪大的眼睛，很是吓人。然而，他对自己也是格外抠门儿的，在我的记忆里，他一年到头都只穿20世纪70年代还是他在炼钢厂工作时发放的那几套蓝色工作服，还戴一顶蓝色老掉牙的带遮沿的夹布帽。我们几个小孩子那个时候特别喜欢看卡通片"蓝精灵"，看到外祖父一身蓝，就叫外祖父"蓝爷爷"。

罗比听到此处说:"你的文化是节俭的文化,而我的文化是消费的文化。美国人以借债为生,生活的品质取决于能借多少。而不是真正能买多少,他们渴望拥有一切,到头来,却什么都不拥有。只要世界还接受美元为主要货币,债务就不会对美国构成威胁,可是如果另外一种货币能取代美元的位置,同时如果美国的债权人,比如日本或中国决定要追讨他们的债务,美国就将陷入困境。"

"放心吧,我不会向你讨债的!"我说。

"哈哈哈,谢谢!"他说。

"条件是你听话,不要散布中国威胁论。"我说。

"嘿,恰恰相反,我认为中国为世界作出了很巨大的贡献,只要你看看世界各地的中国制造就知道了;还有,虽然中国拥有核武器,但已经向世界证明自己不会首先使用核武器,中国是世界和平的一个重要的力量。"他说。

接下来的日子,罗比和我几乎游遍北京的各处景点和博物馆,用相机记录下他在北京的足迹。他的汉语进步很快,对北京地理也更加熟悉,甚至能给来北京游玩的外地游客指路。当人们微笑着感谢他这个操着一口美国口音汉语的外国人时,他会一脸灿烂地说:"不客气,我是美国志愿者!"

他更会沾沾自喜,说:"洁蕊,你说我是不是个中国通?北京的著名景点我都知道。"

我看着他扬扬得意的样子,觉得好笑,说:"你忘了中国文化的精髓了吗?要自谦,不要骄傲。"

北大恋歌

他一拍脑门,恍然大悟,说:"对对,要做谦谦君子,不能自满。"

我看着他笑了,说:"不过,说起北京的著名景点你还有很多没有去过呢。"

"是吗?"他问,然后开始一一列举,"故宫、颐和园、北海、天坛、太庙,还有一些四合院,胡同。"

"我带你去个地方吧,保准你没去过。"我故作玄虚。

"真的?你快告诉我。"他苦苦哀求。

"那是京西的法海寺,那里有中国最精美的壁画。"我说。

"是吗?只知道敦煌有飞天壁画,没想到北京也有。"

"有,那里的壁画是世界上保存的最完整的壁画,与它同一时代的西方文艺复兴时期的壁画都已经褪色,可是它却一点颜色没掉。"

"那是为什么?"他大为不解。

"那是因为它的用料和工序都极为考究,是由皇家宫廷画师所作,墙上涂的泥和颜料都是用特制的材料制成的;最神秘的是,现代人居然没有研究出来那些用料的物质是什么,它们怎么经过几百年没有褪色……真是历史之谜,只能靠科学家的努力了。"

"是吗?那真是值得一看。怎么才能到那儿呢?"

"你可以先乘地铁到苹果园,我会在那儿等你。"

"苹果园?"他兴致高涨,"那里有苹果吗?"

我笑了:"那里曾经种苹果,但是现在没有了。"

"噢,太糟糕了,我还想去那吃苹果呢!"他大笑。

我也笑了:"听我母亲说,那里在古代是皇家的果园,她小时候,还有果园;不仅有苹果,还有桃、李子、杏和大柿子。"

"后来为什么没有了呢?"他满眼的疑问,眼珠像两颗水果。

"后来呀,就都给盖上楼房了。"

"噢,太可惜了,他们应该在果园外面盖楼房。"他天真得简直像个孩子,令人忍俊不禁。

"好了,你想吃苹果,我们去法海寺的市场买,想吃什么有什么。"我安慰他。

"好啊,那里还有市场吗?"

"有,那里的早市很有名,在全北京都是数一数二的,货品应有尽有,物美价廉。英语叫作 bazaar,时尚杂志把它翻译得美一点叫作'芭莎'。那还有几处四合院,据说,都早于老北京城里的那些四合院,所以特点也有所不同。对了,还有古人类的遗迹。"

"那真是值得一去,我都等不及了。"他的眼神充满渴望,像要立刻到那儿才好。

周末,我们在苹果园地铁站聚头,然后坐了几站公交车到了模式口。下了车,我们沿着一条缓缓上升的街道向着法海寺进发。

"模式口,这个名字很特别,就像它是榜样还是什么?"他开始发问。

"实际上,它原来叫磨石口,后来发生了转音,就叫模式口了,当地人都习惯把第一个字读成四声。要是追溯它的历史,可以到古燕国时期，也就是春秋战国时期。"

"哇呜，历史相当悠久。"

我们一边说一边已经走到了法海寺早市，街上一下子变得极为热闹。有各色各样的货品和各种香料、水果、蔬菜散发出来的味道，还有笼中小鸟、小兔等小动物，熙来攘往的人群，以及人们相互问候和讨价还价的声音交织融和在一起，简直就是一幅活色生香的生活画卷，仿佛使人置身张择端的《清明上河图》。

到了法海寺，我们拾级而上，进入寺门。大雄宝殿前两棵白皮古松犹如两条白龙，另有几棵高大的银杏树，它们仿佛忠实地守护着这座千年古刹。一位气度不凡的解说员引领我们进入珍藏壁画的庙门。他说，他十八岁就在这里工作，已有几十年了。我们手执电筒进入漆黑的庙内，仿佛进入一个黑洞，没有光源的原因是要保护壁画。进入里面，我们抬眸望到另一番洞天，立刻变得惊讶不已。整个世界有如腾云驾雾一般，我们彻底被这时空隧道里的伟大艺术所震摄。那些菩萨、童子、植物和动物的形象神态惟妙惟肖，服饰飘逸，金黄、绿色、青蓝色、红色各异，仿佛有了生命。各个人物眼神全然不同，令人感到他们忠厚、老练、刚强、智慧，性格各异。水月观音表情温和、形态端庄，身披剔透的薄纱，她轻盈润泽的双手仿佛能令人感到它们的温度。而画中所隐的各种思想与真意更是令人赞叹，其中一个小童子面容可爱至极，双手虚合，像是邻家的小孩。我们问：为什么是虚合的？解说员意味深长地一笑，然后说，他理解那是虚心之意。我们点了点头他又说，他不解说的时候喜欢坐在壁画旁沉思，思考画中的各种深意，那一点是他有一天突然醒悟，参透了这个童子虚合手心的意思。我们恍然大悟，认为他所悟非常有道理，因为那非常符合中华文化做人的精髓。也许只有他这个在此扎根几十年的人才能发掘出内中的真意。之后，我们继续观赏壁画上的其他景物。朵朵清秀雅致的莲花形态别异，动物的毛发也是精细入微，最令人叹为观止的是一只小狐狸耳朵里的毛细血管都描绘得清晰可见。观赏完壁画，在我们回去的路上，罗比说，没想到这样一处偏僻所在竟隐藏着这样一处瑰丽的宝藏，他再也不敢说他是"中国通"，把话说满。他要学壁画中的那个小童子，时刻虚心。

罗比在北京的时日不多。他和我也时常和他的同学一起"鬼混"。我们又去KTV唱歌。这一回，听了丽莎和她的黑人男朋友唱了《一把火》。他们真是火辣劲爆，在酒精的作用下，边唱边大跳贴身舞，仿佛那把火快把他们自己点着了，也把整个房间点着了。唱到最后，他们把衣服脱得只剩内衣，跳到了桌子上。我们还和金吃了几次铁板牛肉，他的脸蛋泛着粉红的油光，却还在孜孜不倦地往肚里装牛肉，就像冬眠前的熊，要在回韩国前往身体多储存些牛肉蛋白才够过冬。还有小野，他的辅导老师变成了他的女朋友，他要毕业后带着她回东京。而我的发展轨迹却和她相反，我像最终沦落成为罗比的汉语辅导老师。

罗比在一个工作日打来电话，告诉我他要在周末离开，他的中国之行即将结束，希望能够见到我。

"哦，耶酥基督！"我没想到这一刻来得这样快。美好的日

北大恋歌

子似乎总是稍纵即逝。

"是,我也没想到时间这么快,明天是期末考试,我想明天晚上见到你,然后就要收拾东西什么的。"

"好吧,正好我还要把那本书还给你。"

第二天下班,我赶往勺园。

客厅里的电视一如既往地播放着新闻,小野却和他的辅导,不,应该是他的女朋友在大包小包地收拾行李,她在帮他仔细查看物品,一边看一边说哪件东西应该放在哪只皮箱里。

到了罗比的房间,我看到门口放着他的皮箱,还有两个纸箱摞在一起,一种离别的氛围笼罩着他的小屋。

"我正在收拾东西,已经收拾得差不多了。"罗比说:"我的班机是美联航×××号,星期六上午十点。"

"到时候我去机场为你送行。"我对他说。

"好的,谢谢。"他摘下了墙上的世界地图,折好,放在桌上。然后,他登上他的小床,站在上面开始用英语轻唱"家,甜蜜的家……",一边唱一边摘下一面旗子的一角。

"不——"我的心似乎也被他摘去了一角,"请你……"我的喉咙像被什么东西哽住了。

"什么,亲爱的?"他仍继续,须臾,觉察到有些不对劲,然后停下他手里的工作,转过头用他棕色的眼睛望着站在地上的我。

"请你不要摘下那面旗。"我一字一顿缓慢地说。

他眯起双眼,歪歪头,仿佛没听懂,要在心里慢慢翻译我说的话。四目而视。稍作片刻,他把旗子的一角重又挂了回去。他听懂了，听懂了我的心。他一迈腿下了床，走到我的身边，把我拥进怀中。我们紧紧地拥抱，紧紧地，仿佛整个世界都在那个拥抱之中，又仿佛一切都在那个拥抱之外。"我会再回来。"罗比在我的耳畔低语，"我将会，不要难过，我的甜心。"

他忽然想起什么，说："我去买香蕉，那是一种能让人快乐的水果，小时候，当我哭的时候，妈妈总是给我吃香蕉。"说完他就走出房门下楼去买香蕉。

只几分钟功夫，他回来手里抓着几根香蕉。他摊开一只手，里面是一根长相奇怪的香蕉。

我笑了："它们是双胞胎！"那分明是两根香蕉包在了同一张黄色的皮中，长成了很粗壮的一根。

"它们是你和我！"他向我一眨眼，笑，笑容甜得就像香蕉的味道。

我把那本 GRE 考试书还给了罗比。因为他要离开中国，我为他带来两件小礼物，一方描了粉色莲花的白色丝绸手帕和一罐茉莉花茶，因为丝绸和茶代表了中国的文化，所以我想送这两件礼物留作纪念是合宜的。

他笑眯眯地说，他喜欢茶；他又拿起那方手帕，把它展开，贴在红红的脸颊上，温柔地注视着我，说我应该写一张留言的字条放在里面留作纪念，他们西方人有那样的习惯。我说，好吧。他拿来一片纸和蓝色墨水笔。我把那张小纸铺在书桌上，略微思索，写下一句诗作为留言："海上生明月，天涯共此时。"

罗比拿过那片留言，歪着脑袋读过，笑了，说："嗯，我会查字典看那是什么意思。"

北大恋歌

"当你读到那句诗,看到月亮时,就会想起我。"

"真是太好了!我喜欢唐诗,我觉得唐诗非常有意思,非常浪漫,那些诗人只用几个字就写出那些含义深刻的东西,感情,还有很多的意思,对不起,我不知道怎么说才好。"

"我知道,你可能在说诗的意境?"

"对,我的汉语老师曾经说过那个词,诗的意境,中国人真是一个浪漫的民族。月亮?你刚才说月亮?"

"对。"

"湖边可以看到月亮,我们应该晚上出去欣赏月色。"

"好主意。"

薄暮时分,罗比和我又一次来到那片碧绿的湖边。风儿柔情地抚弄柔软的柳枝,枝条配合地轻轻地摆动,空气是温柔的,像一层淡淡的纱,一片纯静,那个自沉于湖底的诗人或许已经化成一纤绿色的水草随湖水的流动飘曳起舞,它将永远和那片纯静融为一体;变成纯静的一部分。我的心融化了,化为一滴水,滴进那个碧绿如玉的小湖,融浸于那片无比美好的纯静之中。我们默默无语,在洒下淡红暮色的湖畔漫步,享受那片稍纵即逝的纯静,依偎在一起等待夜色的降临。

夜色如盛开的花变得浓郁。在静默的领域中,一切都按照合乎黑暗的逻辑存在,那座可爱的小塔静静地屹立于墨色的湖心,黑暗早已为它挖掘合乎它形体的窠臼,静待它的形体与黑暗融为一体;光线黯淡下去,塔身默默地嵌进黑暗里,开始还保持着自身影像突出的黑色印迹,宛如一个黑色的圆筒,塔身两端上挑的层层线段依稀可辨;逐渐地,线段和那道印迹被夜的黝黑抹平,然后把小塔坚实地搂进它黑色的拥抱，窠臼变成小塔夜晚的摇篮，它躺在里面酣然入睡。

蓝紫色的夜空暗涌着一股神秘的气息，一轮明月盈盈款款掀起这片夜幕浮透出玉容姿色，宛似一位典雅端庄的美妇温柔地凝望我们所处的行星。洁白幽淡的月光轻洒而下笼罩着湖边的一草一木，为它们涂上一层细致的银色的光辉。

"看！洁蕊，月亮从水上出生了，就像你写的那句诗一样。"罗比说："啊！我知道那句诗是什么意思了，它是说我们两个人在看到月亮的时候就会想到我们在一起的美好时光。"

"对，你理解了诗的精髓。"我望着那轮美月，心荡神移。

"海上生明月，天涯共此时。"罗比望着天空说："嗯……很美。"说到此处他回眸凝望着我。月光牛奶为他的脸涂上一层润洁的奶白色。他是一尊会说话的米开朗基罗雕刻的大理石雕塑，那尊大理石雕塑张开双臂，拥我入怀，享受月色的洗濯。我们的心贴在一起，仿佛永不分离。

罗比和我从外面回到他的宿舍，客厅的灯还亮着。他打开房间的门，随手关上客厅里的灯，整个房间霎时昏暗下去。我正欲打开他房间的灯。"先不要开灯。"罗比轻声对我说。我迟疑一下。黑暗中他的脸，像尊黑泥雕像。

"床前明月光，疑是地上霜；举头望明月，低头思故乡。"罗比慢声吟诵起《静夜思》。

窗把洁白的月光吸了进来，月光漫淋在他的小床和半面书桌上，房间半明半暗，一切都笼罩在幽暗的恬静中。那首早在孩童时代所学字句简妙的唐诗在那一刻不可思议地显灵了。一种沉封

北大恋歌

在意识仓库多年的美被月光的宝石钥匙轻轻开启,漫漫弥散出幽雅恬淡的芬芳,那种深邃隽美的气息使人既陶醉又感伤。我们仿佛目睹李白跳入浮漫月影的河流,眼中闪动酒醉的光芒,他的灵魂正与我们同醉同伤。罗比和我沉浸在诗境中不能自拔,身体在房间的门口,如同话剧舞台末幕结尾定格的人物造型,两尊蜡像般伫立在半明半暗的光影之中,半响无语。

"你想家了。"

"是。"

宁静的夜色盈溢在那个小小的房间。
我们盖着夜的床单入睡。

哦,对于我,这房间算什么;
祈祷和安宁虽充满这屋,
可他已把我叫进了夜色,
现在我胸脯贴着他胸脯。

遮人的长发,露珠般眼睛,
哦,生和死已同我没关系;
我的心贴着他温暖的心,
我们的呼吸相融在一起。

翌日清晨,我睁开双眼。窗外淡紫色的晨曦像一层轻柔玲珑的紫纱在灰白色的天际渲染开来,那是仙女的云裳,我神往那清透淡雅的色彩。啊！又一个清晨来临了。

我翻过身去。天啊！罗比正坐在椅子上看书。可爱的罗比，他不知什么时候被我从小床上挤了下去。毫无疑问。可怜的罗比。他又一夜没睡。

"嗨！"他见我翻过身来，对我甜甜一笑，翘翘的鼻尖还沾着梦的味道。

"嗨！你又没睡？"

"嗯，我要睡会儿了。"罗比说完就躺在枕头上，闭上了眼睛。

"好吧。"我起身去浴室梳洗。

等我容光焕发地回来，罗比还闭着眼睛。我对他说："我得走了，快迟到了。"

他这时睁开双眼，我看着他微微一笑，他也向我微笑。我拿起白色手包起身要走。他却腾地坐了起来。我愕然。他拉住我的手，让我坐下，如梦呓一般轻声说："我爱你。"

"我们还会有时间在一起。"

"一万年太久，只争朝夕。"他目光沉醉，吻我的颈窝。我陷入恍惚。

清晨的第一粒阳光从窗帘的缝隙跳进房间，落在小床上一对情人的身上。橘色的光线中，他们的身体向着一个方向重叠在一起，宛如银盘上并排放置的两把汤匙。须臾，她双眼迷离，头吊在小床的边缘，好比一株悬垂植物。激情奔开去。激情切开对面白墙上旗帜的金星血管，滴滴血落。两面旗子，先还是两面不同的旗子，此时星与条清晰可见，彼时五颗金星更为突显，它们随

北大恋歌

着一种叫作自由的音乐飘动、舞蹈。恍惚间，静卧的条纹站立起来，它们开始跳狐步舞，倏地重叠，倏地分开，金星也加入其中，和条纹交错移动，红、白、蓝三种色彩扭曲狂舞，奔放恣肆，星星飞快地旋转，转到绝境，猛地坠落下去，落进无垠的血色。鲜红的血色将愈渐模糊的星星浸没其中，它们在沸腾的红色海洋里闪烁、挣扎。猛地，一波红色的巨浪掀了起来，将众星一涌而起。

鲜红的血色逐渐退去，自我重又回归。

缱绻，温存。罗比伏在我胸口上，像只动物。

"别动。"他温柔地说。

"什么？"我微弱地问。

他笑逐颜开像是发现了什么新奇的东西："你得到了一个吻痕。"他看着我的脖子说。

我顾不得那么多，起身要走："哦，我迟到了。"

"等等，等等！"他拉住我，拿出相机。

我疑惑地看着他。

"我们应该为这一刻留下纪念。"

"我头发太乱。"我把手指伸进乱发中象征性地拢了几下说。

"你很美。"他微笑说，目光温暖了我。

我拿他没办法，重又坐回他身旁，他举起相机对准了我们两人，我们冲着取景器微笑。他照完，把相机调转方向，查看照片："很完美。"

"我得赶快了，亲爱的。"我重又起身。

已是上课时间，大多数学生可能都离开了学生宿舍。罗比和我很快等到了电梯。电梯里只有他和我，然后我们继续爱的乐章，继续浴室里的那一吻……

不知何时，电梯的门突然打开。"嘿！"一个个头不高穿短袖格子衬衫戴着黑色框架眼镜的亚洲男孩，搞不清是日本人还是韩国人，他站在电梯门口和罗比打招呼。"嘿！是你！嗯……"罗比不耐烦地看了他一眼，还没等他进来，便一挥手关上电梯，不顾男孩在电梯外大叫大嚷。我们相互看着对方淘气地笑了起来，然后在我们的二人电梯里继续缠绵。

行至楼下，他摘下我的凉帽，吻过我，然后取下围在帽子上那条粉蓝色丝带。我望着他："为什么？"

他把它贴在脸颊上轻轻摩挲，深情地说："我要留着它，当你不在时，我也会感到你就在我身边，当我们再见时，我会把它还给你。"

望着他的双眼，我轻轻说："留着它。"

"周末见！祝你一天都很愉快！"罗比把我送上车，挥着大手和我告别。

"周末见！"我一直望着他。那辆私家出租车起动，逐渐远去，他片刻便消失在我的视野里。

"那家伙快回国了吧！"司机问。

"对，就在周末。"我说。

再会了，勺园。

我一踏进办公室，洋娃娃就惊愕地看着我喊："天哪！你的

北大恋歌

脖子怎么紫了一块？"

"哦！"我先是愣了一下，然后拿起镜子，的确，就在脖子的正中有一枚紫红色的印记，适才想起罗比告诉我他留给我一个吻痕。一个漂亮的解释却突然跳进我的脑海："不是你上次你告诉我，掐脖子可以去火吗？我昨天试了试，真管用。"我一边用手做掐脖子状。

"洁蕊，我告诉你不要听洋娃娃的，现在怎么样，你的脖子就像被火烧伤了一样。"奥黛丽在一旁对我说，"你只要多喝水就会好了。"世界冠军就是世界冠军，她的描述更为合理——我的皮肤确实是被火烧伤的，是被激情的烈火烧伤的。

"可是她的手法不对，应该这样。"他说着，便用力掐起他脖子上的一块皮肤，伸出两个手指作一把剪刀状像要把那块皮肤剪下才肯罢休。

"噢，我知道了。"我笑眯眯地说："下次我一定像你这样剪。"

"哈哈哈……"他乐为人师的感觉被满足了，身体颤抖着笑了起来，抖出许多海南岛灿烂的阳光来。我也跟着他笑了起来，身体也微微颤抖，像是要附和跟上他身体语言的节奏。正在这时，我的电话响了起来。

我接起电话，听到里面的内容，不禁大吃一惊："什么？哦，我这就去医院！"

一天夜里外祖父感到胸口很疼，第二天，实在抗不住，被送到医院。医生诊断后对他的儿女说，他们的父亲必须住院治疗，他已是肺癌晚期。外祖父对此并不知情，以为只是小病，又想离开医院，却被他的儿女们拦住。他们给他换上了蓝白相间的病号服，最终，他被囚禁住进了病房。

在病房里我看见了小舅，真是难得，因为最近几年，每年只能在过年的时候见到他。他身上穿着蓝色的工作服，裤子上粘满了油污，岁月在他的脸上画上了痕迹，眼睛周围纠结了层层皱纹，两鬓长出花白的头发，好似两撮灰白色的钢丝，满脸疲惫不堪像是没睡好觉。他说他刚下夜班，还没回家，就赶到医院。

小舅是外祖父母唯一的儿子，小时候很受宠爱。像其他早夭的孩子一样，他有一次差点也夭折了。外祖母抱着奄奄一息的他去山上一个小庙求佛爷保佑，拜了半天，不见好转，用手指贴到他鼻孔上，已经没了气息，就伤心地把他放在了山上，想让他在那里长眠。那天恰逢曾外祖母来探望她的外孙，听说外祖母把小舅放在了山上，这个小脚老太太立马急了，一路小跑颠簸着上了山，抱起躺在地上她的亲爱的外孙，她脸庞贴上去听了听孩子的胸口，总觉得尚有一丝游离的气息，就把他抱回家（那毕竟是一个小子呀）。结果万万没想到，她的外孙还真为她争气，又活过来了。曾外祖母就给他取了个小名叫"小和尚"，是要感谢庙里老佛爷的意思。没成想，他还真保佑她的外孙活过来了。

想当年，小舅是个英俊的小伙子，穿着喇叭裤，听到录音机里的流行音乐就会跳摇摆舞，浑身上下都会动。我们真喜欢那个可爱的小舅。一次，外祖母收拾她的柜子，把外祖父当年大婚时穿的那件长袍拿了出来，小舅把它穿在身上，咧开嘴巴笑了起来。我和姐姐看着他古怪的样子笑个不停，追着扯他的衣襟。他

北大恋歌

竟来了一个前手翻，摆脱了我们，手掌当脚在地上向前走。外祖母在一旁也忍不住笑，说："你们这个猴儿舅舅呀！干什么都好，就是一点，从不用功读书。"

一天，外祖父在屋里午睡，猛然听到有人喊："老范！"他腾——地坐了起来，然后，走到门口，只见两个毛孩子，看是外祖父出来，赶快缩脖跑了。一会儿，只见小舅背着军绿小挎包偷偷出了家门，跟那两个孩子跑了。"敢情是叫那小子呢！"外祖父恍然大悟地说，"他倒成老范了。"早年，谁不知道苹果园的"白米饭"啊！那是那三个顽童姓氏谐音的组合，就好比一个流行乐队。其他那两个孩子一个姓白，另一个姓米，饭是范，就是顽劣的小舅，放在一起正好是"白米饭"。他们就像三个火枪手走哪打哪，胆子也倍大，敢从老高的永定河岸像冰棍似的跳进河里。

一次，外祖母在蜂窝煤棚的角落里发现了小舅的书包，她好奇地打开书包，掏出小舅的作业本，翻开一看，本子干干净净一个字不见。没过几天，老师来家访，说小舅老不交作业，已经好几天没上学了。外祖父母这才恍然大悟，原来小舅每天都装作去上学，把书包藏在一个地方，然后就不知跑到什么地方玩去了，等到放学时间，再拿出书包装作放学回家。老师走后不久，小舅背着书包回来了。外祖父铁青着脸，说："你上哪去了？"

"我上学了。"小舅还挺镇定。

"你小子还说瞎话，告诉你，老师刚走，辛辛苦苦给你交学费，让你上学，作业不写，还逃学，我今天不打你怕是不行了！"外祖父的火给点起来了，抄起身边的椅子就向小舅砸去。小舅的动作也灵敏，赶快跑了出去。

外祖母心疼儿子："别打别打！"拦住外祖父不让他追小舅。

"我非拿大鞭子抽他！"

小舅又跑了。那次，他跑了好几天，连外祖父母都不知道他跑到哪去了，后来才知道是跑到张家口去了——他可不是像当年外祖父去那里赎马，而是找"避难所"去了。后来，"文化大革命"开始了，这下小舅可高兴了——不用上课了，更不用到张家口避难了，他把书包里的书来个"天女散花"，抛向空中，这下，他的快乐日子驾临了。

外祖父到了退休的年龄，恰逢小舅就业的年龄。外祖父看着小舅说，盼着你小子好好读书有出息，也能喝喝洋墨水，说说洋文，和县太爷平起平坐；你姐姐原来还有希望，谁知赶上了"文化大革命"，看来是指望不上你了，你就接我班到工厂抡大锤得了。那时候接班制度就像世袭制，只是小舅世袭的不是皇位，而是工位，它一下子把小舅接进了那个炼钢厂，从此与钢花铁水相伴。外祖母也卸下负担——再不用去张家口找"逃亡"的小舅了。

小舅对母亲说："他们对我说，我可能得调到秦皇岛去了，以后，爸就得托付给你照看了。"原来，那个炼钢厂因为影响城市环境要搬出北京。

"开点药就行了，非让我在这牢房住几天。"外祖父一边穿那蓝白相间的病号服一边发牢骚。

"您得听大夫的，住院就住院吧，反正住哪儿都是住，您在家里也没事儿。"母亲说。

— 221 —

北大恋歌

"得,听你们的,怎么这会儿好点儿了似的,这病也跟人似的怕进医院?"他老老实实躺在床上说道。

"该量体温了。"一个小护士进了病房拿来体温计。

母亲接过体温计帮外祖父插到腋下,但不知什么原因,那支纤细的透明玻璃棍却滑落而出。她重来,却像六神无主,不知如何是好,她的脸色苍白,转身出了病房,眼圈已是红了,她对小舅说:"我们得赶快准备后事了。"原来,外祖父的腋下已经夹不住那个体温计了,那里的血肉已被癌细胞吞噬成了一个拳头大的洞。

外祖父是持有传统观念的老头儿,他只把自己的儿子留在病房,让他夜里看护自己,让女儿回家去。母亲拗不过他,想到以后的日子要轮班看护父亲,也需要回家准备必需物品,因此也就从命了。

我对外祖父说:"您可得听话,按时吃药。"

他说:"就不爱喝那苦药汤子。"然后,像想起什么似的,"对了,我那个老座钟被那个洋人小伙子给鼓弄好了。他还真有两下子,那天到家里避雨,看我那个老座钟不走了,就给我拆开了。开始我还担心他装不上怎么办,他说他小时候就和他爷爷学修钟表,这个对他来说是小事一桩。没想到他真给弄好了,老座钟活过来了,开始走了,虽说报时的声音还有点哑。他说,换一个零件就好了,里面一个弹簧断了,但是那天他没带,说下次他给我带一个来给换上,就好了。"

我笑着对外祖父说:"下次,他一定能给你修好。"

母亲一旁没好气地说:"还下次,都快回老家去了。"

— 222 —

外祖父见状对母亲说:"孩子的事,你就别插手管太多了,别忘了,你二姑当年错过多么好的年华啊。"

母亲说:"也是,听您的,我什么也不管了,您先好好休息吧。"

我们回到家里已是午夜时分,疲惫不堪。阳光的余温还未完全退去,我把窗帘打开一条缝隙,让空气流通起来。我躺到床上,闭上眼睛努力进入睡梦的世界。

夜里,我做梦了。梦见外祖父朝着他的高炉走去,临走前,他对我说:"洁蕊,我要到太阳出生的地方去了。"我拦住他,不让他去。他不听。我拦不住,要去追他。炉子喷出火红的钢水快把我给烫化了。我醒来。早晨的太阳照得我脸发烫。

不久,医院传来消息,外祖父在睡梦中过世了。

周末,我们为外祖父举办葬礼。葬礼之后,回到他的老屋宴请参加葬礼的人们。

"你在哪?"罗比打来了电话,电话里声音嘈杂,他的声音带有明显的焦急的口吻。

我突然想起我和他约好要去机场为他送行。"我在我的外祖父家。"我无助地说:"对不起,我恐怕不能为你送行了。"

"为什么?"他在电话的另一端问道。

"我的外祖父去世了。"

"噢!"他说:"我很难过你失去了亲人,很遗憾在我离开中国之前我们不能再见上一面。不过我会给你写信。"他急匆匆地说。

"祝你一路平安。"

北大恋歌

"谢谢，再见。"

"再见。"

我无精打采地挂上了电话，看着参加葬礼的宾客在喝外祖父遗留下来的二锅头。他的床下留了一箱二锅头。灵案上外祖父的黑白照片，他的音容笑貌被永远限定于那个深褐色的相框里，他只能眼巴巴看着他们喝他的二锅头，他面无表情地注视着他们，心里不定怎么着急。我内心恨他们喝外祖父的酒，走了出去，坐到大槐树下面平滑的大石板上，仿佛坐在外祖父的身旁。

"洁蕊，那老头最喜欢你了。"W奶奶不知什么时候走到大槐树下，W奶奶可能想要拉近生者和逝者的距离，或许也是出于礼貌，说些我喜欢听的话。对她的善意，我很感激。"我知道，W奶奶。""那个老头省吃俭用，就为了给他的儿女攒，他前些日子还对我说，姑娘、儿子都一样，要一碗水端平，就差一点把最后一份攒够了给你妈，等他再卖几次废纸就够了。你妈那份，他说，是要让她留给洁蕊留学用的。"

噢，听及此处，我悲从中来。我可怜可爱的外祖父啊！原来他只是对自己吝啬抠门。

夜幕降临，星星在黑色天鹅绒般的晚幕上闪烁，眨眼。夜空晴朗，在北京最西端的这个重工业区，如此繁星密布的夜空实在罕见。初到这座城市时，我时常凝望天空。它的轮廓被建筑的边缘切割成不规则的多边形，天际呈现出一抹诡异的橙红色。我心生奇怪，为何这里的夜空不墨守成规？难道路灯如此明亮以致天空也摆脱黑沉夜色的统治，被映染成这种暧昧的颜色？——那时，我心里是这样想的。后来，我的朋友告诉我，那抹橙红色其实是炼钢厂的排放物,并非灯光照亮了夜空。

这一夜,天空少有的纯净。我凝望夜空。突然,一颗流星飞过天际。我的心突然收紧。那是外祖父的灵魂吗?然后,夜空又恢复了平静。最明亮的星星在向我眨眼。一种静谧的力量照进了我的心底。我陷入沉思,仿佛能够运用通灵术,用心灵深处静默的语言和点点繁星交融——先祖们仿佛正从遥远的天空凝望我,外祖父也在那里。在这纷繁喧闹的尘世,虽然我不曾与先祖们谋面,但他们却始终和我同在,我深知,他们灵魂的温暖光辉在天上照耀着我,一直照耀着我,从未离开过。

几天后,外祖父的骨灰被安葬在八宝山公墓。那里满是花草树木,空气清新,宁静怡人,一处合宜的长眠之地。公墓内墓碑林立,每一块墓碑与相邻的墓碑之间几乎没有距离。逝者的世界依然拥挤不堪。外祖父的墓碑挤在外祖母的旁边,得到那个位置,已属幸运——他们最终被合葬在了一起。我敬观外祖父母碑上的铭文,有了新的发现——外祖父比外祖母年长六岁,却在外祖母逝世后六年随她而去,原来外祖父已经孤独寂寞了那么久。死亡的那双翅膀终将他带到永恒宁谧的世界,带到他伴侣的身边,可能如同一位诗人所说,死亡对人来说不一定是最坏的事。他的儿女正在流泪,他们的眼泪是在为他们自己与两位逝者的分离而流,仿佛他们成了孤儿,成年的孤儿,然而他们却忽视了另一点——他们的父母终于在另一个世界重聚,再也不会分离。死亡不仅意味着分离,还意味着重聚,与现世世界的分离,与逝去世界的重聚。死亡才是永恒。小舅跪在外祖父墓碑的对面,一动不动,像在受罚,他的内心正在挨着失去亲人悲恸的鞭打,外祖

北大恋歌

父的鞭子却再不会落到他的身上。

一周后

"我的爱人,我在上海,我明天去韩国,吻你,保重。"罗比发来了短信。那是他在国内发来的最后的手机短信,因为第二天,他就要出境了,他将不能用手机和我联系了。他要先到韩国拜访他的朋友布鲁斯,然后返回美国。

恍惚中,我仿佛看到我们在机场拥吻的画面。热烈而无忧。然后,他便被一只隐形的手猛地推向了人生坐标的左半边。

画面消失了。

"你也保重,我会想你,我将永远爱你。"我回复了最后一条短信,灵感来自于惠特妮·休斯顿的那首老歌——《我将永远爱你》。她浑厚富有磁性的嗓音令人心醉,我幻想歌声已传到我爱人的耳畔,她在深情歌唱:

我将永远爱你
我将永远爱你
我亲爱的你
我希望生活对你宽容慈悲
我还希望你能美梦成真
我还希望你欢乐幸福
所有希望汇成一句话
我希望你爱

我将永远爱你……

第六章

两周后，罗比发来电子邮件，告诉我他已经回到家乡印第安那波利斯。因为校外公寓租金比校内的宿舍低廉，他在印第安那大学校外不远的地方租了一间公寓，每月只需花费四百美元。每个夜晚，我们都在雅虎通上约会。我趴在床上，脸离屏幕仅一尺远，望着屏幕里的聊天对话框和他的影像，仿佛在大洋彼岸的他也近在咫尺。他头发凌乱，胡子像是几天没有修剪过，身后的背景是全白色，仿佛他是一个坐在白洞里的超现实人物。我盯着对话框，它显示：罗比正在打字。他说，他想粉刷卧室，但还没有想好刷成什么颜色。我说，蓝色怎么样？他说，蓝色可能有点忧伤。那紫色呢？他笑，说紫色是女孩的颜色。他说，他想刷成淡绿色，房东太太说，刷成什么颜色都可以，但条件就是他搬出去后，要把它还原成白色。我们每天晚上要聊几个小时。有时，我问他困不困。他说不困，他在图书馆四层睡了整整一个下午，那里人很少，正好睡觉；还有几个同学和他一样也在那里睡觉，他们都是夜猫子，白天睡觉，晚上做研究，因为晚上安静无人打扰，效率很高。有时候，我在电脑面前睡着了，几个小时后，天亮了，我醒来，发现电脑屏幕上，他还在，一团棕发堆在镜头前。最终,我唤醒他。他会淡淡地说:"嘿,你睡好了吗?"我会笑笑,说:"睡得还不错。"连续几周,我们共同的时间不分昼夜,似乎天地制造的时间系统对我们来说毫无作用,我们的生活既真实又缥缈。

有时,母亲半夜醒来,看到我的灯依旧亮着,便会对父亲抱怨说,赶快让她去美国,省得在我这儿熬灯油。父亲便揶揄地问,你就舍得小棉袄了?

一天,罗比说,他要开始忙碌起来了,他有学术课题要完成,都是有关东亚历史与经济的,包括越南、日本和中国台湾,不能每天和我聊天了,但他会给我定期发电子邮件的。我说,我也要忙碌起来了,接下来,还要考托福。他说,希望明年能在校园里见到我。

末了,我们想起在勺园度过的那段日子。

他说,他想念勺园,想念我。

我说,我想念勺园的那两面旗,想念它们的主人。

于是,我们这段纯粹而又超现实的光影生活告一段落。否则,恐怕我们各自的灵魂都要出窍了。

接下来的日子,是托福和我相伴的日子,它就像是我的玩伴,在闲暇时光和我形影不离。

两周后,我完成托福考试。考完试的那天晚上,我给罗比发了一封电子邮件,告诉他我考完试了,我很放松,只须等待学校的消息了。他第二天回信说,很为我高兴,他希望能在美国他的学校见到我。还有,他告诉我,他把卧室漆成了淡绿色。

一天晚上，我在手机上接到一个来自陌生号码的电话，虽然不知道来者是谁，我还是接了起来。

"嘿，世界人，是我。"

"哦，是你？"我先是一惊，即而恢复了常态，"陌生人"原来是可文，他喜欢叫我世界人，因为他认为学英语专业的我可以走遍全世界都不怕。

"对，是我，我换了新的手机号码，从丽姿那里要到了你的电话，你还好吗？忙什么呢？"

"我很好，正在准备留学。"我轻松愉快地回答，心生奇怪，经过多年，听到他的声音竟然倍感亲切，我对自己心中的那个自我感到异常惊讶，她居然没有大发雷霆向电话中的他大声怒吼然后干脆将电话挂断以示心中悠远深厚的积怨。时易境迁，我对他的怨恨早已释怀。

"没想到你还在孤军奋战，托福收割机终于快要把你收割走了。"他的语气显得有些郁郁寡欢。

托福收割机？他不知道从哪里听来的这个词，他总搬来一些新奇的词汇，那正是他吸引我的地方——我喜欢与众不同的东西。

"你好吗？"我问，礼貌性的。

"胖了，谢顶，发际线开始向后退了。"他笑，俨然一个成熟男人，和以前的他说不出来的有些不同。

我在头脑中尚不能勾画出他所说的那个形象，于是就陪伴他一同傻笑，我叹一口气，故作轻松地问："真的吗？你的孩子好吗？"

北大恋歌

"啊!"他稍作停顿,然后淡淡地说:"我现在没有孩子。"

"哦?"

"孩子流产了。"

"啊!"我头脑运行速度突然放慢,继而,木然不动,紧接着,我内心一阵激荡,一时无语,思想的列车缓缓驶回几年前的校园。

打来电话的可文。我的前男友。我们是在大学里认识的。

那一年,学校里大学生合唱团要招募新成员的消息传来,丽姿就在宿舍中鼓动大家去报名。"穿上最漂亮的衣服!我们一起去试唱!终于上了大学,我们值得去体验艺术和美,享受这一切。""对!""好!"我和维姬都一口赞成。"我恐怕不行。"开睿说,她面有难色,双颊的凹陷更深了:"我五音不全。""没事,你可能只是紧张,去试试吧。"丽姿劝她说。"我,不行。"开睿索性坐在了床上。"好了,开睿,你又要看你的那些书了,对不对?先放下你的书,就一会儿,不然,你的整个脸蛋要被你那些书给吞噬掉了。"丽姿说,她说话的时候眉毛不停地上下抖动,像两条剑在向开睿的书挑战。"好吧,我愿意和你们去试试。"开睿终于被说服了,她笑了,口中鼓了一口气,两颊也跟着鼓了起来。"好极了!"我们欢欣雀跃地打扮起来,准备去试唱。

我们四人从学生公寓出来,穿过篮球场,雄心勃勃地去"青年之家"——合唱团试唱的地方。我们老远就听到音乐声,说是音乐声,实际上是一些乐器练习演奏出来的各种声音混合在一起的杂乱无章声音，不过，那足以让我们兴奋，因为那是丰富多彩的大学生活的一部分，像是专门为我们新近加入者演奏的欢迎曲。我们愈接近大教室，"欢迎曲"的声音就愈嘈杂。进了那个绿色的木门，里面更是热闹非凡，声音达到了最大化，像是迎接宾客达到了最高潮。在一间教室，有几个男生和女生在吹管弦乐器，有吹号的，还有吹笛子的，他们面前都摆着一个黑色的乐谱架，他们看着乐谱吹奏，像青蛙一样卖力地鼓起腮，瘪下去，又鼓起来。几种旋律混杂纠缠在一起难辨头绪。我凝神聆听，却什么也没听出来。走过那个乐器教室，再往前走就是一个宽敞的教室，像个练功房，有几个穿着黑色紧身衣的女孩在练习下腰和伸腿。"可能是舞蹈队的。"丽姿说。有钢琴声传出来，我们听到了唱歌的声音，走进去一看，只见一个上了年纪颇有些艺术家风度的男人正在那里弹奏钢琴。他留着祖宾·梅塔式的发型，头随着音乐富有节奏地上下点动，几个男女学生围在钢琴前面正在练唱，歌声很嘹亮："……听吧，听吧，听吧，听吧，越来越近了，邮递马车，向往的马车。啦……"

"还挺专业的。"开睿怯怯地说。已经有一些准备试唱的学生坐在长条椅上等待试唱，我们四人也找到地方坐下。唱完那一首歌，那个男人把那几个学生打发走。然后他对我们说他们要在下个月准备在"大学生艺术节上"演出，正在抓紧练习，希望我们也能加入，之后他就开始为我们这些新生试唱伴奏。很快就轮到我们四个人了，开睿是第一个，果然如她所说，她听上去是有些五音不全；然后是丽姿、维姬和我，我们三个人还算顺利。最后公布结果，除了开睿未被选中，我们三个人都通过了试唱，成了合唱团的成员。

"我说过我唱歌总是跑调。"我们离开的时候，开睿失落地说。

"别担心，你还可以试试舞蹈队，你的腿那么长。"维姬安慰地说。

"我的身体不够柔软，没看见那几个女孩下腰下得很厉害嘛！"开睿若有所思地说。

"要不就参加军乐队吧，那倒不用唱出来。"丽姿鼓励地说。

"不行，我的肺活量远远不够。"开睿勉为其难地说。

"嘿，还有其他各种协会呢，什么摄影协会、书法协会、写作小组什么的……"我像医生开出了几个药方似地说。

"嗯，可能，我喜欢画画，他们可能有绘画小组。"开睿豁然开朗。

"有，我知道。"维姬目光闪动，望着开睿。

当我们走出那扇绿色木门，不禁停了下来。一个高大影子似乎挡住了我们的去路。只是影子。那是一个男生。他正站在门口吹奏长号。他可能刚到，因为我们来的时候并未见到他。他身材很高，大约一米八五，如果长得不够高，恐怕拿不好手里那个长长笨笨的大家伙。从侧面看他的脸，五官刀削斧刻一般，看一眼，便令人不忍释目。他凝神专注，扫视着他面前黑色乐谱架上的乐谱，一边眼望乐谱，一边上下拉动长长的 U 形的管子，丝毫未被外界所扰。我们看着他卖力地拉动 U 形管，开始还觉得很好笑，因为那管子实在太长，他就像在拉风箱。然而，逐渐地，我们被他演奏的乐曲所吸引。那乐曲有时高亢壮美，有时温柔婉转，就像从尼亚加拉瀑布湍急的水流飞奔直下，然后又轻飘飘地落在明澈的小溪里。没想到那长长笨笨的管子里竟能发出那么美妙的声音，那样鲜明而优美，令人如痴如醉，流连忘返。忽然，飞来一只小飞虫，盘旋在他的头顶，在他的眼前飞出几道弧线，跳起空中华尔兹；它试图落在他的脸上；他先是头向后，试图躲开它的骚扰，它仍然留恋他，他闭起眼睛，然后头甩个不停，想要摆脱那个小小飞行物的纠缠；可是它那样想要亲近他，随着他脸庞运动的方向调整它的飞行方向，他的音乐仿佛也在转动，旋律像也甩出去，开始变得异样，抖动得厉害。他索性停下，伸出手掌，在空中粗暴地挥舞，毫不留情地把甜腻多情的小飞虫轰走了去。这时，他察觉有人在看他，他就向我们四个人的方向看了过来，他目光幽邃，令人印象深刻。我们几人压抑住了笑，却还是笑出了声音。他却满不在乎，重又回到练习，上下拉动长管子，比先前更卖力了。

我们一边走一边议论起那个长号手来。

"他吹的曲子不知是什么曲子，吹得还不错。"我说。

"长得很高。"维姬若有所思地说。

"也很帅，真是又高又帅，要是在大学交到那么一个男朋友，就算没白来这个偏僻的学校。"丽姿眼中放出奇妙的光彩。

开睿看着我们，说："谁说只有男人好色，在这一点上，女人和男人相比毫不逊色。"

"这就是多姿多彩的大学生活！"丽姿一脸的华彩。

一阵笑声撕破了空气。

北大恋歌

我们三个参加了合唱团的女孩每周要在上完课后的晚上去练两次歌。后来,辅导老师要我们在周末加练一次,因为打算让我们在大学生艺术节上登台演出。于是我们一遍又一遍在那个大教室里跟着钢琴伴奏大声练习演唱那首《邮递马车》。一天夜里,维姬竟在睡梦里也唱起那首歌来,"听吧,听吧,邮递马车,心爱的马车。"然后,可爱的维姬又睡过去了。"梦里还在赶马车,"听开睿小声咕噜了一句。

终于,我们盼到了演出的那一天。"哇呜,太漂亮了!"丽姿一拿到演出时穿的粉色纱裙赞叹不已,脸上满是喜悦。"我还没穿过这么漂亮的裙子上台演出过,上中学时我们只穿运动服在前面唱。"她穿上裙子在房间里来回转圈,层层的裙摆涨鼓起来就像一朵花苞,鼓起来又落下去。"对了,也许我们还能见到那个长号手呢!"

"怎么想起他来了?不过只见过那一次就再没见过他。"维姬故意逗丽姿。

"因为他是我们多彩生活的一部分。"丽姿说,说完还向我们眨了眨眼睛,我们也向她眨了眨眼睛,然后便傻乎乎地毫无缘由地乐。

我们到了礼堂的时候,里面已是热闹非凡。演员的更衣室不够大,我们穿着粉色的纱裙合唱团的女生只能坐在礼堂前方的一角,一边观看节目,一边等待演出。穿了一身红色衣裙的报幕员宣布大学生艺术节正式开始,报完幕,她身后的帷幕由两个穿着校服的男生拉开。军乐团早已坐在帷幕后面,灯光很亮,指挥的手和小指挥棒一做动作,他们就开始演奏。灯光照在他们雪白的衣服上，亮得刺眼。音乐声开始很清脆，然后就缓和下来，依照一种行军似的步伐进行。大约到了中间的部分，催场同学就过来叫我们到后台去候场。我们拖着长长笨笨的裙子急匆匆从后门走到后台去，然后就站到后台去看军乐团演奏。"看！洁蕊，那个大个子长号手就在后面。"丽姿小声兴奋地告诉我。"噢，看到了，是他！"我看到了那个长号手，他上下拉动那个管子，就像那天练习时那样，很卖力。可能灯光太热，他额头上有一层亮亮的汗珠，他整张脸给照得熠熠生辉，像是给烤化了的冰淇淋。等到演奏完他该演奏的部分，他的手停下来，目光却还在前面的乐谱上。

"准备上场了！"剧务小声对我们说。我们一群合唱团的男孩和女孩便向前挪动几小步。

这时，指挥在前面双手快速用力挥动了几下小指挥棒，像在空中纠扯着一根看不见的打了结的毛线，想把它解开，却很费力。突然，他像找到了线头，双手在空中紧紧抓住不放。音乐嘎然而止。他于是信手散开了抓在手中的线头。军乐团至此演奏完毕。

掌声一片。

然后，他们留下一个胖胖的长得像小熊维尼的小号手在台上独奏《西班牙斗牛士》。小号声音灿烂明亮，吹到高潮部分，音色极富穿透力，像是公牛的利角奔刺而来要穿透斗牛士的心脏。掌声四起，观众为他精彩的演奏而叹服。他放下小号，稍作休息，他古风式的微笑看上去健康幸福，微笑里略带一丝腼腆，又有一丝得意。

北大恋歌

军乐团的其他乐手们拿着他们的乐器往后台走。我往旁边给他们让开一条通道。那个长号手也拿着他的长管子从我身边走过，"噢！"他轻轻叫了一声，可能是他的管子太长，而我的裙摆太大，他的管子竟被我的裙子绊住了。"啊，对不起。"我们同时小声说了相同的话。这时我们看了对方一眼。微笑。我近距离看清楚了他的脸。他气宇轩昂，鼻子高而直，眼睛大而明亮。但不知为什么，眼神中似有一丝忧郁。也许不是。我不知道。那时，一切东西在我眼里都富有诗意。

小号手演奏完毕，那个剧务男孩催促我们上台："快点！快点！"他用一只手指挥着让我们走上那个搬来的阶梯架子。

我匆匆上台。伴随着钢琴弹奏，我们开始大声歌唱：

从那南边山坡上，远远传来了

邮递马车阵阵声响，阵阵声响

马车将要带来快乐的信息

马蹄声儿多么清脆嘹亮

我们聚精会神侧耳倾听

听啊，听啊，听啊，听啊

听啊，听啊，听啊，听啊

越来越近了，邮递马车

向往的马车。啦……

在那盛开柠檬花的乡间道路上

邮递马车奔驰来牧场，奔驰来牧场

马车将把愉快的消息

带到我们的心坎上

广阔的牧场正是中午时光

听啊，听啊，听啊，听啊

听啊，听啊，听啊，听啊

渐渐走近了，邮递马车

心爱的马车。啦……

伴随着歌声，想着长号手的眼睛，我赶着思想的马车进入一片梦一般的乐园，听啊，听啊，听啊，听啊，渐渐走近了，邮递马车，心爱的马车……

我们丰富多彩的大学校园生活的主旋律基本上是奔波于教室、食堂、宿舍三个地点的单调重复。除此之外，便是礼堂的电影、青年之家的排练、图书馆的阅读之类。值得一提的是，外语系在每周都要举办英语沙龙，那一年，系里策划了一个项目，让外语系的学生帮助辅导其他系的同学纠正读音，活动就在英语沙龙上进行。

一天晚上，丽姿早早就打扮起来。她穿了一条及膝的白色绣花旗袍，在镜子前面欣赏她的S形身材，那简直就像玛丽莲·梦露的身材，富有韵味，令人艳羡。她的身材可能得益于小时候学习游泳。她进行过专业训练，在中学时可是学校的游泳冠军，后来，因为身体受了伤，放弃了训练，准备高考，重返人生的那座"独木桥"。不然，说不定她真的会成为奥运会游泳冠军呢。虽然，没有当上奥运会冠军，却得到了令人羡慕的性感身材，对女孩子来说，更让人羡慕了。

"丽姿，你的胸部多美啊！"维姬用一种赞赏的语气说。

北大恋歌

"唉!"丽姿却叹了一口气:"说实话,怕你不信,你不知道我上初中和高中的时候,有多难过,我的胸部发育得比其他女孩早,一次我听到几个男生在我身后不知小声说什么,只听到一个男生小声说,"丽姿压低声音说:"看她胸前的两个足球。"听到此处,我们不禁哑然失笑。她又叹了一口气:"真不知道我是怎么过来的,我难堪得要命,每天我都驼着背走路,那样我的胸就可以收进我身体里面一点儿,我总是想办法想要让我的胸看上去显得小点儿,再小点儿,可它们却真像那个男生说的就像两个足球,我自己都想把它们踢出去。"

"可是,那是令人羡慕的啊!"维姬瞪大眼睛说。

"那是现在,我非常高兴现在!"丽姿笑了,"终于可以挺起胸脯做人了!"说着,她挺了挺胸,显得颇为自信。

我们看她骄傲的样子不由自主地和她一起笑了起来。笑得一团稀烂。

"丽姿,这身旗袍太漂亮了,可是我们是去辅导,不是去选美,会不会有点浪费?"维姬问。

"那是对你,对我,一点儿都不,如果不穿得漂亮才是浪费,青春是稍纵即逝的,要抓住这短暂的时光,等到青春不再时再想去要抓住这美就来不及了;还有一点,男人都喜欢漂亮女人,呆会儿,我们就会遇到男生,也许能碰到一个我喜欢的。"丽姿说。

"但愿这件漂亮的旗袍既能打动他们的眼睛,也能打动他们的心。"开睿故作玄虚地说:"补课只是幌子,一场阴谋就要揭幕了。"

"对!"我恍然大悟地说:"只是一场善意的青春阴谋。"

— 238 —

"得了，你们两个又讨论形而上学了。"丽姿说，眉头向上一纵，像要跳进她的游泳池，"我可不管什么阴谋不阴谋，我只想快点儿开始谈恋爱，青春如此宝贵，浪费十分钟都是可耻的。"维姬看着开睿和我，我们三个人面面相觑。丽姿就是那样，表达得总是直白。"二十年后，你们就会明白我实际上是一个哲学家，一个真正懂得生活的哲学家。女士们，我们得走了！"她穿上了一双白色高跟鞋，挺直了背，高傲地昂着头，扭着腰肢走了出去。

"哲学戏剧即将上演！"维姬说罢，就故意模仿丽姿扭动着腰肢走出了宿舍。"《青春的阴谋》！"丽姿竟给那场好戏冠了名。开睿和我也跟着走了出去。"哈哈哈，《青春的阴谋》！太酷了！""说的跟慕尼黑的阴谋似的。"我们边走边说笑着前往"青年之家"，那里是各种活动的场所——大学生艺术团排练、英语沙龙、周末舞会都在那里举行。

当我们到了那个大教室的时候，已经零星有几个学生在那里，他们聚成各种形状的人堆，口中大嚼特嚼英语，偶尔爆发出傻里傻气的笑声。很多男生！我们宿舍的四个女生站在一起，一边聊天，一边四下寻找目标。

"看，洁蕊，那个长号手！"丽姿兴奋地看着前面，她神采奕奕，笑容里充满了期待。

天啊！长号手竟然向我们这边走了过来。令我更为惊讶的是，他走到了我面前，好像其他几个女伴都不在场。他在看着我吗？我看看左边，又看看右边。三个女伴都看着我，她们的表情又惊奇、又兴奋，甚至有些莫名其妙。她们的眼神好像在说，

北大恋歌

噢，原来他想要你。我后来只能看着他傻笑。

"Hi, how are you?"长号手开始吐英语问候语了。

"Good, thank you, and you?"我也用英语和他打招呼。

既然是英语沙龙，我们当然要嚼英语了。在交谈中，我知道他是机电系大二学生，他是在上中学的时候开始练习长号的。乐队老师之所以选他当长号手，是因为他在整个年级个子最高，体育好，肺活量大，很适合吹长号。我们也谈到有关英语学习的事，他说他喜欢英语。他问我是怎么喜欢上英语的。我说我喜欢看外国电影和童话书，小时候，母亲经常给我讲她姑姑的故事，她的姑姑学英语学得好，后来去了美国，是受人尊敬的营养专家，所以我就喜欢上英语了。我问他为什么喜欢英语，他说他中学的时候开始学得一般，后来，为了提高高考成绩，他就开始每天读英语故事，后来英语就好起来了，越来越好，后来高考的时候竟然考了全校第一名，比班里的英语课代表还高了十几分。他说的时候特别自豪。还有一个原因就是，他上高中的时候迷恋上了计算机，因为计算机程序全都是英文，他必须要把英语学好才行。我们聊得兴味十足，我对另外三个女伴什么时候消失得无影无踪全然无知。谈到为什么考到这个学校，他说，他是给漏到这里的。我不解。他说，他差四分考上北大，但他还是来了，因为他很高兴能离父母远一点，因为他们说两种语言。我笑，表示理解他的话——他和他的父母说两种不同语言，他们不理解对方。我问他是否能帮忙修理我们的计算机，因为有时候它们爱闹情绪出毛病。他说，没问题。他问我是否愿意为他纠正发音，因为他有个别的音读不准。我说，没问题。他笑了。然后，我们约在下一周英语沙龙为他纠正发音。

另外一边,丽姿不知道什么时候和一个胖胖的男孩聊上了,我定睛一看,那不是独奏《西班牙斗牛士》的小号手嘛!

只见小号手洗耳恭听丽姿一本正经地大谈翻译理论,"你知道,汉译英时,一定要克服浓得像中药汤的毛病,我们中国人的语言文字啊,每一个文字都是五千年积累沉淀下来的精华,博大精深,意义深远,回味无穷,越浓越好;而英文则是越轻盈越直白,才越地道。"

小号手眉头紧锁。

丽姿见状,便杏目圆睁,瞳孔骤然扩大,说:"举个例子吧,想象你到海边游泳,你碰到中国女孩,她们可能大多穿套头的遮住大部分身体的泳装;可是,外国女孩可不,她们只穿比基尼,恨不得脱光衣服裸泳才来得痛快……"

啊,丽姿!听了她的泳装翻译理论,我不禁哑然失笑。长号手也同我一起笑了,边笑边摇头。

沙龙的人在逐渐减少,该到离开的时候了。长号手最后告诉我说,他的英文名字叫 Kevin,那是根据他的中文名字起的。我问他中文名字叫什么。他说,他的中文名字是可文。

"为什么给我打电话,你有什么事吗?"我问电话另一端的可文。

"没事,只是想问候你,有一天晚上梦到了你。"可文说。

"好梦还是坏梦?"

"呃,说实话,我不知道你会怎么认为,好还是坏。"

北大恋歌

"有关什么的梦？"

"和性有关的梦。"

"嗯……"我倒在床上，犹如一个壮烈的战士。

认识一个人后，似乎总能够在不经意的时间、地点遇到，比如在上课的路上，在去图书馆的时候，在去食堂的门口，或者在上体育课的操场上。可能学校本来不大就像一个金鱼缸，偶尔鱼头碰到鱼尾。迎面抽冷子遇到一个人很正常，或许只是因为认识了，才注意到那个人的存在。在不认识的时候，每一张脸映入眼帘都像过眼的风景，并不在头脑中形成特别的印象。我和可文在校园里遇到的时候，往往都是他先打招呼。因为我是高度近视，平时不戴眼镜，自然便会"六亲不认"了。他会走到我跟前，提醒我要去英语沙龙给他辅导。几次以后，我就能够在模糊的状态凭他的身体特征和走路的姿势和衣服认出他，因为他很高，喜欢穿一件白色的 T 恤和卡其布长裤。一天傍晚，我正要去上晚自习，在路上，看到一个个头很高的男孩和一个比他稍矮一点的同学一起向我走来，他向我挥挥手。我定睛一看，原来是可文，只是他换了衣服，黑色牛仔裤和一件蓝色 T 恤。"我没认出你，你换了衣服。"我笑着对他说。"没关系，别忘了明天晚上要给我辅导了。"他也笑着说。"不会。"于是我们告别各自走路。那个男生问他："哪个系的？"他说："外语系的。"他的同学又问他，"嘿！怎么和外语系的女生混得这么熟的？"他说："在英语沙龙上认识的，她辅导我英语发音。"他的同学说："难怪你那么爱往英语沙龙跑，下次我也和你去。"

星期二下午，是上美国外教的口语课的日子。我去得稍晚，因为在路上碰到了原来的高中同学，他和我考上了同一个学校，只是不在一个系。我在路上和他多聊了几句，就耽搁了。到了班里，我看到前面靠窗位置还有一个空座位，就坐在那里等待上课。美国老师蒂娜小姐稍候便翩然而至。她身材高而苗条，穿一件红色羊毛衫和黑色裙子，金色波浪发飘逸地泻在肩头，一个典型的美国金发美女。那时最令人惊讶和好奇的是，她还是单身。

那节课，她刚好讲到平时和西方人聊天可以聊些什么话题，不可以聊什么话题。她在黑板上写下两串单词，可以一串，不可以一串。可以：天气、音乐、运动、食物，等等，等等。不可以：政治、年龄、收入、宗教，等等，等等。

当她说到年龄，她压低声音，向着讲台下神秘地说："我三十五岁了。"然后她狡黠地笑笑，说："这下你们的好奇心满足了？"

"你结婚了吗？"台下一个似乎要和她作对的声音问。

她听罢瞪大眼睛，装作很生气做抗议状，说："那是不可以问的，但是我可以告诉你。"然后她开心地笑了。大家也笑了。然后，她接着说："我仍是单身，一次，一位中国老师要给我介绍男朋友，她严肃地说那是她的责任，哈哈哈……"又一阵笑声。"在美国，三十多岁没有结婚是很正常的事，经济基础是一个问题。因为在美国，子女与父母的经济是相互独立的，十八岁以后，孩子很少得到父母的经济支持了。现代社会年轻人除了婚姻以外还有很多事要做，比如接受高等教育和开创事业，会面临诸多选择，当然结婚与否也是选择之一，如果接受更高的教育，走进婚姻和开始家庭就会推迟。我是紧随'二战'婴儿潮一代后的 X 一代,这一代人跨入了鼓励女性接受教育、发展事业的新时代,我妈妈的那一代受女权主义运动的影响,鼓励我要胸怀大志,设置更高的人生目标。做为现代人,尤其是女人,我们值得拥有更加丰富多彩的人生。"还有,她说她之所以没结婚是因为她还在寻找真爱,她享受这种寻觅的快乐。她说话的时候碧蓝的眼里闪烁着快乐灵动的光芒。

"Do you believe there is true love?"一个熟悉的但似乎不属于这堂课的声音从教室后面传来。我不由回头张望声音所来之处。天啊!那不正是可文嘛。他怎么跑到这儿来了?

蒂娜先是愣了一下,但很快就回答说:"Yes, sure, I really believe there is true love, so I am waiting for and looking for."她的兴致很高,紧接着问:"I did not see you before at this class. What's your name?"

"Kevin Smith."可文回答得干脆利落。

紧接着教室里就是一阵欢快的笑声——显然是因为他还给自己起了一个西方人的姓氏。

"OK. Kevin. Do you believe there's true love yourself?"蒂娜笑逐颜开地问道,她又把问题像踢足球一样踢回给了可文。

"Yeah. Definitely."他不假思索地脱口而出。

又是一阵笑声。蒂娜的神情别提多欢悦而赞赏。

那天晚上,我去灯光球场参加英语沙龙。那是个露天的篮球场,到了晚上点亮几盏白的眩目的灯。故此名曰灯光球场。天气温暖的时候，外语系的英语沙龙在那里举行，天气寒冷的时候，英语沙龙就躲进青年之家那间大教室里进行。天还没有完全黑下来，灯还没亮。我到的时候，可文已经在网格状的铁丝门口了。我们相互打了招呼之后，他就提议说，去湖边吧，那里凉爽。我说，好吧，反正又不是正式上课，在哪里辅导都一样，不必拘泥于固定场所。

我们从篮球场走出来，走过教学楼前的小广场。那里有一个玫瑰花园，里面种满了娇艳婀娜的月季花，粉红、嫩黄、雪白和鲜红的花朵竞相开放。走到鲜花丛中，我们看到一泊小湖。说是湖，更像一个池塘。一位戴草帽的老翁正在远处的岸边垂钓。沿着湖边有一条铺满卵石的蜿蜒小径，两边是绿茵茵的鲜草。草尖一致伸向一个方向，柔顺浓密，像是给风梳理好的绿色的头发，绿发上还装点着一簇簇嘴里含着紫色小铃铛的花朵。偶尔有几只小飞虫飞过，然后，又飞走。我们走在那条卵石小径上，不知什么时候出现了一个洋灰花架。上面没有摆放鲜花，像是专供路人休息的所在。大自然却把这个花架的边框妆扮得别致美丽，意趣盎然。一丛浅粉色月季花掩映在它前面，花架的两边被几条交错盘旋的青色藤萝缠绕起来，藤萝末稍的绿色枝叶一直垂到地面，绿叶之间点缀着好比繁星的淡红色的小花，花架宛如一个天然的美丽的相框。我们坐到相框中，仿佛置身画中，晚风清拂，花草的芳香沁人肺腑。一切都很美好。

"你怎么想到去上我们的口语课的？"我忽然想到那天下午他去上我们的口语课的插曲。

"我很好奇外教怎么给你们外语系学生上课，他们都教些什么，就去蹭听。"他笑了。

"你说你叫 Kevin Smith，真是太逗了，全班都笑了。你是怎么想到那个名字的？"我也笑了。

"哈哈，我没想到老师会问我叫什么名字，我脱口而出，一点准备也没有，也不知道怎么说出那个名字的，可能在中学课本上看到 Smith 那个外国姓太多了，所以就像条件反射一样，不假思索就说出来了。"

"以后我该叫你 Mr. Smith。"

"没问题。"

说到此，我们不禁大笑起来。

"对了，你需要改正一个发音。"我忽然想到他有一个音发不好。"哪个？"他问。

"就是 Smith 中的 th，你总是读成 s，你看我是怎样读的 Smith，舌尖要放在上牙和下牙之间。"

"噢，我明白了，我上中学的时候，老师也是这么说的，可我老改不了。"

"你试试。"我催促他。

他就把舌尖放在上下牙齿之音读那个单词。

"好多了。你要记住把舌头伸出一点就没问题了。"

"真的，我现在觉得我能改过来了。"

"你可以回去照着镜子练习。"

"好！"他很开心。

四目相视，我们愉快地笑了。须臾，一种年轻人的青涩感升起，我们把各自的目光转向了别处。

暮色很迷人。西方的天空有一片红得透明的霞光，宛若仙女披戴的纱，轻盈而美丽。那是我们第一次独处。我感觉有什么事情要发生，但又不知道会是什么，怎么发生。那种感觉也像天边的彩云一样朦胧而迷人，正待有人把它慢慢撩开，现出清澈动人的底色。"多美啊！"我看着天边美丽梦幻的彩霞不禁感叹。"是很美，我有一种感觉。"可文说。"什么感觉？"我问，目光转向他，望着他。他的脸仿佛被彤云染成了淡红色，额上竟然冒出汗珠，就像那天他在台上演出那样。"洁蕊，我对你有了一种爱情的感觉。"我的心颤了一下，多么动听的语言。爱情的感觉，我第一次感受到并未喝酒却像醉了的感觉，甜甜的醇香让我的头有些眩晕，眩晕而欣悦。我一时无语，只是看着他傻笑。他也看着我傻笑。暮色映衬着他的脸，他仿佛是一尊雕像，面部轮廓清晰俊朗，又有一丝温柔，让人有想要抚摸那流畅线条的冲动。我伸出食指，仿佛神祇牵引我的指尖，支配着它，点在他的眉心上，然后向下轻轻滑落，顺着他笔直的鼻梁到鼻尖，再到那条细小的沟，按在他嘴唇的上缘，停住，如同一个急刹车，不敢逾越那条停止线。他在那里握住我的手。我一怔。他展开我的五指，把我的手掌贴在他的唇上，印上一吻，然后又把我的五指合拢，那是他赠送给我的第一个吻，他要让它久久留在我的掌心里，不让它滑落、溜走。

"你的鼻子很美。"他微笑着对我说。

天哪，他注意到我的鼻子了。我慌乱地捂住鼻子，吃惊地看着他，就像刚刚做错事的孩子，刚刚被抓到，我的腹部不知什么时候突然变硬，像有人塞进一块石头。我想起中学时给我起外号

北大恋歌

的男孩,还有他给我的外号——苏联大鼻子,我本来已经把那个外号从记忆中抹去多年,那一刻它就像冬眠的青蛙,又跳出来张开丑陋的嘴向我呱呱大叫。我呼吸局促,面颊发烫。

他感到事情有些不妙,诧异地看着我:"你怎么了?"

"为什么要取笑我?"我站起身——那只青蛙让我心绪不宁,我急着要找个安静的地方离它远点。"我要走了。"

他拉住我的手,"别走,请你别走,我没有取笑你,我说的是真心话。"我站在那里静静地听。"真的,我没取笑你,我不知你为什么生气。"我没有生气,只是心绪被搅乱了。看着天边神奇的彩霞,我的心又恢复了宁静。"我不知道怎样才能让你相信我,我第一次看到你,就注意到你很美,尤其是你的鼻子,我真的喜欢你的鼻子,它让我想起《漂亮女人》中那个女孩的鼻子,我忘了那个女孩叫什么名字。"

"茱丽娅·罗伯茨。"我脱口而出,有一丝不快。

"对,就是她,我喜欢叫她萝卜丝。"他兴奋地说。

"哈哈哈……"我给逗乐了,"我喜欢茱丽娅·罗伯茨。"我高兴地说,那块在我腹中的石头居然起了物理变化,由固态转化为了液态,变成了水,熄灭了我内心那刚刚要燃烧起来的一颗火星。

"她是我最喜欢的女演员,美丽又有性格。"他愉快地说。

"对,对。"我同意他的见解。

"请你不要生气了。"他调皮地冲我眨眨眼。

"我没生气。"我也冲他眨眨眼。

他从月花池中摘下一朵粉色的小花,送到我手里。最柔美的一个音符在我的心底奏响。我接过那朵娇柔芬芳的花,把它擎在手里,就像擎着一只精致而又神圣的火炬,唇凑近那娇嫩的花瓣,幽香通过我的鼻腔,沁入我的心房、肺腑、四肢。我感到整个身体芳香四溢,身心都充盈着一种甜美的感觉,啊!爱情的芳香使我的身心绽放了,我第一次为它心醉神迷,不知所以。

接下来的一周,可文和我每晚都要到玫瑰花园去散步,享受那份清凉和静美。辅导之余,我们谈起各自的童年,还有对音乐、戏剧和文学的爱好。他对事物的独特见解是令人钦佩的,在某种程度上,我觉得他将来可能会成为某个领域的专家或高参。

我们散步的领域也逐渐扩大,从玫瑰花园、河边慢慢延伸到校园的相反方向。那里是四百米跑道的大操场。隔着一个铁栅栏就是滨海国际飞机场,每天飞机在那里轰鸣着起降。开始来到这个学校的时候看着一架架飞机起降,我们为此兴奋不已,日子久了,觉得那些飞机也像天空的鸟一样稀松平常,只是形体大些罢了。然后再远一点就是航空工程师培训基地,那是罗尔斯罗伊斯公司(我们把它简称为罗罗公司)每年对航空工程师进行发动机考试的地方,前面有个小广场。起初,我们感到它相当神秘,有时从窗外向里看,里面似乎有飞机的模型。后来,有机会到里面参观,才解除了神秘感。玻璃墙里面的办公区环境优雅,竟有一个美丽的生态花园,一条欢快清澈的小瀑布从绿树青石之间奔流而下,让人感到心旷神怡。

一天傍晚,我们绕着操场散步,看到一架天蓝色的飞机隆隆地呼啸着俯冲下来触到地面,然后缓缓地滑行。

北大恋歌

"看！韩国来的飞机。"可文告诉我。

"啊！你怎么知道的？"我那个时候对飞机不甚了解。

"我的哥儿们告诉我的，他是空管系的。"

"哦，我还没坐过飞机呢。"

"我也没坐过，以后会有机会的。如果我们以后能在航空公司工作，会非常容易。"

"你说的对。"那时坐飞机对我来说还是一件很了不起的事。

可文似乎想起什么事，"你想到飞机的机舱里看看吗？"

"哦，当然。你想带我去飞机场里面的飞机上去看吗？"我兴奋地说。

"不。"他笑了，摇摇头，"那是不允许的。"

"那你有什么办法呢？"我很是疑惑不解。

"我们做实验的地方，就在操场边的角落里，那里有一架飞机，很破，但那是真正的波音747，是真正的飞机，你知道吗？我们可能可以上去看看。"

"那真是太好了！"

"我们现在就可以先去那儿，看是否能进去。"

"好吧。"

我于是跟随他走出操场，踏上一条长满了荒草的小径，野草长势疯狂，比人还要高，也很浓密，足以让小孩子在里面捉迷藏。小径十分幽静，静得似乎可以听到心跳的声音，我不由把手伸进他的掌心，他握住我的手，一种保护感拥抱了我。嗒嗒的脚步声一路伴随着我们，然而小径却更显幽静。终于到了小径的尽头，那里有一个上了锁的锈迹斑斑的铁门。从外面，我看到里面确实有一架白色客机，旁边还有一架红色直升机。

"他们上了锁。"可文眉头一皱说。

"不要紧，在这里看足够好了，还有一架直升机，我还没有这么近距离看过飞机呢，我没想到直升机这么大，你知道它在电视里看上去是那么小。"

"对，对，我在看到真的直升机前和你的感觉一样。"他笑，"我回去问我的哥们儿是否能拿到钥匙进去看看。"

"好吧，那真是太棒了！"

之后，我们便原路返回了。

第二天傍晚，可文来找我。"我们今天能上飞机了。"他一见到我就告诉我这个令人兴奋的消息。

"真的！太好了！你拿到钥匙了？"

他摇摇头。

"我们要翻过那个铁门？"

他还是摇摇头，"到时候你就知道了。"

然后，我们就一路直奔那个实验基地，进入到那条芳草萋萋的通幽小径，不一会儿就到了那个上了锁的铁门。我望着他，他向我笑一下，转过身去，拨开门旁边的高草，走了进去，我跟着他也走进了草丛里，我边走边向两旁拨开一条路，就像要去探寻宝藏一样。

"嘿！洁蕊，就在这儿！"他小声但激动地告诉我，就像发现了宝藏的入口。

原来那是在两条钢筋之间的一个大空隙，不知是谁把一根钢筋弄弯了，空隙刚好能够进去一个人，通过它就可以进入实验基

北大恋歌

地了。可文先侧身进去,把里面的草拨到一旁,让我进去,我也侧身钻了进去。我们就这样走出草丛进了院子,然后走向那架红色的像一只大蜻蜓似的直升机。它的表面可能因为长期暴露在外面变得锈迹斑驳,那却丝毫不能降低我的兴奋感和好奇感。

"没想到螺旋桨这么大。"看到它头顶上的十字形的两条片状的装置,我说。

"那不是螺旋桨,那叫涡轮。"他说。

"啊,你知道的比我多。"可我也并不知道螺旋桨和涡轮有什么区别。

他笑,说:"等你上航空专业课的时候,知道的会比我还多,因为教材都是英文的。"

"是吗?"

"对,不过可能要等到大三的时候才有专业课。"他说:"小心!别走到机头前面去。"

"为什么?"我停住脚步站在原地,看着他,等待他的解释。

"因为机头有辐射,对人体伤害极大,要记住,以后也不要走到机头前面。"

"哦,太可怕了,我从你这儿学了不少。"

"我也从你那儿学了不少。"

我们微笑,然后就去看那架波音707,从机身旁边的舷梯走上去,我们居然走进了机舱,开始还是很窄的入口,我跟着他,不知怎么就绕进了驾驶舱。

"哇呜!这么多电钮。"机舱并不大,但看到机舱里满是大大小小的电钮,连舱顶都是,我不禁感叹。

— 252 —

"这些都是电门,飞行员就是通过控制这些电门来操纵飞机的。"

"电门?"我又知道了一个新鲜名词,那些电钮叫电门,虽然它们都是钮扣大小的门。

"对,电门。"他点点头,自信的样子,真像个教授。

"哦,对了,黑匣子在什么地方?"我问。

"在机尾,不过并不是黑色的,而是橘黄色的。"

"桔色更醒目?"我猜。

"对,你很聪明。"他说。

"可为什么在机尾呢?"我的疑问很多。

"因为即使飞机失事,机尾部分也不容易损坏。"

"那么坐在机尾更安全了?"

"原则上是,但是如果……那就只有上帝知道。"他咧开嘴巴笑了。

我也笑了。

"我们去客舱看看。"

"好。"

可文引领我走出驾驶舱,向机身后走去,"这是头等舱。"他和我走进一个座位不多的小室里面。

"原来头等舱就这样,我还以为很神秘呢。"

"对,就是座位少,座位间距大,能伸开腿,坐起来舒服些,没那么拥挤。"

"是这样。"

"到了经济舱你就知道多么拥挤了。"

北大恋歌

果然,到了后面的经济舱,一排一排套着蓝色罩子的座位满满当当,乘客是不可能随意走动的。

"这是一架宽体飞机。"

"宽体飞机?"

"对,你注意到它有两条过道了吗?"

"啊,真的。"

"只有一个过道的,是窄体飞机。"

"明白了,真专业。"我仿佛在上一节普及飞机知识的课:"你真教了我很多。"

"你教我的才多呢,教了我那么多英语。"

我笑了:"那不算什么。"

"你教我的比我告诉你的多多了。"他笑起来真是好看。

我们边说边走向中间,有两排座位被拆除了,还有几个座位扶手坏了,我们找两个座位坐下。"看,那是紧急出口。"他指着翅膀上的一个窗户说:"如果有情况发生,乘客就可以从那滚出机舱。"

"哈哈哈……"我不禁笑了起来,"要滚出去?"

他也笑了起来:"是,要从翅膀上滚出去,那样更安全。"他把头靠在了椅背上,心满意足似地闭上了眼睛:"嗯,想象我们正在空军一号上。"

"史密斯总统将要出国访问。"我开他玩笑。

"对,我身旁有第一夫人陪伴。"他睁开眼睛,调皮地向我眨眨眼。

我也把头靠在椅背上,闭上眼睛:"他们要去访问哪里呢?"

"爱情岛。"

我睁开眼睛。他正看着我,目光满是爱意。我们彼此慢慢靠近。双唇贴在一起。那个吻就像一个神奇玲珑的飞行员,载着我们心里的爱情飞向高远神秘的天际。

"噢?有关性的梦?别淘气。你是已婚男人。"我在电话的一端疲倦地对可文说。夜色浓暗下来,我变得昏昏欲睡。

"洁蕊,我那个晚上梦到我和妻子做爱。"可文说。

"噢。"我松了一口气。谢天谢地,不是和我,我神经过敏,即使在梦里,我也不想再和他有什么瓜葛。

"梦里我和妻子在做爱,你就在我们的旁边,你握着我妻子的手,那给了我极大的激情……"他向我描述他的梦,就像弗洛伊德在进行梦的解析。他原来常为我分析我的梦,也为他自己分析。

我对他的梦不置可否。

他开始像个怨妇一样唠叨起他和妻子几年的婚姻。没有孩子。他很忙碌,倒班,加班,身体到家就如同散了架。妻子也常常抱怨他不回家,几乎想要离婚。然而毕竟他是男人,为了一个虚无缥缈的名词——事业。他们之间的怨气逐渐平息,他们进行了交谈,最终决定开始真正的家庭生活。一个生活元素齐备的家庭生活——争取生一个孩子。然而,事与愿违,一年过去了,妻子的腹部仍然平坦。他们到医院检查。医生说,他们没什么毛病,不知道问题出在哪儿,可能是压力太大。

直到那个夜晚,他梦到了我。他似乎发现一丝希望,发现了

北大恋歌

激情的来源。

他们富有激情地做了爱！

"她怀孕了？"我几乎是小声叫地问。

"没有，她没在排卵期。"可文沮丧地说。

初恋的那杯醇酒，总是迷离恋爱中人的双眼，使喝掉它的人微醉。恋人们看到的一切都带有神奇的色彩，把所爱人的弱点看成是优点，或者把它忽视掉，或者把它理想化，那是很常见的。恋爱中的可文和我尽情享受语言、音乐、电影、黄昏的散步、玫瑰花园、楼前广场前缠绵的拥吻的欢悦。周末我们喜欢去听音乐学院的免费古典音乐会，偶尔也去看话剧；我们也一起坐在草坪上读《海明威传》，原版英文小说《永别了，武器》《飘》《红字》，等等；我们也看中文小说，我们都喜欢读钱钟书的《围城》和杨绛的《洗澡》；他有时和我谈论他读的书，如《美国是如何治理的》、弗洛伊德的《梦的解析》，等等，等等；他喜欢谈论政治，虽然我对政治不感兴趣，但听他兴致勃勃地高谈阔论倒也有趣。

"我将来要竞选教育部长。"一个暑假过后，可文刚刚从广州打工回来，一见到我就告诉我他的远大理想。

他总是在寒暑假出去工作，挣来的钱用于交学费。他说，他从进大学的那一刻起，就决心再不用父母的钱。我欣赏他的独立，认为那样非常有男子气概。毕竟，在这个国家，能够自己支付学费的学生毕竟是少数。

"你不当工程师了？"我并不感到奇怪，因为他是个相当有抱负的人，但我还是不由自主地问似乎很实际而不是虚无缥缈的问题，毕竟他还有一年就面临毕业找工作了。

"可能有一段时间，我会当工程师；但总有一天，我一定要竞选当教育部长。"他掷地有声的语气很迷人。

对他的鸿鹄之志，我是赞叹欣赏的，但我想知道他为什么想当教育部长。

"这次我去那个南方建筑工地上去当小工，和许多来自偏远地区的工友吃睡在一起。他们的家乡还很贫穷，我深深感到教育的重要。如果鲁迅先生还活着，我想告诉他，他当年应当先弃医从政，再从文，因为要让阿Q和那些麻木的人先有学习认字的机会，才能看懂他文风犀利的文章，启发他们的心灵。在我看来，教育才能救国，教育才是强国的根本，然而，首先应该是由政治来实现第一步。鲁迅的主义已经实现了，应该到解决问题的时候了。"

我静静地听他讲，他讲话时那种自信强烈地吸引我，那样富于魅力，就像总统，不，应该说教育部长在发表竞选演说。

他很认真地说："如果我成为教育部长，我要在这个国家首先实现小学教育全面免费，我不夸下海口说我要实现普及大学教育，我只做一件看似微小的事——实现每个公民免费接受小学教育。那些仅获得小学教育的人，学会了认字和计算，完全能够应对日常生活的需要，比如读报、算账，然后他们就有基础进行自学以获得更高的教育。不要看不起仅仅一个小学教育，在我们这个国家，如果每个人都有机会获得小学教育，我的那些工友就有能力改变他们自己、他们的家庭和家乡的命运；一旦落后地区的

北大恋歌

贫穷状况改变了，那么这个国家的生产力就会势不可挡，成为真正的世界强国。就好比是一只木桶，它所能容下的水并不取决于最长的那块木板，而是最短的那一块。"

"当然，对于高等教育，我的观点是取消高等教育对年龄的限制。只要一个人想要读大学、读硕士、读博士，他（她）在任何年龄，甚至是50岁、60岁、70岁、80岁都是正常的。教育理应是终生的，而不仅仅只发生在人生最年轻的一个阶段，前20年或30年。如果我成为教育部长，我会改革现有的教育制度，使得半工半读成为一种风尚，孩子们可以不必非要等到大学毕业后才接触社会，什么硕士、博士因感到前途无望而跳楼自杀，那简直就是浪费。教育其实如同娱乐一样，给人带来精神上的愉悦，而不仅仅是谋生的手段……"

那些充满美妙知识和温柔爱情的日子，那种单纯甜蜜的重复使我们想要让它永远进行下去。然而那种平静的欢悦最终被他第四年的考试和寻找工作打破了。他要离开学校参加各种面试，而我还要继续留在学校完成学业。大四那年，他大部分时间都在校园外面，偶尔打来电话问候，有时也会寄来书信。后来学校通了互联网，我们就发电子邮件告诉对方的近况，还有甜蜜的问候和祝福。

"嗨！洁蕊。"一天，可文又打来电话了。

"嘿！你在哪？"

"猜猜！"

"北京？"

"不对。"

"深圳?"

"不对。"

"夏威夷?"

"越来越离谱了。"

"嗯……不猜了,我怎么能知道你在哪?我想让你就在我的楼下,现在。"

"那你就下来,我会立刻在那等你。"

"真的?你没提前告诉我你要回来。"我很兴奋。

"我喜欢制造惊喜,只为你。"

我挂上电话,飞快地跑下楼去。只见可文瘦了一圈,也晒黑了,但那让他显得更有男子气概。他手中还捧着一束粉色玫瑰,一见到我,就张开嘴巴,露出整齐洁白的牙齿,傻傻地笑了。

"真没想到,你会买花给我,你说过心灵的花朵才是最美的。"在此之前,他从未给我买过花。记得一次音乐会后,一个卖花的小姑娘向他兜售生意,他对她说了那句话。那在当时是可以理解的,因为穷学生并没有很多闲钱买浪漫,我们把节省下来的钱购买书籍和音乐会、话剧门票,让我们的精神富足。

"是,我现在依然持有同样的观点,但是我的心灵之花却不想老老实实待在我胸膛里,想从里面开到外面来了,我也没办法。"他有时候会编很可爱的笑话,让我不高兴都难。

我们开怀大笑起来。我从他手中接过花束,嗅一下花朵甜美的香气。我心灵的欢乐之花也绽放了。之后,我们便去玫瑰花园散步。

他很兴奋,告诉我他去南方航空公司驻京办事处实习了。他

北大恋歌

们给他发了补贴,虽然不多,却足够他用,因为他吃住在家里,开销不多,剩下的钱都给了他妈妈。他妈妈高兴得逢人便宣讲一番,满怀的自豪。

难怪他给我买玫瑰花。他有了收入,确实不一样。

他只想让我高兴,告诉我,毕业后,他就要去广州工作。

"什么?你不回北京工作了吗?"我吃了一惊,心中突然蹦出一个不祥的念头——这束玫瑰可能是他的告别之花。

"对,我不想回北京工作了。"他轻松而又肯定地说。

那我怎么办?我们的未来怎么办?

"你不想?"我内心虽然疑虑,却机械地重复着从他口中刚刚吐出的那几个字。

"听我说,洁蕊,得到这个工作对我来说,真的不容易。你知道在北京,我找工作时有多难,简历不知投了多少份,有的根本没有回音,几家大航空公司也跑过了,可是职位都已经饱和了。后来,南航办事处竟然打来电话说需要工程师,能到这样大的航空公司工作可是千载难得的好机会,只是毕业后他们说要我去广州工作。"

我望着他的眼睛,察觉出一丝欲望,他像是在作告别讲演。但我口中还要和他的欲望做斗争,"在北京,你也可以去随便一家公司工作呀,一年后,我们就可以在北京聚首,永远在一起了。"

"洁蕊,你知道我和我父亲很难相处,我只想离他远点儿,这正是个好机会,等到母亲退休了,我会把她接到广州去住。"看来,他已经做出了决定。那个理由,生存的理由,看似一个合理的理由要把他夺到南方的城市了。

"这才是你要离开北京的真正原因。"我叹了一口气,"你们的成见就那么深吗?"

"我们很难沟通,如果我们都是哑巴或者聋子,生活还可能是和谐的。可惜我不是哑巴,他也不是聋子。那种生活我已经受够了。在高考的前一周,他还呼朋唤友到家里举行他无聊的聚会,而我只能躲到卫生间去看书,因为那是唯一清静的地方。一直以来,我不想把这一切告诉别人,因为听上去多么不可思议。我不想做一个抱怨鬼,我只想做出改变。而且我也想到南方看看,听我师兄说,南航给的待遇比北京的航空公司还优厚,听说那里比北京机会多,发展得也快,为什么死守着北京不放呢?读万卷书,行万里路。我想是时候了。是该出去看世界,做一番事业的时候了。这才是我要离开北京的真正原因。"他目光投向远方,显得很兴奋。

也许。做一番事业。我被他的一番豪情壮语感动了。"那样的话,我很高兴你能出去看一看。"我的心也顿时轻松了,为他能有那样的理想而骄傲。"但是我该怎么办呢?你知道,如果我们真的分开,我会很伤心。"

他听了我的话,望着我,似乎有些吃惊,"为什么我们会分开?"他说:"你毕业后也到广州去,那里有很多跨国公司,人活得更自由;他们需要外语人才,你也可以做英语老师,我的一个朋友说离公司不远有一个贵族学校,那里需要你这样会说英语又会说普通话的老师。"他兴致勃勃地说:"你知道广州的工资比北京的高多了,告诉你,我还有一个计划。"

北大恋歌

"什么计划?"我猜不出。

"等我们工作几年后,攒些积蓄,我们一起留学美国,我继续深造计算机,而你可以学你的文学,我们要到自由世界去增长见识。"

听了他的话,我像在视野中看到了另一片天地,我为什么没想到呢?"太好了!我也想去看看外面的世界。"我顿时感到豪情满怀。

"所以,去广州只是第一步,我们可以一起学习 GRE 和托福,我们又可以像从前一样享受知识和爱情;不同的是,我们还要在那里打好物质基础,我们的收入都会很高。然后,是美国,我们要乘坐美联航的班机去自由世界。"

"在你去之前,我会为你的到来做好准备,为我们将要在一起构筑一个属于我们自己的温暖漂亮的小巢,等到你过去时,我们将永远在一起。"他话语美妙。一幅美丽的图画仿佛飘忽在我眼前。我情不自禁地憧憬美好的未来。一切都会非常美好,充满了希望。然后,我们就那样望着对方,仿佛对方眼中会映出那就在不远处的生活画卷,我们一起,不禁冲着那幅在我们视像中即将展开的无比美丽的画卷咧开嘴巴傻傻地笑起来。

"你怎么知道她没在排卵期的?"我大为不解,在电话的一端问可文。

"我计算出来的。"可文在电话的另一端以一种数学家的肯定口吻说。学理科的人把一切都数字化,那似乎是他们分析问题的一个趋势。

"噢。"我恍然大悟,我意识到他又运用数学家式的思维分析问题了。虽然有时相当古怪,我有时着实佩服他对平常事物的数学家式的解释。我叹了一口气,"那就再来。"

"我不想再试了。我想回到你身边。"他干巴巴地说。

我内心澎湃,不知所以。

毕业前的几周,可文和我几乎每天一同去自习,忙他的论文和毕业考试。等到帮他改完最后一项——英文论文摘要,我们认为生活应当补充一些新奇的经历了。

那个周末,他借来一辆自行车,事先告诉我带我去一个有趣的地方。一见到他,我就问他去什么地方。他说,去一个教堂,一个兄弟告诉他,学校附近有一个小教堂,一个很有趣的地方,值得一访。

"我听说过,但是很多同学都没找到。"我想起我和几个室友在大一时的平安夜在天津的大雾中寻找那个传说中的小教堂却未果。

"我知道它在哪,我想我们能找到。听说,是一个非常漂亮的建筑。我们应该去看一看,放松一下。"

"好吧,我还没看过教堂呢。"

我们上路,他一路骑着自行车,我坐在后座上。我们先徜徉在柏油路,然后进入一条田间小路。路两旁树荫浓美,庄稼在盛夏鲜绿欲滴,乡间空气也很清新,沁人心脾。"看!小羊!"他叫了一声。

"真可爱!"我闻声望过去看到田间有几只可爱的雪白的小

北大恋歌

羊在吃鲜嫩的绿草，感到很兴奋，因为从未曾见过真正的活生生的小羊。"原来怎么没发现这么好的地方呢？我们可以到这儿野餐。"望着田间的美景，我情不自禁地说。

"是啊，不过，我们还可以来。"他在前面一边兴致很高地蹬着自行车踏板一边说。

"太好了！"

我从后面用一只胳膊环绕他的腰部。他一只手握着车把，腾出一只手握住我的手，把我的手向上移动，放在他的胸口上，说："真希望这条小路一直延续下去，永远没有尽头。"我把头靠在他的后背上，隔着他白色的纯棉T恤，感受他温暖的体温，一种甜蜜的幸福感荡漾在我青春的心田上。

田间小路并没有如他所愿，永远地延续下去。我们花费了很长时间才找到了那个小教堂。它隐匿在一个朴素文静的小小村落，周围是参天挺拔的绿树。除了绿叶沙沙作响颤抖的声音，一切都沉浸在静谧之中。我们走近它，一看到它就立刻被它典雅神秘的气质所吸引。那是一幢静穆的黑色建筑，尖尖的哥特式屋顶上竖着三个十字架，精致的彩绘玻璃就像一只只栖息在墙面的蝴蝶，五颜六色的翅膀美丽而透明。门前有几株青翠欲滴的石榴树，枝叶间盛开着火红的花朵。门紧闭着，门口挂着开放时间表。我们走到近前，读罢时间表得知开放时间是在周末早上，只有两个小时。

"我们应该早上来。"他不无遗憾地说。

"没关系，这样我们就有理由再来一次了。"我说。

"你说得没错。"

他微笑着拿出相机为建筑拍了几张照片。然后我们绕着建筑一边走一边欣赏建筑各个角度呈现出的优雅的美。它仿佛将时间和音乐凝固到了它的体内。我们的耳畔似乎传来巴赫演奏的管风琴音乐，仿佛置身于古老遥远的中世纪，心也变得庄重起来。走着走着，我们看到建筑的侧面有一个窗户，似乎在我们向里张望的能力范围。我们走了过去，到了跟前，发现它事实上还是很高的，我们仍然无法看到建筑的内里。

　　"太高了。"我看着窗户喃喃地说。

　　"这样吧，"他说："你坐到我肩上来。"说着他就蹲了下去。

　　"哈，好办法。"我从他的背后跨上他的肩膀，双腿搭在他的前胸，双手扶住他的头。

　　"坐稳了，起——"说着，他双手握住我的双腿，慢慢起身："别揪我头发。"

　　"哈……"我感到就像坐在马鞍上，摇摇晃晃的，从上往下看，感到自己离地面高得有点可怕："我觉得要摔下去一样。"

　　"不会，相信我，你在我肩上，就像一片羽毛，快告诉我里面有什么。"

　　我凑近窗户，向里张望，告诉我身下的"马"："里面有长条椅，还有圣母像，嘿！前面有一个大十字架，耶稣就在上面。"

　　"太好了，还有别的吗？"

　　"看不到别的了。"

　　然后，我的"马"就再次蹲了下去，"该我看了。"他说。

　　我安全地着陆："我还想多看会儿呢。"

　　他笑："下次我们可以到里面去看。"

北大恋歌

他的脸已经涨红了。看来，我并不是轻得像一片羽毛。我说："好吧！可你怎么看呢？"

"我有办法，看我的！"说着，他手搭住窗台，然后，就像做引体向上纵身一跳，双手像钉子一样钉在上面，头刚好能够接近玻璃，他坚持着。

"哈！我可知道引体向上是用来做什么的了。"我笑了。

"是，就是在这种特殊情况下发挥它的作用的。"

他看完，就跳了下来，脸上出了一层亮晶晶的汗珠。

我们再次环绕教堂漫步，细细品味它的美，想要把它久久留在目光中，留在脑海中。

回到教堂的前面，他说："洁蕊。"

"什么？"我转过头看他，他的脸恢复了常态，目光虔诚而纯净。

他不知从哪里拿出一枚银色的戒指："你愿意做我的妻子吗？"

一种难以言明的欣悦从我心底升腾。我望着他的双眼。良久。"我愿意。"那似乎是那一刻唯一的答案。

他把那枚戒指套在我左手的无名指上，说："等到明年你毕业的时候，我们将在教堂举办婚礼。"

四目凝视。青春像一只猛兽在我们身体的牢笼内骚动，想要冲出来。

那一刻很动人，火红的石榴花是我们爱情的见证。我们的爱情像在圣母玛丽亚温暖怀抱中一只欢快的小白鸽，在她慈爱的庇佑中，永不失落。

从教堂回来的那个晚上,他和我决定将我们的爱情仪式继续进行。婚礼的地点选在他的宿舍。在此之前我从未进过男生公寓,只在公寓门口等过他,因为女生是禁止进入的。可文告诉我他先进去,把看门老大爷的注意力引开,然后我就可以乘机而入,从侧面的楼梯上楼到他宿舍门口等他。他宿舍的其他几个朋友那晚恰好都出去了。

事情依照计划进行得很顺利。我趁着他和老大爷说话的时候,快速经过传达室的门,上了楼梯。楼道里空荡荡的。当我走到卫生间的位置时,一个裸露上身的男生走了出来。我们的目光相遇。他吃了一惊,紧接着,便恢复了常态,朝我笑笑,指指一个宿舍的门,他像早知道我要去那儿一样。我向他笑笑,摆摆手,轻声说一句谢谢,就向他指的那个门走去。

可文很快就上楼来,他打开门。里面漆黑一片。我跟着他进去。他关好门,按下灯的开关。乳白色的光顷刻间注入整个房间,日光灯宛似一只白玉手臂伸展在天花板上。他走到窗前拉好白色窗帘。然后,我们就同外界隔绝了。

"我很高兴你能在这儿。"他傻傻地笑。

"我也很高兴。"我也傻傻地笑。

"那是我的床。"他指着门后面下铺的床铺说,床头上夹着一盏红色的小台灯,枕边还摞着几本书。

我们走到他的床边,坐了下来。我观看他的房间,对充溢在房间里随意散漫的男性氛围着了迷。房间的格局和女生宿舍相似,只是他们凌乱得近似疯狂。书桌上的书摞成了山,足球明星

北大恋歌

的海报贴在柜门上。对面上铺男生穿过的衬衫和牛仔裤堆在床头，还有一条裤管从床边斜垂下来，他的吉他就放在裤子的上面，仿佛他的裤子躺在床上弹吉他，一条腿还悠闲自得地荡在半空中。所有这一切使我感到一种杂乱的和谐，不禁笑了起来。

忽然，灯灭了，屋里黑成一团。

"哦，十一点了。"那是学校里的规矩，每到十一点，宿舍的管理员就会准时拉闸。

黑暗掩盖了一切，却点燃了年轻血液里的火花。那颗火花膨胀壮大，燃烧成美丽巨大的篝火。火苗熊熊燃起，炽热而自由。一种前所未有的迫切感促使我们热情地拥抱。青春的猛兽被释放出来。他双唇寻找我。吻，深长而自由。我们彼此脱去对方的衣服。一个别有趣味的过程。衣服的技术结构各殊。主要是我的内衣挂钩和他的皮带扣。我们各自解决了自身的技术问题。终于浑身赤裸相拥躺在他的枕头上，感觉就像在天体海滩上。我们周围是柔软黑色之中的沙滩和阳光，胸中澎湃的海浪震颤着身体。"我听到你的心跳了，"我小声说。"那是运动员的心脏，跳得很稳，很有力，让我听听你的。"他说着便把耳朵贴在我的心脏上，"跳得很温柔。"我在黑暗中微笑，抚摸他的头发。他的头开始向下滑动，一直向下。"你准备好了吗？"他小声问。"准备好了。"我很肯定，等待书中描写的美妙时刻降临。我们就像初次作战的战士，毫无经验，却充满好奇和无畏，激动又不知所措。我闭上眼睛，他的手在黑暗中探寻。我静静等待，那种期待的感觉妙不可言。须臾，似乎什么都没发生，美妙的期待却依然存在。"我感到很幸福。"我美美地说。"真的？"他怀疑地问。"我是个笨蛋。""你不是笨蛋,你是我的 dear hubby。"我梦呓一般对着黑暗中的他说。突然,我感到有些不对劲,感到腹部的皮肤像海藻,表面有一层黏液,滑溜溜的。然后,"邦"的一声,"呃!"他发出了痛苦的声音。我不禁睁开眼睛下意识地说:"撞头了?""撞在上铺的铺板上了。"我嘘了一口气,"好了,我都困了,睡觉吧。""嗯,好吧。"然后,他就小心翼翼倒了下来,在我身边躺下。

那一夜,我们相拥而眠。

第二天早晨,我们如法炮制。趁着看门老大爷不注意,我又经过传达室的门,溜出了男生公寓,感觉就像邦德在敌人眼皮底下完成了任务。

傍晚,他和我在校园散步,我们从湖边走到操场,从操场走到航空工程师培训基地又走到校门口。

"我们该出去走走。"他突发其想地说。

"好吧。"我顺其自然说,"我们去机场航站楼看看吧,我还没去过那儿呢。"

"好。"

我们于是踏上了门外那条通向机场并不算宽两旁种植着常青灌木的小路。我们手牵手,走得很慢。他很安静,不知道为什么没有往常那么多的高谈阔论、侃侃而谈,谈他的工作,对一些事的看法,还有为我普及计算机和互联网知识。对他的安静,我有些不习惯,因为喜欢听他的海阔天空的话题。毕竟我们在一起的时间屈指可数了,毕业后他就要奔赴广州了,天知道,什么时候

北大恋歌

才能见他一面。

"怎么不说话了?"我云淡风轻地问。

"我在想,我真笨。"

原来,他还在想着昨夜的事。

"可是我感到很幸福,真的。"我看着他,真诚地说:"我已经得到了幸福。"

他转过脸来,看着我,微笑。我也微笑。他说:"我想让你幸福,那是我最想做的事。"

我们拥抱在一起。我的脸贴在他的胸口上,感到他的身体是那样温暖,如果那种温暖能够伴随我一生,对我来说,就足够了。

然后,我们又接着往机场航站楼的方向走。路两旁高大柳树垂下翠绿的丝绦,晚风掠过,树影婆娑,就像少女散开的长发,享受轻风吹拂的自由。走到航站楼,我们走了进去。大厅里面人不多,和火车站差不多,只是设施可能齐备一些。扬声器里面正在播报航班预报,一个听上去似乎失去真实性的声音在大厅里面回荡,大厅显得空空落落。我们在一排浅绿色硬塑料的座椅上坐下,应景地看吊在天花板上的电视。里面播放的是当日的新闻,只见人的影像,声音只是模糊的抖动,什么内容全然不明。外面有飞机隆隆起降的声音倒很清晰,好似飞机就在我们的头上掠过。过了一会儿,忽然来了一群日本女孩。她们仿佛直接从地上生出来,一律穿着黑色的校服裙装,白色及膝短袜,齐耳短发。她们由几名中年妇女带领,一张张青春的脸上带着笑容,叽叽喳喳地说着日语,看上去兴高采烈,就像一只只快乐的小鸟,使大厅里的气氛变得活跃起来。可文和我被这一群沉浸在旅行欢乐中的日本女孩所感染，兴味盎然地看着她们。

"头一次看到这么多日本人！她们的腿真短。"他咧开嘴巴笑着说。

"皮肤都很好，样子和电视剧中看的差不多。"我笑着说。

"温带海洋性气候滋润的。"

过些时候，那些女孩离开，可能是在我们的那个机场转机。天色已晚，我和可文也起身离开候机大厅。走在回去的路上，看到路两边散步的人多了起来，看样子，都是我们的同学，都出来享受夜色的美丽和静谧。走着走着，我们突然看到一座璀璨夺目的大楼，上面写着"滨海酒店"。

"这儿竟然有个酒店。"我不经意地说。

"可能是新开的。"他忽然停了下来，像是想起了什么。

我也停住脚步，看着他，等待他开口。

"嘿！洁蕊，我们可以在这儿待一个晚上，你看怎么样？"他的眼里放着兴奋的亮光。

我恍然大悟。"那当然好，我真担心昨天被看门人抓住。"

"我也是。"我们想起前一天晚上偷偷溜进男生公寓的情景，又傻笑了一阵。

唉，年轻时代的我们，总是对书上和电影中描绘和展现的成人世界的美好充满好奇，总是想要逾越一道看不到的界限，从懵懂的青涩世界进入梦想中那个甜熟的世界。

第二天晚上，我们进入那个酒店的房间，就像是度假的情侣。没有了第一次的慌乱，我们很从容，每根神经都很舒展。那

北大恋歌

张铺着白色床单的床,如同覆盖了一层绵软的白雪,是我们即将举行真正的成人仪式的礼台。他关上天花板上雪亮的灯,打开壁灯,柔和的光洒在墙壁、床和家具上,把它们染成淡淡的珍珠色。我们仿佛游走在一个柔软的蚌里,躺在了那个床上。他为我戴上耳机。《卡萨布兰卡》轻快浪漫的前奏随即传入我的耳朵透过重重的浓情的旋律,四目而视。我闭上眼睛。音乐如清泉一般流遍我的全身,身体随着音乐的流淌开始变得异常地兴奋,摆出爱的姿势。两个人的身体宛如两种乐器,协奏出踏入成人世界最美最欢快的乐曲。"I love you more and more each day as time goes by…"一个录音机在我耳畔对我唱,我对着可文的耳朵唱那最后一句歌词。

那晚,我成了他的新娘。

送别可文的日子,我混在一群毕业生和他们的同乡或男、女朋友之间。他们依依话别、握手。可文和我谈笑风生,因为我们知道我们会在一起,只要经过一年而已,一年似乎只是一小段时间而已。他要和他的一个兄弟共用一辆出租车去天津火车站,然后先在北京待上几天,再去广州报到。而我则要在学校完成期末考试。

一会儿,他的兄弟就来到我们身边,告诉他,他们该出发了。

"我要给我的 Fiancee 最后一个吻。"他对他的兄弟说。

他的兄弟小声嘀咕,"Fiancee?"

"就是未婚妻的意思。"他不无得意地卖弄他刚学会的一个英文单词说。

"那再好不过。"说着那个哥们儿就识趣地走开了。

我们吻了一下。那只是一个匆忙简短的吻。离别的那一刻,仿佛所有都已注入那一吻之中。

之后,他和那个哥们儿把行李放到出租车的后备厢,然后钻进车里。汽车起动,他回头望我,傻笑着离开了我。我傻笑着向出租车挥手。一时间,一种孤独感油然而生。

一天晚上下起了雨。宿舍里的电话一直被维姬占用和她的男友聊天。我拿起雨伞和电话卡到公用电话亭,满怀希望地给文打长途电话。"嗨!文,我决定去你那儿,父母同意了!我想试试你上次说的贵族学校,你帮我问问他们是否还需要英语老师好吗?"

他在另一端沉默了片刻,说:"洁蕊,我正要给你打电话,你应该去找别的男人。"他开口说话了。

我以为他在开玩笑,"你说什么?"

"我想说,我们分手吧。"他语气严肃,不像在开玩笑。

我看不到他的表情,然而他的话犹如一杯冷水直灌我的心底,"为什么?我已经准备好了要和你在一起。"

"洁蕊,对不起,那是我的不幸。"

"到底发生了什么?"我被他激怒了。

"我想向你解释,我不得不和另一个人结婚,她怀孕了⋯⋯"

可怕的事实爆发出来。一阵极度的痛苦击中了我。一切都明

北大恋歌

白了。我毫无欲望听他讲下去。下面的解释已经对我毫无意义。我挂上了电话,我推开电话亭的门,走进雨中。

  大雨如注。她任凭串串雨滴落在头上和脸上,似乎它们能洗去笼罩在她心头的悲伤和愤怒,灵魂也似随着雨丝流出了她的头脑扎进了漾漾的土地。她被黑暗牵引着,不知不觉走到了玫瑰花园,他们经常散步的湖边。湖水发出微微的光亮像是一条带子。夜空黑着脸,面目狰狞。突然一道闪电惊现,犹如一把闪亮的利剑划开夜空阴沉的脸。黑暗的天幕顿时四分五裂。紧接着万钧雷霆,震耳欲聋,如同雨空沉痛的哭泣。怎么天也会哭吗?蓦地,她打了个冷战。之后,她便颓唐地拖泥带水地从原路返回了公寓。

  推开宿舍的门,我看到维姬还在门口打电话,满脸的笑。她在我眼里,就像一个虚假的幻影。我如同身处寒冬,瑟瑟发抖。她看着我,觉得有些不对劲,她向电话里匆忙道别,就挂上了电话,"天哪,不是带了雨伞,怎么还淋成了落汤鸡?"她走过来关切地问。

  她的话语像是声波武器,我一听到她对我讲话,眼泪就不禁滑落下来:"我们分手了!"

  "天啊!怎么会这样?"维姬不知所措,"你不是要去广州吗?"

  "他要和别人结婚,"我哽咽,"那个人,怀孕了!"

  维姬的表情顿时僵住,随即便脱口而出,"哦!真是太可恶了!这个人真是太虚伪了!"然后叹一口气说:"远距离的爱情真是太不可靠了,幸好我们快毕业了,就要离开这里,到时候,你会有新的开始。别哭了,天涯何处无芳草。"她一边劝我,一边拿来毛巾为我擦干头发。

等到丽姿和开睿回来,她们从维姬那里知道了事情的经过。

"我都说过,不要把鸡蛋放在同一只篮子里,否则,你们早晚会流下不值得流下的眼泪。"丽姿煞有介事地说:"我有时想,男女之间的关系倒有些符合万有引力定律。"

"怎么讲?"对理论保持高度兴趣的书呆子开睿问。

"宇宙间两个物体相互吸引的力量随物的大小而递增,并随两物体之间的距离而递减。"丽姿居然还清楚地记得那个定律的定义。

"真的是这样吗?"天真的维姬说。

"是。"丽姿点点头,"我爸爸当年离开了我妈妈,比这还要糟糕。他一声不响地离开了我们母女,去美国读研究生。那时候出国留学还是凤毛麟角,他甚至没有留下一封信,然后就音信全无。"她摊开双手,像放飞了拢在她手里的一只鸽子。

"啊!怪不得从未听你提起你父亲。"维姬恍然大悟地说。

"对,因为我已经连他长什么样子都不记得了,那时我只有两岁。"丽姿漫不经心地说,看不出丝毫的忧伤:"所以,洁蕊可能比我妈妈幸运,她的男人没有等她的孩子出生才走开,甚至连一个字也没留下。"

"有点儿道理。"开睿眼中略过一丝同情说。

"所以,洁蕊,要是我是你,"丽姿突然转向我并微笑着说:"此刻我要大笑了。"

北大恋歌

过了情感爆发的阶段，我似乎进入了另一种境地，麻木的境地。望着丽姿，仿佛在看着一个要对我施"大笑"魔法的女巫，我的第二个自我冲着眼前这个披头散发的女巫一阵怪笑。然而我的外壳却僵硬木讷，只是呆望着她。

遭受灵魂暗夜侵扰的她得了偏头痛，很难睡去。她闭上眼睛，黑幢幢的影像闯进她的脑海，一阵尖叫声传来，像要冲破她的心房。她竭力压制那阵尖叫，把它囚禁于心。她睁开眼，眼前光滑透明的一片。她伸出手触摸那一片，冰凉坚硬，抬起头，发现自己正在一个瓶中。她感到呼吸局促，想突破瓶壁。她冲过瓶颈，瓶口早已封死。滑回瓶底，她有了新的发现——那瓶竟是她自己的身体。瓶平静地躺在那里，任凭瓶内的自我的狂猛冲撞，身体却没有丝毫苏醒的征兆。绝望之际，她看到一个人。可文。他伫立于她身体的瓶外。四目相视。她仿佛看到自由的希望，向他疾呼，"放我出去！"他面无表情，声音平静得近乎无情，对她说："你死了。""不！"她凄声喊道。想要冲破那片冰冷透明重获自由的欲念支配着她的身体，她像一条将死的泥鳅在那"死"的瓶中上下穿梭，试图找到一丝缝隙逃脱出去，"我不要受这死的束缚。"她对着瓶外的他呼喊，眼中流出了紫色的泪水，滑落脸颊。而他对此，无动于衷，铁板一块。瓶口密闭依然，斩断她的自由。

我醒来。一个梦。

第二天，我收到可文的电子邮件，他是这样写的：

洁蕊，

我想我理应向你解释清楚，告诉你发生的一切，以取得你的原谅。我向上帝祈求你能够原谅我。我很后悔。但是事情发生了，补救已为时已晚。她是我的同事，是个乐于助人的姑娘。有一段时间我病了，住进医院。我并没有告诉你，怕你为我担心，因为你正在准备期末考试，我不想让你分心。我病了，病得不轻。有一段时间下班后我总是和一帮同事打篮球，每次都是大汗淋漓。南方的天气太热，每次回到家里，我都洗冷水澡。有一天，我觉得很不舒服，胸口里老像有水。同事建议我去医院查查看。没想到，他们真的从我胸里面抽出了水。医生诊断我得了胸膜炎，必须住院治疗。在我住院的日子，她经常出现在我的病房里，照顾我，每天都为我买《中国日报》，因为她知道我喜欢学英语。她问我为什么那么喜欢英语，我告诉她我的女朋友是学英语的，我很得意。她说，难怪，有时也让我给她讲我的北京女朋友，因为她很好奇。出院以后，我和她成了好朋友。有一次，和几个同事出去聚会，我们喝了酒。终于，发生了不该发生的事，我们发生了关系。你应该知道一个男人很难抵挡那样的时刻。她怀上了孩子，她说想去把孩子做流产。可我认为那是不对的。孩子没有错，他（她）的生命刚刚萌芽，就要结束，那样做太残忍了。因此，我做了决定，和她结婚。你不知道我做出那个决定有多么艰难，多么心痛，那是我有生以来最难过的几天，我的头都快裂开了。因为我知道这辈子你和我不能够做丈夫和妻子了，

北大恋歌

我也背弃了我们毕业前的约定。

  我希望你能原谅我，我仍然是你的朋友，如果你还愿意做我的朋友。

可文

  Son of bitch！泪水又一次盈满了我的双眼。不！我不原谅你！决不！我不是你的朋友！我是你的敌人！我心中充满厌恶，厌恶他，她，还有一切。如果他在我面前，我肯定会把他撕成碎片。然而，我却感到我的心被我哭泣的声音震碎了。

  "这个蠢蛋，用一份《中国日报》就把他猎取了。"丽姿愤愤不平地说。

  "他这么快就把洁蕊为他辅导他那笨嘴拙舌的发音给忘了。"维姬一边摇头一边说。

  "男人的记忆只限制在一米远。"开睿说完，嘴巴撇成鞋底，像要抽打到一米开外。

第七章

　　一个男人，坐在起居室的沙发上。房间的色调很明快。他背后卧室的门敞开，上午的阳光在淡绿色的墙壁上涂上一道斜长的亮亮的光影。他身旁趴着一只黑白色的小花猫，它慵懒地眯缝着眼睛，头懒怠地埋在前腿的弯曲处。他拿起一只粉色宠物玩具小棒逗弄这只小猫咪。"嘿，别这么无精打采的，小美人！"他边说边用小棒轻轻触动它的胡须。它伸出一只前爪拨开棒端，并不抬头。他再来。它再拨开。他用棒端的小圆头触它的鼻尖。它终于忍无可忍，抬起它的脸。只见它的脸上惊现一个巨大的肿块，仿佛它脸上又长出一个小脸，只是没有五官而已。"喵呜！"它纵起身来扑向小棒。

　　"哈哈，好了，小美人，瞧你这精神头，你会没事的。"男人收起玩具小棒，看了看表："快到时间了，我们该走了。"

　　他走进浴室，拿起一瓶蓝色漱口水，"咯噜噜"地漱了几下，然后吐了出去，液体混着泡沫流进洁白的水池。

　　"我们走，宝贝。"他回到起居室，抱起那只肿脸"小美人"，把它放进一个塑料笼子，然后提着它走了出去。

　　门口泊着一辆浅灰蓝色汽车，他却并不停步，冲它轻轻摇了

北大恋歌

摇头，然后从它旁边走过。他径直走，前面泊着一辆银色SUV，他打开车门，把"小美人"放进车的后座后关好车门。然后，他走到另一侧，打开车门，一跨腿坐在方向盘前，发动引擎，然后，驶向公路。

路上没有其他车辆，他一路行驶，仿佛那是他自己的公路。电台里面传出滚石乐队的摇滚乐，他一边驾驶，一边跟着哼唱。音乐节奏变快，像要飞起来。车子也在加速，像要追上飞快的节奏，SUV和音乐在赛跑，就像银色的风。前方出现一条弯路，空空如也。他随乐曲哼唱，感到没有减速的必要。驶过弯道，又是笔直的公路，他是那条路的主人，也是速度的主人，陪伴他的只是他的伙伴SUV和"小美人"，还有音乐。又一条弯路，他的伙伴如同一道银色的光，又像一阵风划了过去。他感到自己坐在速度之上，驾驭了速度，超越了速度，一路全速猛冲。速度就是一切。他飘飘欲仙。

又一个转弯。突然，他的脸僵住，继而大惊失色。一辆巨大的红色卡车迎面而来，那个庞然大物本不该在那个方向的车道上的。

砰！一声巨响。

喵呜——

一天，下班回到家，我看到一封国外的来信放在写字台上。我看到信封上的落款。那是从印第安那大学发来的信。我先是很兴奋，因为等待了几个月，终于来信了。然而看着寄来的薄薄的信封，我立刻进入了一种不安、焦虑、甚至是伤心的境地，我并不急于拆开它。那是令我感到又甜又苦的一封信，因为看着它轻轻飘飘的样子，我已经知道，虽然他们录取了我，我却没有得到奖学金。我似乎又站在十字路口上，是要留学，还是就此停住前进的路。我陷入沉思，不知如何走下去。我一年多的辛苦白费了？我多想找一个人倾吐我心中的不快呀！我突然想起罗比。我们已经不知多久没有互发电子邮件了。那天夜里，我发电子邮件给他，告诉他我虽然被印第安那大学录取了，却没获得奖学金，可能留学的事就此泡汤了。

第二天，我打开邮件，本以为会收到他的电子邮件。然而，没有。此后的一周，我都查看电子邮件，可是仍然没有他的回信。我打了他留下的电话号码，接电话人的声音听上去像是个老年妇女。我开始以为是他母亲，却不是，那是他之前的女房东，她说他早就搬到另外一个街区。接着，她又给了我一个警署的电话，说我可以向他们查询他的住址。我于是致电美国联邦警署，一个客气的男接线员说，查不到他的住址，还未登记过。

两周过去了……三周过去了……四周过去了……不知多久过去了，一个月……两个月……

每一天，都只是忠实的《纽约时报》坚持如一地往我的邮箱里发送电子版新闻，然而，我想要的回音却不见踪影。我不再抱任何希望了，确定无疑，历史再一次重复了。我想到了罗莎。我想亲口问他是否又和她在一起，而我的另一个自我却对我说，何必自取其辱呢？我想起给前男友可文打电话的雨夜。冷雨荡涤，利剑穿心的感觉。一股刺骨的寒意再次刺进了我的心房。

我的内心恐惧历史的重复。

北大恋歌

我不再盼望他的来信了。当年可文发给我一封令我感到可恨的邮件。而今，远隔广阔浩瀚的太平洋，我连封冷冰冰的宣告分手的电子邮件也无从得到。也许，他早把我忘了，就像当年的可文，另有新欢。那是再正常不过的事了。我感到历史再次重复了。

几天里，我时常陷入沉思。逐渐地，我的心慢慢平静，因为对于重复的东西早已有了先验。它再不能让我的灵魂受到摧残。我的心，不再惧怕那种重复了。

丽姿可能是上帝派来的天使，要么就是恶魔。我想要从她那里得到安慰，告诉她我没得到奖学金，留学的事泡汤了。她却满不在乎，说没什么了不起，以后可以去那里旅游。我告诉她，我没有收到罗比的电子邮件已经几个月了。她说，他被印第安那的龙卷风给卷走了。她的一个同事去印第安那波利斯出差，就遭遇了龙卷风，躲在屋子里不敢出来，听说卷走了三个人。

我心情欠佳。在办公室，洋娃娃和奥黛丽得知我未得到奖学金，都说，在国内更好，省得去受洋罪，再说回来，还要再找工作，没听说现在"海归"都成了"海待"了。

我几天打不起精神。

一天上午，洋娃娃说受捐助人之托，我们要去走访一位受捐助的学生的家。我只知道学生是个女孩子，我们要去了解她的家庭情况。那是我第一次去走访学生的家庭。本来这项工作是洋娃娃和奥黛丽做的，奥黛丽这几天要复习功课，所以我代她去。她在党校学习本科，正在准备毕业答辩，所以请假在家狠背论文。当她得知我的留学要泡汤了，倒也乖巧，说要我做她儿子的英语家教。我心想，怎么现在的父母还这么不开窍，还要孩子大学特学英语，为的是哪般啊。

"如果你看看那个孩子，你就不会为留学的事感到烦恼了。"洋娃娃说。

我未答话，只随他去。一年的辛苦啊，我不求他能理解我，毕竟脱掉一层皮的不是他自己，换成我是他，我也可以说得轻轻松松、舒舒服服。

那个孩子家的公寓楼坐落在离一条商业街不远的一个居民区。那个居民区在二十世纪九十年代还是一个欣欣向荣的居民区，而到了二十一世纪，它就像一个中年人，外表的颜色开始变得不再光艳，内里的设备也变得陈旧。我们走上阴暗的楼梯，到了孩子家的楼层，沿着楼道转了一圈。洋娃娃在一家门前站住，敲门。我在他的后面，等待有人开门。很快，门开了。一位中年男子，自称是女孩的父亲，很有礼貌地微笑着请我们进去。他身穿一件蓝白条纹衬衫，看到他整个人立刻令人感到十分奇特。我第一次见到体型如此奇特的人，他的身体比例严重失调，头部显得硕大无比，身体却快要萎缩到十几岁小孩那样高。我和洋娃娃走进屋里，听到一阵轻微的狗吠声，闻到一种奇怪的气味，可能是小狗的身上发出的。我们没有见到那只小狗。他把它关在另一个房间，可能因为有客人来，他不让它出来。

我们坐下，和这位父亲谈起他的家庭情况，方才知道他罹患了很严重的糖尿病，疾病快把他的身体消耗殆尽了。我于是知道

北大恋歌

他身体比例失调的原因了。当问及孩子的母亲时，他眼里闪出泪光，但始终没让眼泪流出来。原来孩子的母亲罹患癌症已先他而去了。早先他们本是生活富裕的家庭，从未想到会过上要接受别人捐助的日子。孩子还小的时候，他和妻子工作的那个工厂效益非常好。后来，妻子却得了绝症。紧接着，工厂的经营也变得困难。他又得了糖尿病，一时上不了班，只好先在家养病。有时亲戚朋友会接济他一些，他想回到工厂去，而那个时候工厂连正常人都纷纷下岗，更别提他这种病号的位置了。我们简单询问了一下学生的情况，诸如学习情况和健康情况，等等。他说孩子正在上初中，快要毕业了，很懂事，别的孩子向家长要钱买衣服，她从不乱花钱。她说她不打算上普通高中了，因为上高中和大学是一大笔费用，她想考一所职业高中，毕业后尽快上班挣钱来照顾父亲。之后，他带我们看了孩子的房间。里面墙壁上贴满了姿态各异模特的图画，每幅画得都别具特色，各有情趣。孩子的父亲说，孩子的愿望是将来做一个服装设计师，她做完作业后，就自己找相关的书籍或者看电视上的表演，然后就在自己的房间画画。

  我的心震动了。她要照顾父亲，要长大后做服装设计师。她这么小，就能说出这样的话来。那一刻，我感到我能为那个孩子所做的工作可能比做其他事情更重要，甚至比出国留学更重要。一种真实的崇高感油然而生，我仿佛看到了人生的另一维度，甚至找到了人生的答案。艰难的生活环境其实并不妨碍我们追求梦想。我的梦想不就是写几本书嘛。无论我身在何处，这个梦想都可以实现。于是，那天夜里，我拿起秃笔开始我的笔耕生涯。

猫有九命。"小美人"在 SUV 侧翻的事故中毫发无损,肿瘤手术也很成功。她脸上的瘤子被摘除,很快恢复了健康。她的女主人柯律治太太带着她急匆匆来到医院,因为医生在电话里告诉她,她的儿子苏醒过来了。一推开病房的门,她就大声呼唤儿子的名字:"哦,罗比,罗比,亲爱的,你终于醒过来了!"她快步走到床边去亲吻她的儿子。

然而,她的儿子却一脸疑惑,望着她如同看着一个陌生人,他问道:"你是谁?"

"我是谁?我是你亲爱的妈妈,你连我也不认识了吗?"她眼中流出了快乐的泪水,"不怪你,你和玛西娅都获得了新生,需要重新认识这个世界。"

他仍然一脸茫然地望着她。

医生这时来到她的身边,示意她和他出去。

"他的头部受到重创,得了脑振荡,部分记忆可能受损。"医生在办公室对柯律治夫人说。

"部分记忆受损?"她睁大双眼,"怪不得他不认识我,问我我是谁。"

"是的,接下来,我们要对他进行测试,看他到底还记得些什么。"医生说。

"天哪,我的儿子,上帝怎么这样对他,让他失去了记忆,就是说,他的脑子就像个空罐子,把装进的东西又倒出去了。"她开始变得焦虑。

"可是,夫人,他毕竟保住了他的生命。"医生温和地对她说。

"是的，医生，上帝还是仁慈的。"她又变得宽慰。

"他的记忆还是有可能恢复的，只是需要一些时间。"

"要多久，他才能恢复？"

"几天，几个星期，几个月，一年，两年，那就要看他的恢复情况，当然，还有上帝的安排了。"

"哦，上帝啊，保佑我的儿子吧！"她双手交叉，双眼望天。

过些时日，医生为罗比进行了图形、数学、文字等一系列测试。他记得那些知识，但却不记得他曾认识的人和前一天发生的事情。

"他患了选择性失忆症。"医生对罗比的父母说："但是我们可以帮助他恢复，帮助他建立信心，可以把头一天发生的事情，记在纸上，这样他就可以看着纸想起前一天的事情。"

"也只能如此了。"他的父亲无可奈何地说。

十二个月后

又至"六一"儿童节。我被告知需要准备一个青少年对外交流活动，要为领导准备英文讲话稿，还要在活动中担任翻译。我接到通知，就去做准备。接下来的一周，似乎都在为那个活动做准备。他们反复要看那篇倒霉的讲话稿，反复修改。他们时常一拍脑门有了新想法，我便不得不修改讲话稿和翻译稿。开始着实令人烦恼，一来二去，我的耐心给培养出来了，不再惧怕"拉锯战"，变得非常适应那种作战方式。我猜，不到最后一刻，他们是不肯罢休的。

活动当天，我很早起床，又最后练习读了一遍英文稿，然后便匆匆赶赴活动地点。我到的时候，已经有一群孩子在那里等待。他们都穿白色衬衫，男孩穿蓝色短裤，女孩则是蓝色短裙，都系红领巾。有的孩子手里拿着乐器在练习吹奏，有的只是在胡闹玩耍嬉笑。孩子们总是快乐的。一会儿，洋娃娃找到我，说让我准备好，各国的宾客陆续来了。我跟随他到了大厅门口，便开始了翻译工作。各国使馆的工作人员带着各国小孩纷纷来临，各种肤色的大人和小孩子，脸上都洋溢着美丽的笑容。我站在领导们的旁边一边为他们介绍来宾，一边欣赏各国人物的特色服饰，仿佛置身于一个五彩缤纷充满异域风情的狂欢节。给我印象最为深刻的要属从中东来的一个妇女，她裹着一条棕色头巾，双眼神色庄重，带领几个小孩来参加活动。

大约半个小时过去，洋娃娃跑来告诉我说，大多数宾客都到了，可以请领导们进去了。正当我们要进礼堂的时候，一个穿着蓝色衬衫的西方人匆匆走来，他说他是一个学校的老师，他的学生们早到，但他不知道他们在哪。我问他是哪个学校的。他告诉我他学校的名字。我告诉他我知道那个学校的学生坐在什么位置，我可以带他过去。洋娃娃说，他先带领导们去前面就坐。我告诉他我先引导那位老师就坐后，就到前面准备下一项工作。在我的引领下那位洋老师很快就找到了他的学生们。他们冲他招手，呼喊他的名字。他笑着和他们打招呼，然后对我说谢谢，就坐到他们中间去了。看到他找到了他的人，我便匆忙去后台准备接下来的翻译。

仪式正式开始，活动的主办人向大家介绍了他们要举办活动的目的、意义以及他们的希望，等等，那是每次活动的老套程序。每个人能做的就是坐在那里静听，听到别人鼓掌，也跟着鼓

北大恋歌

掌。冗长乏味的程序终于结束。该轮到我上场了。一个领导用中文讲完一段话，就转过脸来示意我该翻译了。我拿起麦克风，翻译他说的话。然后他再接着说下面的话，我便在那里等待。我并不非常留心他说些什么，因为他的讲话稿都是提前准备好的，我只按照翻译稿读一下即可。当我读翻译稿的时候，我的第二个"我"仿佛在我腹中我说，就快结束了，就快结束了，然后就能回家睡觉了。我似乎太兴奋，居然翻译到最后一句话的时候，手一甩，麦克风几乎脱手，像要飞走。没想到那个动作居然有了喜剧效果，台下面的观众不禁笑了起来，我也笑了，未曾想在那令人烦闷的程序之中居然制造出一个轻松的笑料。然后是掌声一片，不知是给领导的讲话的，还是为我的"表演"欢呼喝彩。无论如何，我感到很成功，总算完成了我要完成的程序。

然后，各国小孩子，真正的主角终于可以上场了。他们陆续在舞台上表演各具异国特色风情的节目。中国小朋友先演奏了一支富有童趣的曲子《小荷》，可能是"小荷才露尖尖角"的喻意吧。他们叮叮咚咚敲打着乐器，就像是清净的水滴滴到青翠的荷叶上。五官美丽精致的俄罗斯少女，她们简直是活的洋娃娃，个个身材高挑苗条，比其他任何国家的小孩都要高一些，不知她们本来便高一些，还是她们比其他小孩年龄大，她们围成一个圆圈表演舞蹈，那个圆圈一会儿放大，一会儿又缩小，仿佛谁也不要妄想进入她们的圆圈，否则她们可能不是把他挤压在圈的中央，就是把他扯成几块。土耳其小姑娘跳起肚皮舞，真是令人叹为观止！在中间领舞的小姑娘就像一条蛇扭动着她的腰肢，浑身抽搐一般地抖动，像要把她内在的身体抖出身体的外壳，那种剧烈强悍的生命力把整场表演推向了高潮。看着孩子们一张张清新的脸,我心里默默祈祷,希望未来他们依然能够像今天那样在那个小小的舞台上展示各自的风姿,而不是互相为敌。

节目结束后,我和我的同事们到门前欢送宾客。他们拍照,向我们告别。我一边微笑一边同宾客握手,有时也向坐上了车的孩子们挥手告别,他们的笑容十分灿烂美好。正当我放下了舞动的双手,一个人走上前来,我转过身,原来是那位迟到的洋老师,他说谢谢我帮助他找到座位,还有我翻译得棒极了。我向他微笑对他说不客气,谢谢他能来参加我们的活动。先前没有注意到,他长得很英俊,恐怕是我亲眼见过的最英俊的西方人,他身材魁伟,眼睛湛蓝,棕色的头发略微卷曲,他大约四十岁,样子像一个好莱坞演员。他送给我一张他的名片。我看到他的名字叫格雷格·贝尔,他所在的学校刚好在我的社区。我也送给他一张我的名片,告诉他,如果在社区里需要我的帮助,可以给我打电话。他说,我也可以给他打电话,他的嗓音和蓝眼睛一样清明澄澈。

那真是愉快的一天!

一天,周五下午,我接到可文的电话。他在电话里说,他已经调到了北京,想在下班后和我见上一面。我感到很意外,但还是接受了他的邀请。下班后,我到达约会地点。可文早已在那里等待。数年后,第一次相见,曾经的电光雨声都消融在彼此淡淡的微笑中。他依旧高大、俊朗,只是气宇间平添了几分沧桑。

"这几年,还好吗?"他关心地问。

"很好,你呢?"我问,像是作为礼貌的交换。

北大恋歌

他摇摇头,"不好,我们总是在吵架,一切都吵没了,当年,我和她结婚真是一个错误。"他的语气充满了无限悔恨。

"别再说了,一切都会好起来,关键是我们要改变自己。"我说。

"是的,"他说,像是想起了什么,"你没有去留学吗?"

"我没得到奖学金,所以没去。"

"我已经调来北京,以后,我想我们会经常见面的。"他说,"实际上,我每天都在想念你,我真的想和你重新在一起。"他的话语坦诚,里面带有一种温度。

我的心一颤。"重新在一起?"我望着他,心底似乎有一丝东西在重新点燃。

"是的,我和她已经没有感情了。结婚的,本来就应该是我们。"他目光坚定,握住了我的双手。

那一刻,我似乎又变成了从前的我。那个纯情的、没有色彩分辨力的我。我被他打动了。"是的,本来应该是我们在一起的,可文,你要和她离婚吗?"我动情地说。

他望着我,突然目光转向别处,然后低下头去,嗫嚅地说:"不,下一步,我就要升职做北京区总经理,要知道,她爸爸是公司的重要人物,竞争很激烈,我不能在这个时候和她离婚。"

我呆呆望着他。他已经不是原来的他了。可是,他想把我当作什么?我猛然惊醒,抽出我的双手,拿起手包,站起身来,坚决地对他说:"以后,不要再给我打电话。"

一个月后

生活中其他各种简单的美好依然在进行,清晨的阳光依然和煦，鸟儿依然早早地在枝头歌唱，孩子、大人、老人依然从四面八方上学、上班、晨练。生命是由简单的重复组成的，每一天既是崭新的也是重复的。周一早晨，我举着半昏的脑袋经过公寓楼前的草坪，看到两只身材雄伟皮毛光滑如同绸缎的黄狗跳跃着相互用前爪亲昵地玩耍，一会儿，一只把另一只的头压下去；一会儿，另一只又把前一只的头压下去。狗的主人饶有兴味地看着它们玩耍。我想多看一会儿那幅有趣的动感画面，却又不得不快走，因为要乘坐公共汽车上班。我边走边回头看那两条可爱的大狗，突然，一只大狗跑到了另一只的身后，一跃而起，前爪搭到了另一只的背上，两只狗狗在大庭广众之下，开始了交欢。我大惊失色，落荒而逃，像是看到了不该看到的别人的私密，又不得不感叹狗儿才是情爱高手，爱得自然自在，无忧无虑。

片刻，我坐在了公共汽车内，便望着窗外发呆。蓝色星期一。我的脑子还是半睡半醒的状态。不知到了哪一站，车停下来，几个乘客排队依次上来。只听见最后一位乘客上来以后往投币箱里投了枚硬币，"当啷"一声硬币掉了进去。汽车起动。我的视线仍在窗外，感觉最后一位乘客坐到了我的对面。我本能地向对面看了一眼，只觉他长得像梅尔·吉布森。怎么会在周一早晨遇到梅尔·吉布森呢？我是不是在做梦？我又仔细观察了一下那个人，是个西方人，长相酷似梅尔·吉布森，淡蓝色的衬衫烫得很平整，系着一条深蓝色领带，一本正经坐在我对面。似乎在哪里见过，可又想不起来。那人见我看着他，他也回看我，向我友好地笑笑。他蓝色的眼睛就像清澈的湖水。我忽然想起了一双蓝眼睛。

北大恋歌

"嘿！是你！格雷格！"

他见我说出了他的名字，也仔细观看我的脸，然后恍然大悟，说："嗨！我们见过面，你帮我找座位！"

"对，是我，我是郝洁蕊，如果你还记得我的名字。"

"记得，当然记得。"

"没想到在这遇到你，你住在这个区吗？"

"对，我刚刚搬家过来，原来住在北辰，上班实在太不方便，还有，我在中国国际广播电台做兼职，正好也在这个区，我就索性搬过来了。"

"真的？你在那里做什么？"

"我做DJ，主持爵士调频。"

"太棒了，原来你是DJ，难怪听你的声音这么清澈呢。"

有些人天生声音条件好。他声音纯净，就像我在学校上英语听力课和考试时听的录音，不掺丝毫的杂音，做DJ再合适不过了。

他笑了，露出整齐的牙齿，说那是他的业余爱好。他上中学时在学校广播里主持过音乐节目。到了北京，偶尔一次听广播，听到中国国际广播电台正在招聘居住在北京的英语国家的人士做DJ，他就抱着试试看的态度发去了简历，参加了面试。结果他们录用了他，但只是兼职。他很乐意做那行，因为他很享受陶醉在音乐中的乐趣。我们没有谈多久，他就到站了，下车之前，他说我们可以在空闲的时候喝咖啡。我们告别，他便匆匆下车了。

格雷格下车后，坐在我旁边一个小伙子说："小姐，你英语说得真棒，能和外国人聊那么久，真让人羡慕，我上学时学的英语,怎么觉得用不上,他说的一句没听懂,也不知道怎么说,怎么才能说好英语呢?"

唉,虽然我没出国留学,却还让人羡慕英语说得棒,多少感到自己有点价值,至少能帮助同胞提供学习英语的方法和经验。未能出国的惆怅早已烟消云散,我善为人师的心又来劲了。

"嗯……"我思考片刻,说实话,我不是老师,不知道太多好办法,但是以我自己的经验,我说:"你就多听听中国国际广播吧,我上中学的时候就开始听了,里面有半中文半英文的音乐节目,你可以适应主持人的语音、语调,还能听英文歌曲,一点不枯燥。告诉你吧,他就是中国国际广播爵士调频的 DJ。想想看,我都听了十几年了,还能不会跟主持人说话?"

"真的?"小伙子很意外,也很感兴趣。

"真的。"我肯定地告诉他。

"没想到一清早碰到了电台 DJ,还是英语节目的!"小伙子说话时表情很是愉快。

"多听听他的节目,就能听懂他说的话和他多聊几句了。"我说,"我上中学的时候,每天晚上听欢乐调频,一听就是到十一点,有时候,听着听着就睡着了,半夜醒来,收音机还嗡嗡响……"

星期五,午饭时间。我像往常一样打开邮件看网络新闻,却看到一封新的邮件,看到发信人是格雷格,没想到他这么快和我联系。我打开邮件,不禁高兴得笑了。原来是一张电子卡片,上面是一个八九岁的棕发碧眼小男孩,样子就像一个捣蛋鬼,调皮

北大恋歌

得可爱，他睁一只眼，闭一只眼，做着鬼脸，手里举着一枝红玫瑰像是要把它伸出电脑屏幕送给对面的我。卡片的下方写着：只想问候你一声，很高兴和你重逢，祝你周末愉快！格雷格。我回复了他的邮件，也祝他周末愉快。

我会过一个愉快的周末的，我心里这样想嘴角泛起微笑。

下班前，我的手机铃声响了起来，我接起来，线路那边传来一个声音。"嗨！你好吗？"声音清晰得没有一丝杂音，却有一丝微笑。那个声音既陌生又熟悉。是格雷格。

"嗨！我很好，谢谢你的电子卡片，我很喜欢。"我满心欢喜地说。

"哈哈，感谢你给我回信，我想问你今天下班后有空吗？我想请你喝咖啡。"

"当然可以。"虽然我不喝咖啡，但那有什么关系呢？能和一个长得像梅尔·吉布森那么帅的人喝咖啡可不是天天都有。于是我们约在离中国国际广播电台不远的一家咖啡馆见面。

那个咖啡馆小巧别致，散落着零星几个顾客。我很容易找到了格雷格。他这时也看到了我。我走过去，在他对面坐下。

"嗨！很高兴又见面了，"格雷格面带笑容地说，听他说话简直就像在听录音，可能应该说，像在听美语广播。

"嗨！很高兴见到你。"我愉快地说。

他问我想喝什么，我看了桌上的饮料清单，看到上面有绿茶，我便点了绿茶。他说他也喜欢喝绿茶，他发现很多中国人都喜欢喝绿茶，他也在试着喝中国茶，茶有助于他的睡眠。我笑了。那还是我第一次听说茶有助于睡眠。我总是听父亲说他再不敢喝茶了,因为每每白天喝完茶,晚上他两眼就像夜行动物,奇亮无比,睡不着觉。难道茶在外国人身上起的作用和中国人正相反?还是因为他还在倒时差,即使喝茶也睡得香,就不得而知了。

我们一边喝茶,一边闲谈。他原本是美国宇航署的工程师,工作是计算火箭的发射方向。他前妻取得博士学位后,在新泽西州找到了一份大学教授的工作,她找到一份大学教授的工作很不容易,他便辞去在美国宇航署的工作,随着妻子带着两个孩子从俄亥俄州搬家到了新泽西。

听到前妻那个单词,我问他,你离婚了吗。

他说,是的。

"啊!我的前半生一直在尽心计算方向,可那一次,我的计算错误,我的发射方向可能不应该是新泽西,但是我不能和妻子和孩子们分开。"他的眼中有一丝无奈和伤感。

我问,难道他没找到工作就随妻子迁往新泽西了吗?

他说,最初几年,他妻子带着孩子去了新泽西,他自己留在俄亥俄州工作,每周末他都要开车四个小时去看望妻子和孩子,每次看着流着眼泪的孩子们和他告别,他的心都碎了。

原来美国人也有两地生活,只是好在他们能够一周见一次面。

后来,他在新泽西一家新成立的公司找到了一个职位,就辞去了美国宇航署的工作,最终和家人团聚了。他是那个公司的合伙人之一,公司只有五个人,他们投资研发生产一种类似机器人

北大恋歌

手臂的装置。那个手臂能够灵活地上下左右运动实现操作，可以应用于军事和工业，还有那些不适合人类到达的危险的工作环境。然而，他的公司一直没有起色，后来，陷入财政危机，没了资金来源，最终难以维持。他撤出了公司，失去工作，他的投资也化为泡影，他早年的积蓄成了他创业试验的学费。

唉，成人世界的试验不比儿时的过家家，每一次试验都意味着冒险，而每一次冒险都意味着要承受成功和失败两种结果的可能性。显然，格雷格得到了不令人满意的结果。

他上一个工作是在新泽西州的一所大学任教，教授商务写作。后来，合同到期，他不得不另找工作。我感到奇怪为什么他不能继续在那个大学任教。他告诉我说美国的大学都是按照学年来聘任教师的，终身制的职位少之又少；他前妻在那个学校是终身制的教授，他的那份工作是由她推荐的，后来管理层发生了变化，第二年他未能续约，那种情况在美国也是很常见的。他想再次找一份工程师的工作，本以为工程师的工作在哪里都能找到，而事实恰巧相反。

"经济突然变得不景气，工程师的工作早已枯竭了。"

最终，他的妻子和他离婚了，说到这里，他竟然出声地笑了，"她说，她一开始就不看好那个公司，那个可恨的公司！但是为了能和她和孩子在一起，那当时是我唯一的选择。"他接着说："离婚在美国很常见，爱情消失了，婚姻已经失去了最初的意义，我反倒感到解脱。"

"又得到了自由？"

"是，但是无论身在何处，内心自由才是真正的自由。"他

平静地说。

他问我是否单身。

我说，是的。

他继而问我是否有男朋友。

我说，没有。

他说，难道你身边的男人不约会你吗？

我说，我身边的男人从不约会我。

他很吃惊，说，那怎么可能呢？难道他们都是瞎子吗？没有看到一位美丽和聪明的女人吗？

我说，在中国年轻人的社交机会太少，再则，我的文化是含蓄和被动的文化，中国男人很腼腆，不会轻易提出约会女人，我已经有一年多没有约会过。再者，我一直忙"洋插队"的考试，哪里有时间顾及约会呀。

接着，他的蓝眼睛一眨，闪出调皮的光，说，他的文化是开放和积极的文化，他将改变那一历史。

我笑笑，不置可否，问他是怎样得到现在的工作的。

他说，后来一个在中国的朋友推荐他到他现在的学校教英语，他刚好有英语作为第二语言教学的资格证，而且，他对中国文化兴趣浓厚，就决定来中国工作。

"这一次，我计算的发射方向是中国，哪里有工作，我就去哪。"他的眼睛重又点亮，嘴边泛起浅浅的笑。

"你的计算方向正确！"我说。除此之外，我能对一个需要工作的人说什么呢。

"是的，绝对是。"他说，然后开心地笑了。

北大恋歌

我也笑了。

那是一次很愉快的约会。

《中外会展》杂志的编辑给我打来电话，告诉我需要翻译一篇稿子。那是一篇采访泰国使馆商务参赞的稿子，我快速把它翻译成英文，然而对有些地方感到不够满意。怎么办呢？我忽然想到一个人，他是可以寻求帮助的人。我给他打了电话。他说，我可以把稿子发给他。大约半小时后，格雷格告诉我，他已经把编辑好的稿子发给了我，说那真是一篇有趣的文章。我很感谢他，说他真帮了我大忙，说请他吃饭。他笑着说，那算不了什么，他只改动了几个词，我可以请他吃中国面条，还有他想和我学习一些简单的中文。我说，当然可以。我约他中午在一家中式快餐馆见面。

格雷格如约而至。我们每人吃了一碗面条。他说他喜欢中国面条。在美国，他最喜欢的食物就是意大利面条，但是来到中国后，他发现这里的面条更好吃且有很多种做法。他宁可在他的余生一直吃中国面条过活，因为对他来说那是世界上最美味的食物。饭后，他说他想去超市选购日用品，因为商品都是用中文标注的，他需要我的帮助。我欣然同意。然后，我们便步行去了附近一家超市。途中经过一片工地，工地外面围着一圈蓝白相间的铁皮。他看着铁皮上的红漆大字，忽然问我，"什么是 CRD？""哦，可能是 Capital Recreation District 或者是 Cultural Recreation District。"现在中国借用英语缩写很常见，说是与世界接轨，那些缩写究竟代表什么意思可能还需要时间去普及。到了超市，他选购了牙膏和一些厨房用品。然后,我们乘车返回。

下了车,天突然变了脸,刮起了浮沙。寒风吹透了衣服,我不由打了一个寒噤。

"哦,brrr。"他提议去他的公寓,他煮热茶给我喝。"你可以信任我。"他伸出一只手,脸上的笑痕如同和煦的阳光。我望着他的眼睛,微笑,点点头,说:"当然,正好教你几句中文。"然后,我把冰冷的手伸进他的手掌心,那里温煦如春。

格雷格的住处是一间带一个卧室和一个浴室的公寓,里面是中式的布置,主人在客厅中央墙上悬挂了一幅素净幽雅的山水画。

他说他去厨房煮茶。我很好奇他如何煮茶,便尾随他去厨房。我倚在门框一边观察他操作煮茶程序一边和他说话。他问我,茶在中文中怎么说。我告诉他。他便一边生硬地说"茶"那个字,一边把茶叶放进一只两耳小锅,放水,盖上锅盖,打开开关。火舌从一圈火眼中探出头来温柔地舔着容器的底部,里面的水开始低声鸣唱,持续地,嗞嗞地。那还是我第一次看到别人煮茶,我没想到他真的把茶叶放在一个容器里面去煮,我倒很想试试那种喝法。然后他去洗茶具,那是一套白瓷茶具,精致而细腻,上面有绢秀的毛笔汉字书法,他说那是一个中国朋友送给他的礼物。一会儿,茶水沸腾,冒出袅袅的白色水汽,散发出淡淡的清香。我问他和谁学的那种煮茶法。他说是和他母亲,她就是那样煮茶喝的,那可能是一种英式的煮茶法。他掀起锅盖,用一个带着纱网的小勺捞起茶叶,像一个化学家做实验,仔细观察物体的变化。茶叶的身体已经舒展开来。他说可以了,就关上开

北大悲歌

关。火舌于是缩回了火眼。他把茶水倒进白色的瓷壶，提议我们坐在客厅喝茶。他把茶壶放在茶几上，又拿来两只瓷杯，把茶水倒进瓷杯。琥珀色的水从壶嘴流出注入瓷杯，溅起白色的水泡发出轻微的声响。他倒满两杯，把一杯放在我的面前，说等凉一下就可以喝了。然后他又端来一盘绿茶糖和一盘红红的草莓，一切似乎都准备好了。忽然他像想起什么，转身向墙角走去。原来墙的一边有一个银灰色的音响。他说他有一张爵士乐CD，我们可以放松一下，音乐会让我们忘掉疲惫。

温情的爵士响起，轻柔的旋律在空中缭绕飘溢，仿佛在房间流动，画出某种生动的色彩，一种令人心神愉悦的色彩陶醉了我的心。

"我们可以喝茶了吗？"我问。

"当然。"他说。

我们坐下喝茶。温热的琥珀色的液体流入我的唇齿之间，一直温暖到我的心房。

"在你的文化里，应该怎样约心仪的女士出来？"他忽然问道。

这下把我难住了，因为我不是男人。

第二支曲子响起。他放下瓷杯，双唇微启，吟诵起一首诗。

能否让我把你比作夏日？
你更加可爱，更加温婉；
狂风会吹落五月甜美的蓓蕾，
夏季租出的日子又未免短暂：

有时候苍天的巨眼照得太灼热，
他那金彩的脸色也会被遮暗；
每一样美呀，总会离开美而凋落，
被时机或自然的代谢所摧残；
但是你永久的夏天决不会凋枯，
你永远不会失去你美的形相；
死神看不着你在他影子里踯躅，
你将在永恒的诗中与时间同长；
只要人类在呼吸；眼睛看得见，
我这诗就活着，使你的生命绵延。

  他嗓音清澈，元音圆润而优雅。诗句从我的耳际滑落，起伏有致。音律宛似大珠小珠落玉盘，然后如同山间的清泉浸润了我久旱的心田。我从未听过有人把莎士比亚的十四行诗读得那么美，望着他碧蓝如水的眼睛，我的心久久沉醉在那美妙的诗句里。

  "太美了，格雷格！你读得太美了！如果你想约心仪的女士出去，就给她读这样的诗。"我由衷地感叹和赞美。

  他望着我，接近我。他目光清盈，头低下，轻轻吻了我的嘴唇。我低垂眼帘，恍惚间，看到两面小小的旗子，我仿佛看到了另外一个时空，那里有两面大旗，眼前两面小小的旗子似乎是那两面大旗的微缩影像，突然跳了出来，映在我眼中。我心中惊颤，梦呓一般，"啊，旗子，旗子，旗子……"我嘴中反复叨念着那个单词，仿佛那是我会说的唯一的单词。猛然间，我从他的怀里挣脱。

"哦，那是我从一次活动中带回来的两面小旗。"格雷格看着插在对面桌上的两面小旗子对我说。

"对不起，我想我该走了，谢谢你的茶。"我突然感觉有些不自然，起身要走。

他略微惊愕，却很快恢复了常态，目光平静如水，说："谢谢你和我度过了美好的一天。"

我的内心想要逃离，逃离那两面旗子，那两面微不足道的小小的旗。我微笑着看着他的蓝眼睛，向他道别，"我今天也很愉快，谢谢。"然后便走进料峭的春寒。

他望着我的背影逐渐远去。他不知道。我想起了勺园的那两面旗子。

"嗨！洁蕊，"格雷格在一个下午给我打来了电话："下班后出来喝杯咖啡怎么样？"

"今天恐怕不行。"我无精打采地说。

"我给你读诗。"

"不行。"

"那后天呢？"

"恐怕也不行。"

"周末呢？"

"我不能肯定。"

"为什么？"他语气中透出疑惑。

"哦，告诉你吧！我的腮上长了一个脓包。"我的手碰到痛处不禁呲牙咧嘴。

"哈哈哈……"他竟然在电话的另一端大笑了起来,"那有什么,谁不长脓包呢?"

"可是它很大,很疼,很丑。"

"你永远都很美丽。"

"谢谢,你这样说真是好人,可我疼得厉害。"

"你应该来见我。"他说:"我有办法能让你的脓包消失。"

"真的?"

"真的。相信我。"他言之凿凿。

"好吧。"我内心好奇他有什么灵丹妙药。

下班后,我到了格雷格的地方。他把我放倒半躺在沙发上,然后,拿来一个茶叶包,泡在热水中。

"你要我喝茶吗?"我问。

"不,是让你美丽的脸喝我的茶。"他调皮地眨眨眼,笑了。

然后,他取出茶叶包。经水浸泡,薄得透明的白色棉袋里茶粉青翠欲滴。他把那包青翠敷在我的面颊上,一股热流钻进了我的皮肤,同时痛也刺进了我的心,热和痛并驾齐驱,"疼。"我说,想要摘掉那个翠绿的棉包。

"不,一会儿就好了。"他阻止我,拉住我的手。

果然,过了大约一分钟,那个包的部位就变得舒适,疼痛感减弱了。

"很灵。"我笑了。

他的眼中流出蓝色的微笑,"再敷两到三次,就好了。"

"你从哪儿学来的?"

北大恋歌

"从我妈妈那。"

当我美美地享受绿茶疗法的时候,他去打开轻柔的音乐,然后回来坐在我膝旁,为我读起一首诗。

树荫下放着一卷诗章,
一瓶葡萄美酒,一块面包,
有你在这荒原中傍我欢歌——
荒原呀,啊,便是天堂!

我听罢他的吟诵,拿去那包翠绿。他欲阻止我。我坚持,把它放到茶几上。他望着我,目光中射出蓝色的生气打到我的脸上。我目光强硬,说:"吻我。"

蓝色的生气旋即化为蓝色的诧异,蓝色的诧异又化为蓝色的柔情。

他吻我的额头,又轻轻亲吻了我的眼睑,他轻声告诉我,亲吻我的双眼意味着祝福我从此再不会看到不快乐,然后吻落在我的双唇上。他的吻柔若水珠,清盈柔润,融化了我的心。我们沉醉在吻的缠绵中。

忽然,格雷格像想起什么,说要在周末晚上参加一个慈善舞会,舞会的主题是为一家儿童医院募捐购置医疗设备,他说我可能有兴趣参加。

"当然。"我未曾参加过慈善舞会,感到很新奇,想到脸上的脓包会慢慢萎缩撤退,出去见见世面也不伤大雅,旋即头脑中又产生了一个问题,"我该穿什么?"

"应该是一条配得上你的美丽的裙子。"他说。

"是不是奥斯卡颁奖晚会上的那种?"我问。

"应该是吧,"他说。

"我去哪儿找呢?"我抓抓头发,口气犯难。我未曾在附近的商店见过明星穿的那种晚礼服。

他眼睛忽然一亮说:"交给我去办。"

"你知道什么地方有?"我心生奇怪地问。

"当然。"他语气肯定地说。

没想到他比我还熟悉北京,知道什么地方卖晚礼服,既然这样,只有从命。

从格雷格的公寓回来,我面颊上的脓包消了一半,从未想到过茶叶还能消肿。卖茶人大可在推销茶叶时添加这一条奇妙的功效。

周末下班,我先去一家美发店做头发,告诉美发师把我的头发做到肩膀以上。留着朋克式发型的美发师在我的头上一顿鼓捣,又是卷又是吹,抹了不知什么黏糊糊的东西。最后,看看镜中的我,说:"看,真精神!很酷!你今晚不出去约会真是浪费了。"我望着镜中的我,头发全部向后,看上去短了许多,确实很清爽,心情也清爽了,看来经常换换发型确实有助于改变心情。我告诉理发师,我要出去参加舞会。他说,这个发型一定是舞会上最惹人注目的。

然后,我便匆匆赶往格雷格的家。他打开门,一见到我,便对我的发型大加赞赏:"嗨,看你的头发!短一点的发型让你看上去很性感。"男人如果想要赞赏女人总是有办法的,长头发他

北大恋歌

就可以说是浪漫，短头发他就可以说是性感。当然那些赞赏都是讨女人欢心的。"谢谢。"我莞尔一笑，发现他和往常不大一样，他穿一件黑色燕尾服，白色衬衫的领子上打了一个领结，头发像是打了发蜡梳得一丝不苟。他一路拉着我到了他的房间，只见床上躺着一个大大的纸盒，他说："快打开看看！"我掀起盒盖，里面是一层薄薄的白纸，揭开白纸，我眼睛一亮，兴奋地叫了一声："小黑裙！"我轻轻把它拎了出来，那是一条经典样式带肩带的小黑裙，我还未曾拥有那样一件别致的礼服裙。"太美了！"我赞叹不已。"快穿上，穿上会更美！"他催促道。"好，请你先出去。"我笑着说。他表示理解地笑笑，说："当然。"他一转身出去。我轻轻关上门，开始迅速换裙子，一阵紧锣密鼓之后，我换好。裙子很合身，刚好露出小腿。我打开门，他正坐在沙发上很绅士地阅读《时代周刊》，觉察到我出来，他猛地抬起头。"哇呜，洁蕊，你就像个电影名星！"他起身上前拉住我的手，说："你美得简直不可思议。"他目光灼灼，我不好意思地低下头，脸一定红了。"谢谢，我们可以走了吗？"他像想起了什么，急匆匆走到里间，又出来，手里拿了一件白色的东西。"这是什么？"我问。"披肩，我担心晚上回来你会着凉。"他真细心。他为我披上。披肩很柔软。我很感激他为我做的一切。"谢谢，你真好。"我说。他笑了，笑容很温暖。"我们走吧。"说着，他把臂弯殷勤地奉献给我。我微微一笑，手伸了进去。于是我们便匆匆赶赴舞会。

慈善舞会在凯宾斯基饭店举行。格雷格买了门票，然后在捐款处捐了二百元人民币。我也捐了二百元。我们可能是当晚最寒磋的捐赠者。钱虽然不多,但足以代表我们的善心。到了里面,只见流光溢彩,还放着欢快轻盈的动人的音乐。我四下张望,看到一个扎着马尾辫的小伙子,我异常激动,摇着格雷格的胳膊低声说:"快看,那是我们国家当红摇滚乐队的主唱。"他顺着我眼睛的方向望过去,说:"真的?""真的。"我兴奋地说。他看到我兴奋的样子只是笑,说:"我们去拿点喝的。""好。"我们取了红酒,我一边啜饮,一边不住向入口处看,预期还能看到别的名人。还真有几个,进来一个,我便摇一下格雷格,告诉他来者是谁。他礼貌地笑,说他都不认识。过些时候,人渐渐多了起来,现场气氛也更加浓郁了。大概时间已到,前面忽然出现了两个人,一男一女。我一看不禁乐了,那不是天气预报的主持人嘛,没想到他们来做舞会的司仪。男司仪首先说:"女士们,先生们!在这金秋时节,硕果盈满枝头;在这收获的季节,诸位没有忘记我们的未来,我们的儿童,需要我们伸出温暖的双手去爱护扶助。感谢各位的光临,捐赠善款,为我们的医院购置儿童康复器械……"女司仪说:"我们今天有幸请来 RR 乐队为我们献上一曲《完美记忆》,欢迎!"然后,乐队上去,开始忘我地歌唱,真是带劲。

我将记得你
和我们曾经做过的事
和我们曾经说过的事
我将永远记得你

北大恋歌

可是这个世界从我的指尖滑走
甚至太阳也疲倦了
我仍然在乎
当我把你放低我的心疲惫不堪
在此时刻地球没了声息
你助我将痛苦抛向空中

我依旧想念你
上帝，我依旧想念你
我知道你在那里等待
我永远认为你会回家

我随着节奏一边摇摇晃晃一边跟着歌唱。唱到中间部分，主唱走进了观众，见我跟唱得起劲，便拉着我一起上台。我感到万分荣幸，和主唱手拉手一直对唱到曲末。

我将记得你
和我们曾经做过的事
和我们曾经说过的事
我将永远记得你

如果它不使你受伤
它就不会使我受伤
如果它不使我受伤

那么它就不会使你受伤

如果它不使你受伤

它就不会那样使我受伤

我欣喜若狂唱完歌。格雷格在台下为我热烈鼓掌。

歌曲完毕，另一支乐曲响起。那是幻灭乐队的《我的不朽》。钢琴前奏很优美，我走下台来，格雷格在台边等我，见我来，走上前拉起我的手，音乐牵动我们翩翩起舞。身体如水一般在音乐中流动起来，不知流向何方。我们那样的接近。我将头轻轻靠在他的肩上。他的气息清香温暖。那种感觉既陌生，又熟悉。一个声音在我耳畔轻吟。你往哪里去？音乐很快覆盖了那个声音。我们默默轻舞，沉浸在略带感伤却异常优美的旋律中。

我不再想

被困于我幼稚的恐惧之下

如果你必须走

我希望你能尽快走开

因为你的背影总是

在我身边

这些伤口永不恢复

这番痛苦太真实

这世上有太多事时间是不能溶化的

北大恋歌

当你哭泣时我会为你擦去眼泪
当你害怕时我会赶走你的恐惧
这么多年我一直牵着你的手
我还是归属与你

你的共鸣之光
深深吸引着我
可是现在，我纠缠在你所遗弃的日子里
你的面影出现在我往常安宁的沉睡中
你的声音赶走了我的一切正常神志

这些伤口永不恢复
这番痛苦太逼真
这世上有太多事时间是不能忘的

当你哭泣时我会为你擦去眼泪
当你害怕时我会赶走你的恐惧
这么多年我一直牵着你的手
我还是归属与你

我经常告诉自己你已经不在我这儿
虽然你还是在我身边
可是我永远会孤单地度过岁月

舞会结束,我们回到格雷格的公寓。一进门,他问:"饿了吗?"跳了一晚上的舞,还真有点饿了。他拿来饼干和草莓,从盘中拿起一颗红得诱人的草莓慢慢放到我唇边。我微笑。草莓很大,我用力只咬了一半,他待我咀嚼咽下口中的一半,手再次慢慢伸向我的唇边。我张开嘴巴准备吃另一半。这时,他的手突然改变了方向,他把剩下的一半快速扔进了自己的嘴里。接下来,我们响亮地笑了。

"很甜!"我心满意足地说。

"我猜你和它一样甜!"他的眼睛闪出狡黠的蓝光。

四目凝望。微笑。

他望着我的眼睛,为我轻吟一首他自己作的即席英语俳句。

她的眼睛如此黝黑
她仿佛充满了神秘
正待我去解开

他目光温柔,温柔得令人窒息。他温暖清香的气息诱惑我接近他。我们逐渐靠近。我吻他。他垂下头,也吻住了我。他的嘴唇很柔软。我像找回了失散已久的感觉。一种柔软、温暖、甜蜜的感觉,那么美妙。我的双手搭在他的脖颈上。吻的姿势十分优美,美不胜收。他在我耳畔轻轻地说:"你是一个好孩子。"

"我喜欢孩子。"我看着他迷醉的双眼痴痴地说:"我想和你有一个孩子。"

"不会再有孩子了。"他说,"米歇尔出生后,我做了节育手

北大恋歌

术,所以,不会再有孩子了。大多数美国男人一生中都会做两个手术,一个是出生一周后的割礼,另外一个便是生完两三个小孩后的节育手术。"

我望着他,目光茫然,心中生出一片荒漠。

然后,他去浴室。"当我坠入爱河,那将是永远……"我听到他在浴室里轻柔的歌声,恬淡的笑漾在了脸上。

在地球的另一端,柯律治夫人一边对丧失记忆的儿子说"罗比,千万别忘了",一边飞快地在纸条上写下各种事项:"冰箱里有牛奶、生菜、沙拉酱、香蕉、牛排、蛋糕、鸡蛋,还有爆米花,你可以自己拿出来,用微波炉热一下,就可以吃了。我和你爸爸去帮你妹妹搬完家,马上就回来。"

"好的。"罗比说。他的胡子长得老长,像个北欧海盗,也像个哲学家。"如果不够,我可以自己出去买。"

"不"他的母亲说,"千万不要出去,你可以叫外卖,但是不要出去,这是电话,你可以给他们打电话,等我们回来会给你带回很多你爱吃的东西,还有你想要看的影碟。"

"好吧,好吧!"罗比说,"我就像个犯人一样被囚禁了。"

"哦,谢天谢地,你还记得犯人这个单词。"他的母亲说。

"对了,"他的父亲说,"如果你记得,可以帮我修剪一下草坪,我可不想回来,它变得参差不齐。"

"好吧,你应该把它写在纸上,这样,我就不会忘了,否则,我可不知道它是否会像我的胡子一样长。"他的大胡子儿子说。

他若有所思,望了望他的儿子,然后便匆匆在纸条上写下了这一事项。

科律治夫妇叮嘱完他们的儿子,便驾车去帮助他们的女儿搬进新公寓去了。

罗比每天按照字条的指示,生活得很有规律,帮助父亲修剪了草坪,还浇了水。当他干完活,闲下来时,便打开电视机。电视里正上演有关中国传统文化的节目,里面介绍了中国饮食,讲了中国水饺是怎样制做的。他看到水饺从水里捞上来,用筷子夹开,流出了汁水时,不由叫了起来:"我今天要吃中国水饺!"于是,他拿起车钥匙,出门要去电视上介绍的中国餐馆买水饺,却完全忘记母亲的叮嘱,不要出去。当然,他确实是忘了,因为他只记得当天发生在自己身上的事。

他驱车一直向城里面行驶,心想一定要找到那个餐馆不可。到了城里面一个广场旁边,他把车停下来,下车,向广场一边的店铺走去。店铺很多,却不见电视上的那家中国餐馆。他一边向前走,一边看店铺的名称。忽然,他看到一个亚洲女孩,她在一家花店里整理花束。他走进了花店想去看看那些美丽的花,因为他已经很久没有进花店了。

"你好,先生,请问,有什么需要帮助的?"女孩见他进来,过来询问。

"啊,我先看看,"他说,"有什么花,香味能让人感到醒脑、心旷神怡的吗?"

"那你就来盆茉莉花吧,它的香气很温馨,当你累了,闻到它的香味,就会解乏。"女孩向他推荐一盆刚刚绽放的白色的茉莉花盆栽,几颗含苞待放的白色的花蕾还点缀在细巧的花枝上。

北大恋歌

"啊，茉莉花！"他若有所思，嘴里轻轻叨念，"茉莉花，它是你们中国的象征吗？"

"是的，有人说中国的国花是牡丹花，虽然它很美却没有香气；但是茉莉花就不同，它更加淡雅，而且有香气，有一首歌就叫《茉莉花》。"女孩向他介绍。

"是的，我要买一盆回去。"他拿起了一盆茉莉花，仔细端详。

他抱着他的茉莉花原路返回，却没买水饺，因为他忘了。一路上，茉莉花的香气一直微醺着他，就像一杯淡酒，不是让他醉，而是唤醒他头脑中的某些渐行渐远、甚至消失已久的东西。

他回到家时，父母已经回来。

"哦，罗比！"他的母亲满眼焦虑，"我给急坏了，我已经报警了。"

"为什么？"他问。

"我们以为你失踪了。"

"不，没有，"他说，"我去买茉莉花了。"

"茉莉花，"母亲说，"太好了，我喜欢茉莉花，它可真好闻。"

"妈妈，"他说，"你是我的妈妈。"

"是的，我是你的妈妈。"母亲一边说一边闻那茉莉花。

"爸爸，"他转向他的父亲，"你是我的爸爸。"

他的父亲停下手里的工作，像是发现了什么，说："是的，我的孩子，我是你的爸爸。"

突然，他的母亲像是发现了新大陆，脸上露出欣喜的神色，说:"哦,罗比,你想起来了?"

"是的,妈妈,我想起来了!是这茉莉花让我想起来了。"罗比和母亲快乐而激动地拥抱在了一起。

约翰·柯律治。约翰·柯律治?

我又看到了那个名字——约翰·柯律治。那个名字直刺眼帘。没错,是他。我本来平静如水的心不由惊颤一下。那个名字,我早已把它弃于脑海中一个偏僻的孤岛。我显然已把它淡忘,甚至遗忘。它已经在我的生活里消失了。不是吗?我默默问自己。可它明明从历史深褐色的框架中重又跳了出来。我感到面颊上一点刺痛,仿佛刚刚消退的脓包又将重整旗鼓拱出我的那层被它折磨脆弱的面皮。

从格雷格那里回来后,我收到了罗比的电子邮件!我先是感到惊愕,然后轻轻点击邮件的主题打开了邮件。

亲爱的洁蕊,

在过去两年里,我经历了可怕的事。我很抱歉我无法给你写信,因为我失去了记忆,我忘记了你,甚至,连我的父母都忘记了。真是不可思议。我用了很多时间才恢复了记忆。感谢上帝!

两年前的一天,我开母亲的SUV车带她的猫玛西娅去做手术,因为她的脸上长了一个肿瘤,只有把那个肿瘤切除才能保住她的命。在路上的一个急转弯处,我遭遇了车祸,我踩刹车时,为时已晚,SUV发生了侧翻。谢天谢地,我没有死。我被送往医院,得了严重的脑震荡,失去了记忆,确切地说,是选择性失

北大恋歌

忆症。恢复期间,我和父母住在一起,每天都要用纸条记下做了什么,还有该要做什么。终于有一天,奇迹发生了,上帝重又归还了我记忆。请原谅我既没有写信,也没有打电话,我感到深深的抱歉。

那个我曾经去他家做客的老师邀请我回北大研究一个有关中美问题的课题,我接受了他的邀请。我想念你,还有你的绿豆汤。我将带上那两面旗子重返勺园。想到我很快就会回到你身边,我是多么激动啊!

爱你的,
罗比

她震惊了,一时不知所措。

他没被印第安那的龙卷风吹走。

太晚了,太晚了!

此时,她的心已被另一个人占据。她的心将要走向何方?

罗,罗比,罗伯特,那三个名字隐匿在她心灵的秘密深处,它们已经属于过去,漂向愈加荒凉的地方。然而,它们却像漂流到遥远海面上三粒顽皮的椰子重被海风轻拂,漂回她生命的船边,漂回现在。不请自来的回忆萦绕着她。一团模糊难辨又清晰铭记的回忆,势如洪水又细若游丝。期待、初约、柔和的眼神、害羞的微笑、相拥、静静的湖水、喁喁情话、愠色、和解、吻别、激情、黯然神伤、甜蜜与狂野在她的脑海交互激荡。

心,我们将要把他遗忘

你和我,今夜
你也许忘记他给予的温暖
我将忘记这光明

当你做完时,请告诉我
我的思想也许黯淡
快!以免你将拖延
我也许记得他!

  一天,我下班回家,打开我房间的门,不禁大吃一惊。我以为我的房间被洗劫了。地上满是零乱的书、衣服和鞋子。等到我看到一个小人儿从门后走出来,我不敢相信我的眼睛,不禁大笑起来。原来是甜甜,这个孩子长高了许多,她把我的粉红色蕾丝内衣套在了她的衣服外面,脚上却穿了我的一双高跟鞋。

  "哈哈,你还懂得内衣外穿呀!"

  甜甜的小脸上绽出了天真愉快的笑容:"我喜欢你的衣服和高跟鞋。"

  唉,小孩子为什么老想要步入成人的世界呢?而成人老想自己年轻一点。

  地板上散落几张花花绿绿的纸。我拾起一张,看那上面的图案,显然那是出自甜甜的妙然手笔。稚趣盎然的一幅童画。"这么多美丽的蝴蝶。"我微笑。

  "它们在花园里跳舞。"孩子走过来告诉我。

  "这些蝴蝶都叫什么名字啊?"

北大恋歌

"这是一只花蝴蝶,这是一只绿蝴蝶,这是一只粉蝴蝶,它们都会飞。"

"这只蝴蝶的翅膀为什么是长方形的?"我指着一只形状和其他几只都不一样的蝴蝶问。

"这个呀,我告诉你吧,"她的小脑袋一歪,"这是一只旗蝴蝶。"

"旗蝴蝶?"我重复着她的话。我从未听说过旗蝴蝶。

"对,它们的翅膀就像旗子,也会飞飞飞,飞到你身边。"她的两只小手扇动得很起劲。

她稚嫩的童声把我带入恍惚的境地。

"洁蕊,你回来了,我们出去走走吧。"姐姐不知什么时候进来说。

"好吧。"

然后,我们拿起手包出门。不知为什么,姐姐和我总是不自觉地走到外祖父老房前的那条街上,仿佛有一种神秘的吸引力将我们吸到那里。老房对面街上以前一家专卖早点的国营饭店变成了一个瓷器店,里面冷冷清清。再往前走了一段路,快到地铁前的商业街了,行人渐渐多了起来。一家小店门前蹲着黑大的音箱,它们腹腔里吐出节奏很快的音乐犹如湍急的河水冲击行人的腿拼命向前奔走。

当我们走到外祖父老房的对面时,"看,"我指着街对面说,"他们没有砍掉那两棵大槐树。"

只见街对面一段灰墙的里面一栋高楼拔地而起。两棵大槐树繁郁依旧,旁边开了一家鲜花店。

"我们应该告诉妈妈。"姐姐说。

"她这几天心里不大好受。"

"为什么?"

她的理发师得了不治之症,坠楼自杀了。

"无论何时我看到这些可爱的花,它们都会使我想到你,因为对我来说你和它们一样美。"我的办公桌上放了一束清新淡雅的小花束。一束洁白的雏菊。我打开花束上粉色的小卡片看到上面的留言,末尾并未署名。我心里知道那是谁。只有他。

我拿起手机,拨通一个电话号码。

"谢谢你的花儿,我今天晚上想见你。"我轻声说。

"当然,那非常好。"

我挂断电话,想着他纯净无瑕的嗓音,心中五味杂陈。但是,我知道,我必须告诉他,一切。

我们下班后在咖啡店见面。格雷格在那里等我,见我来,他那两汪海水似的眼睛闪耀出欢乐和狡黠的光芒。

他的双眼,似两片纯净的蓝冰。我微笑着说:"嘿,那束花很可爱美丽。"

"就像你一样。"他的嗓音永远是山间流淌着的清澈的溪水。

接下来,他轻松地对我说他一天都做了些什么。我微笑着听他讲,却什么也没听进去。我不必知道他说些什么,因为他的声音就是动听的音乐。在这个世界上,只要你听过他的声音,就无须再听其他任何声音了。看着他愉快的神情,我暗自思忖应当怎样开口。

"我不知道怎样对你说,格雷格。"我轻轻地打断他。

"什么,蜜糖?"他关注地看着我。

"我,我……"一阵窒息的痛苦向我袭来。

"怎么了?"他握住了我的手,关切地问:"你不舒服吗?"

"我没事,只是我……"我说:"我不知如何向你说出一个事实。"

"什么事实?"

"罗比……"

"哦,罗比!"他若有所思地说:"那个学历史的男孩。"

"是。"我点了一下头。"他给我写了一封信,告诉我,他要回到我身边。"我痛苦万分地说。

"他要回来?"

"是。"我说:"但我必须向你说明的是,我原本以为他消失了,就像水蒸气一样,可是,在他身上发生了可怕的事,他无法告诉我在他身上发生的一切,我想说,格雷格,我爱你。"我望着面前那双蓝眼睛,镇定重新回到我身上:"如果,你让我留在你身边,我就告诉罗比,说我已经结婚了。"

"不,你不必那样做。"他双眼如同两点蓝冰,语气平静:"实际上,我已经决定回去美国。"

我惊异地望着对面的他,不敢相信自己的耳朵。

客厅里没有亮灯,一团红色的光雾从电视荧屏里扑了出来,浸漫了黑暗的空间,红纱一样笼罩在母亲身上,仿佛为她穿上了红衣。她独卧在沙发上,双目微闭,在听《贵妃醉酒》。据她说，真正懂戏的人讲究的是听戏，不是看戏，该是什么戏文了，他们全都了然于胸。那个穿红戏服的伶人唱得极慢，抑扬顿挫，婉转腾挪又铿锵有力，樱桃小口中呼出万千的气象与恢宏的格局。我听不懂戏文，只能借助字幕弄懂。只见戏文一行行跳出，像等不及她唱完就跳出下一行。

海岛冰轮初转腾，
见玉兔，玉兔又早东升。
那冰轮离海岛，乾坤分外明，
皓月当空，恰便似嫦娥离月宫，
……

母亲有她的梦，她小时候除了想学好洋文以外，还想长大以后唱戏。她喜欢那些明艳美丽的服饰，还有演员们优美的唱腔。而终其一生，她未曾穿戴过那些令她心驰神往的戏服，只是后来插队的时候，她穿着绿军装挺着大肚子为老乡表演过节目唱样板戏。那时她已经怀上姐姐四个月了。

我走到她跟前。她双眼合拢，仍在听戏。我走进房间，等待她叫我的名字。她仍在听戏，不曾作声。她睡着了。

此前一周的傍晚，雨后初霁，母亲和我散步去外祖父的旧居。远远的，只见几座高楼拔地而起，远方连绵的如同黑色大海的西山被几座高楼切割成几段或上倾或下斜的线段。

"天哪，他们拆掉了你姥爷的房子。"母亲不禁发出了悲伤

北大恋歌

的感叹,"几十年啊!"外祖父那临街的老屋被推倒了。那里早已阒无人迹。外面筑起一堵灰不溜烂的围墙,把里面的红砖瓦砾碎石水泥包围拦截其中,仿佛防止它们长出腿脚跑到街头来捣蛋。然而那堵灰墙却不能限制那两棵葱郁的大槐树,它们的枝叶依旧繁茂,体内的汁液淙淙地流淌,树冠从那墙的上方探出来,就像伸出的手臂连结着天堂与大地,它的脚下,那张石板依旧平静地躺在那里。突然,"嗖嗖"两块灰色的瓦砾居然活了,动了起来,继而,狠命向西方奔跑而去。母亲和我惊呆了,定睛一看,原来是两只灰老鼠,见有人来便惊慌逃遁。没了外祖父的几袋米,它们也不得不搬家了。

我抬头凝望天空,惊异的心思飞了上去,贴上云彩变幻莫测的脸。头顶长条形的天空扩展为一个穹顶,仍是阴沉苍郁的幕布;天的东缘,几根云条幻化成一条凶险的银灰色鲨鱼,追逐前方一点漆黑的蝌蚪;南方初亮,银蓝的一片;西边的天空,风的利刃割破浓云厚黑的皮肤,伤口崩裂绽开一条狭长的缝隙,嫣红的血肉流溢而出,乍现最深层次鲜蓝的骨骼;天北,暴烈愤怒的火山急骤喷涌,一片撼人心魄的瑰丽涌入眼帘。

那一天,那一夜。回到家,我关上房间的门,正要上床,移动电话却响了起来。一个不常见的电话号码。是姐夫。

"我接到了女儿的电话,她说有一天她的母亲突然从楼梯跌落。"格雷格眼里两点冰蓝融化,流出蓝色的忧伤。

她震惊。

"她左腿骨折，躺在床上。"他停顿了一下，然后像是鼓起很大勇气说："对不起，洁蕊，女儿哭了，我的心碎了，她让我回到他们身边。"

她望着他幽蓝的眼睛，握紧他的手。

他们走到了外面。夜风清袭，光线暗了下去。宝石蓝色的夜空中游荡着浅墨色的云纱，银白的月亮时而游入时而游出。

他们静静地走着。两个沉默的影子。

走到一个路口，他们站定。终点到了。

猛地，他们拥抱在一起。

"其实，我早已在心里娶了你。我宁愿留下来和你在一起，每天以面条为生……"他在她耳畔哀伤低语。

"不，不要再说下去！"两道光亮的印迹滑落穿越她的脸。

良久，那个拥抱给松了绑。两个孤零零的身影各自移开，走了，朝着两个相反的方向。他向着一个幽暗的胡同口。她向着一幢点缀着零星灯光的楼房。

"洁蕊，我刚才在街上巡逻时看到了你。"姐夫在电话的另一端对我说。

夜色竟然把我暴露给了警察。我很坦然——我没在黑暗里偷窃。

"你看到了我。"

他沉默片刻。

"我看到你哭了。"

"是，"我无比沮丧地说，"我刚刚丢失了爱情，你能帮我找回来吗？警察哥哥。"

北大恋歌

他半晌无语。

然后,他说:"有些东西终会物归原主。"

几天后的夜晚,我打开调频收音机,是欢乐调频频道。收听那个双语音乐节目,是我自中学时的一个习惯。里面正播放着乔恩·邦维的《永远》。曲毕,一个男主持人的声音传出,他操着美国口音说汉语。

他说:"下面一首歌是我的一个同事,主持爵士调频的 DJ 格雷格为一个叫洁蕊的女孩点播的……"

我心里一颤,接着,谛听下面的话语。

主持人继续说:"格雷格要对她说,他永远不会忘记她穿小黑裙的那个夜晚,苏斯博士说过,不要因为结束而难过,微笑吧,为你曾经拥有的。格雷格此时已经离开北京,正在飞往美国的夜空上,他可能要离开一阵子了,祝他好运!下一首歌是 Lifehouse 的 '*You and Me*'。生命之屋,我和你。"

前奏响起。我眼中有泪,目光投向窗外的夜空,仿佛看到夜空中飞行的他。内心的双眼看到穿着小黑裙的我和他翩翩起舞的那个夜晚。

今天是几月几号
这个闹钟未曾如此有活力过
我无法继续跟上
也无法打退堂鼓
我已浪费太多时间

因为是你和我和其他所有的人们
整日无事可做
也没什么可以失去
是你和我,和其他所有的人们
我不知道为什么
我无法将视线从你身上移开

所有一切我想说的
还没完整的出现
我在犹豫该用什么字句
你使我的世界天旋地转
我不知道该何去何从

现在关于你的一切
我无法清楚地理出思绪
她做的一切都如此的美好
她做的一切都是明智之举

今天是几月几号
这个闹钟未曾如此有活力过

第八章

　　周末下午是办公室最美好的时光。大部分时间都是洋娃娃给我讲故事，都是发生在那个远在天涯海角的地方。那里的水果不光有椰子、芒果和香蕉，还有色彩斑斓形状万殊的神奇野果，有的果实他和小伙伴们吃了以后会舌头变红，他们就吐出舌头装鬼；还有的会让人吃了胀肚，一次，他甚至去找木棍从伙伴的身体后部把野果抠出来，他给怕死了，他不确定他的伙伴是否会给活活胀死。

　　他家有一大片香蕉园。因为海南的天气好，一年四季都有阳光和雨水，所以香蕉园不用怎么管理就能结出大串大串甜美的香蕉。香蕉成熟的时节，远远望去，醇熟金黄的香蕉园沐浴在和煦的阳光里，美不胜收，仿佛一座金碧辉煌的宫殿。一切都沉浸在金色的喜悦中。香蕉也在微风中微笑致意。他感到骄傲他是那座宫殿的主人，大自然赐予他那个小孩子的那座宫殿，他是多么幸福啊！

　　他和他淘气的小伙伴有时会偷偷跑到别人家的香蕉园里把整棵香蕉树拔起来，剥去叶子和表皮，吃那里面的树芯，那芯很甜，很好吃。一次，他们刚刚偷吃了香蕉树芯，听到有人来，赶紧快跑，躲藏起来。只听一个男人说，话音里透出不高兴，"这是谁干的呢？被我抓到非打他一顿。""算了，算了，都是天气给的。"一个女人说。他和他的伙伴不曾被人抓到过，也从未挨过打。

"你真幸运，一年四季都有新鲜水果，老天对你真是慷慨。"我听得出神，只有插一两句话的份儿。

但是那种慷慨却远远不够。当他考上了北京的大学，那种慷慨却不足以为他交学费。他接到大学录取通知书后，父亲卖掉了摩托车才给他凑够了学费。后来，他父亲开始养蜂，蜂蜜也能卖钱，而且很贵，一斤就要五百元钱。贵有贵的道理，因为他家的荔枝蜜非常纯，一坨一坨黏稠得很，哪里像北京超市里卖的蜂蜜就像水一样。每当荔枝树花开时节，满树蜜蜂飞舞哼唱盘旋在树冠的花朵上就像舞动的云团形成一个富有魔力的磁场，站在那里你就会感到无限的能量聚拢而来，你甚至感到可以乘着它立刻飞上火星。

"啊，我能上完大学就不错了，家里负担太重了。如果有时间，真要带父母各处走走，让他们高兴高兴，他们供我念书太辛苦了。"他说着看看表，"到时间了，我得赶快去交电费，否则我今天晚上要没有电用了，晚上火箭队的比赛该泡汤了。"他收拾了一下就和我说再见了。

没想到他是一个孝顺的孩子，真是难得。我游移双眼，目光投向窗外。在我办公桌的位置刚好能够望到美丽的夕阳。每天那个时候，我都习惯观看外面西方的天空，那是天空最美的时间。这一天，那里飘浮着几朵镶着银边的淡红色云彩，已经很久没看

北大恋歌

到过这么美的云彩了,它们就像几条金鱼,飘游在浅蓝色的天际,悠闲自得,无忧无虑。

我不紧不慢关上电脑,拿出手包收拾我的物品。忽然,我的手机响了起来,似乎是一个我不认识的号码,会是谁呢?我没想太多,接起电话。

"嗨!"

一个略带沙哑的富有磁性的声音让我感到既遥远又亲近。

"哦!嗨!是你!"我喜出望外,"什么时候回来?"

"现在。"

"现在?"

"没错,请你看看窗外。"

我走到窗边,透过玻璃望出去,一个蓝色的影子正伫立在写字楼的外面,那个蓝影子的位置正是它往昔的位置。虽然我看不清楚他的脸,但那熟悉的身影竟使我激动得心颤,"嘿!真没想到你会这样出现。"

"我就是要给你一个惊喜,哈哈。"他性感的口音依然可爱。

"等我一分钟。"

她走出写字楼,注视前方那个蓝色的影子,逐渐放慢脚步,向他走去。一个隐形坐标的纵轴在随着她的脚步慢慢移动,向着难以言喻却无比奇妙的一点逐渐靠近。他迎上前去,张开双臂,暖人的微笑溢出他嘴唇柔和的线条,"Ni hao",那两个美妙的中文音节随之流出。吻重又归来,吸引她向后跷起一条小腿。忽然,她轻推开他,凝望着他,目光透出一丝好奇,仿佛他是一个

— 328 —

陌生人。他的眼睛依然明亮,目光依然温柔。然而?她竭尽全力辨认那张久违的脸。他的脸似乎已经不再是那张她熟悉的、布满北欧海盗式的大胡子的脸。他把胡子修剪成离皮肤很近的只在嘴唇线条的边缘围了一圈的山羊式胡须。她试图在脑海中将那张脸还原回她最初看到它的样子。可是?

啊!耶稣基督,我正凝望着一部面目全非的历史?